Karin Köster

Verflixt verliebt
Ein Anwalt zum Küssen

Liebesroman

Bibliografische Information der Deutschen Nationalbibliothek:
Die Deutsche Nationalbibliothek verzeichnet diese Publikation in der Deutschen Nationalbibliografie; detaillierte bibliografische Daten sind im Internet über http://dnb.dnb.de abrufbar.

© 2017 Karin Köster
1. Auflage
www.facebook.com/koester.karin
www.karin-koester.de
kontakt@karin-koester.de

© Cover- und Umschlaggestaltung: Laura Newman – design.lauranewman.de
Verwendete Elemente & Motive: Designed by evening tao, Kues, balasoiu / Freepik.com

Herstellung und Verlag: BoD – Books on Demand, Norderstedt

ISBN: 978-3-743-18941-6

Für Sabrina – in Liebe

Böse Überraschung

Ein neues Jahr ist wie eine weiße Leinwand, die mit bunten Farben bemalt werden will. Ich finde, man sollte dafür ruhig einen breiten Pinsel benutzen.

Meine beste Freundin Emma hockt im Schneidersitz neben mir auf ihrem schmalen Bett. Sie hält einen spitzen Bleistift in der Hand und hat einen Schreibblock auf dem Schoß. Eine steile Falte teilt ihre Stirn in zwei Hälften.

„Habe ich irgendwas auf meiner To-Do-Liste vergessen?" Sie schaut mich nachdenklich aus ihren hellbraunen Augen an.

Ich schüttle automatisch den Kopf. Ich kenne mich mit To-Do-Listen nicht aus, und außerdem ist Emmas Liste sowieso schon so lang wie die Neujahrsansprache des Papstes.

„Alles prima!", versichere ich. „Leg den Block beiseite und entspann dich. Wie wär's mit einem gemütlichen Abend im Eulenspiegel? Oder im Kino? Hey, Kino wär toll! Wir könnten uns den neuen Film mit Shailene Woodley reinziehen, einen Eimer voll Popcorn verdrücken und ..."

Sie lächelt mich, um Verzeihung bittend, an. „Nein, tut mir leid, Jessy. Ich muss erst meine Jahresplanung abschließen, vorher geht bei mir gar nichts." Eine Strähne ihres dunklen, akkurat geschnittenen Pagenkopfs fällt ihr ins Gesicht. Sie klemmt sie hinters Ohr und konzentriert sich wieder auf ihre Liste.

Ich stoße einen Seufzer aus und schaue gelangweilt zum Dachfenster, auf dem sich vereinzelte Schneeflocken niederlassen. Draußen ist es stockdunkel, obwohl es noch nicht mal Abend ist.

„Sei doch so lieb, und koche uns Tee, ja?", murmelt Emma abwesend.

„Na klar." Gebückt stehe ich vom Bett auf, um mir nicht den Kopf an der Dachschräge zu stoßen, und tapere rüber zur Kochecke. Emma hat die wahrscheinlich winzigste Wohnung der Welt, sie ist nach einem ausgeklügelten Small-Flat-System eingerichtet. Obwohl die Wohnung so miniklein ist, ist sie immer total ordentlich. Erschreckend ordentlich.

Ich kehre mit zwei dampfenden Bechern zurück.

„Sag mal, Jessy, hast du gar keine Vorsätze und Ziele für das neue Jahr? Machst du dir keine Gedanken, was du ändern und erreichen willst?", erkundigt sich Emma.

Rein rhetorische Fragen, sie kennt mich gut genug. Achteinhalb Jahre, um genau zu sein. So lange bin ich nämlich schon mit ihrem Bruder Axel zusammen.

„Nö. Sich Ziele zu setzen macht keinen Sinn, weil's sowieso immer anders kommt, als man vorher denkt. Außerdem ist das Leben ohne Pläne viel spannender", behaupte ich.

„Ihr könntet dieses Jahr heiraten", schlägt sie vor. „Jetzt, wo eure Firma endlich gut läuft. Und du könntest dir mehr Zeit zum Malen nehmen!" Sie nippt am Tee.

Leider kommt meine Malerei zu kurz, seit Axel und ich vor acht Jahren die Möbeltischlerei gegründet haben. Ich helfe ihm in der Werkstatt und kümmere mich um den Bürokram. Nach der jahrelangen Durststrecke schreiben wir jetzt fette schwarze Zahlen, weil wir neuerdings Aufträge von reichen Leuten wie Angelina Brunetti bekommen. Angelina Brunetti ist eine wunderschöne Frau mit brünettem Haar und kilometerlangen Beinen. Wir haben die Einbaumöbel für ihre Luxusyacht angefertigt und sollen auch das Mobiliar für ihr Ferienhaus bauen.

Heiraten? Daran habe ich noch gar nicht gedacht, und Axel vermutlich auch nicht, sonst hätte er bestimmt mal was in dieser Richtung verlauten lassen.

Ich zucke die Achseln. Prompt schwappt der Tee über den Rand meines Bechers und wird von meinem grasgrünen Minirock und der bunten Wollstrumpfhose aufgesaugt.

„Ach du Schreck!" Emma springt auf und holt in Windeseile eine Rolle Küchentücher herbei.

„Nun schau dir das an", rufe ich kichernd und fahre den Fleck auf meinem Rock mit dem Finger nach. „Der Klecks sieht aus wie eine Blume."

„Du kommst auf Ideen!" Emma tupft behutsam auf dem Fleck herum. „Hoffentlich geht der beim Waschen wieder raus", murmelt sie besorgt.

Möglicherweise sollte ich mir mal Gedanken machen, warum mir immer diese Missgeschicke passieren. Bin ich vielleicht grobmotorisch veranlagt? Emma bekleckert sich nie, sie krümelt nicht mal. Und meine große Schwester Yvonne natürlich auch nicht.

„Ach, Jessy", seufzt Emma und lässt das Tuch sinken. „Manchmal beneide ich dich wirklich. Du machst dir niemals Sorgen, bei dir ist immer alles so leicht." Sie bringt die Rolle zurück in die Küchenecke und wirft die schmutzigen Tücher in den Mülleimer.

Ihre Worte schwirren in meinem Kopf herum. Meine Freundin Emma ist ganz anders als ich. Sie ist eine aparte Schönheit und sie ist die Zielstrebigkeit in Person. Gleich nach dem Abi absolvierte sie eine Ausbildung zur Rechtsanwaltsfachangestellten und nimmt seitdem dauernd an irgendwelchen Fortbildungen teil. Sie ist sehr sparsam und legt den Großteil ihres Verdienstes in Fonds und Bausparkonten an, weil sie sich in ein paar Jahren eine Eigentumswohnung kaufen will.

Hm, vielleicht sollte ich mir an Emma ein Beispiel nehmen, und auch mal was planen oder mir Sorgen machen. Zum Glück ist der Januar erst knapp zwei Wochen alt, ich habe also noch jede Menge Zeit dafür.

Sie trinkt ihren Tee aus und spült den Becher ab. Dann hockt sie sich wieder neben mich und konzentriert sich auf ihre To-Do-Liste. „Ich werde mich auf jeden Fall in einer anderen Kanzlei bewerben", verkündet sie und tippt mit der Bleistiftspitze auf den entsprechenden Punkt ihrer Jahresplanung. „Die Arbeit bei Breitarsch ist die Hölle. Obendrein weigert er sich, mein Gehalt zu erhöhen, obwohl ich seit sieben Monaten Bürovorsteherin bin."

Breitarsch ist Emmas Chef, einer von sechs Anwälten einer großen Kanzlei am Gewerbering. Mit richtigem Namen heißt er Breitling. Laut Emmas Schilderungen benimmt er sich wie ein Arsch und zieht sich die Hose bis unter die Achseln hoch.

Sie schaut an mir vorbei, ihre Augenlider flattern nervös. „Ich habe vorhin bei Elitejobs.de ein neues Stellenangebot entdeckt. Die Kanzlei Herzog sucht eine Angestellte bei überdurchschnittlicher Bezahlung." Ihre Stimme ist nur ein heiseres Flüstern, ihr Kinn zittert.

Was ist plötzlich mit ihr los? Sie benimmt sich wirklich seltsam. Ich werde es schon noch erfahren, Emma und ich haben niemals Geheimnisse voreinander.

Ich stelle den leeren Becher auf den Nachtschrank. „Ja und?", frage ich neugierig.

„Nicolas Herzog ist der erfolgreichste Anwalt der Stadt", stößt sie hervor. „Er gewinnt die meisten Fälle. Da gehen nur die Reichen hin, andere Mandanten nimmt der gar nicht!" Sie springt auf, schnappt sich den Becher und flitzt in die Küche, um ihn abzuspülen.

Ich kratze mich am Kopf. „Ich weiß nicht, wo das

Problem liegt. Warum bewirbst du dich nicht einfach?"

Sie kommt zurück und ringt die Hände. „Du liebe Güte, Jessica! Das ist eine Top-Adresse! Ich bin bestimmt nicht gut genug für Herzog." Sie nimmt wieder neben mir auf dem Bett Platz und schaut auf ihre Hände, die sie im Schoß verschränkt hat.

Ich muss mich verhört haben. „*Hallo?* Welche Note hattest du nochmal in deiner Abschlussprüfung? Ach ja richtig, eins Komma null. Und hast du seitdem nicht unzählige Fortbildungen besucht?"

Ich sehe sie zaghaft nicken.

„Und du zweifelst ernsthaft daran, gut genug für diesen Popel-Anwalt zu sein?"

„Nicolas Herzog ist ganz gewiss kein Popel-Anwalt!"

Spontan fasse ich nach ihrer Hand, sie ist eiskalt. „Emma! Das hört sich nach einer sehr guten Gelegenheit an, und gute Gelegenheiten sind dazu da, damit man sie nutzt. Bewirb dich bei diesem Anwalt! Er kann keine Bessere kriegen als dich!"

Sie wendet den Kopf und schaut mich mit flatternden Lidern an. Ihre Lider flattern immer, wenn sie vergisst, was für eine tolle, intelligente, liebenswerte Frau sie ist.

„Meinst du?", fragt sie kleinlaut.

„Na klar! Mal abgesehen davon, dass er seine Leute offenbar besser bezahlt, ist er bestimmt ein angenehmerer Mensch als dein jetziger Chef."

Sie rollt mit den Augen. „Unangenehmer gehts wohl kaum. Breitarsch ist ein cholerischer Quartalssäufer."

„Na also. Worauf wartest du noch?" Ich drücke aufmunternd ihre Hand.

Ein Lächeln breitet sich auf ihrem Gesicht aus, sie wirkt erleichtert. „Danke, Jessica! Du bist die Allerbeste, weißt du das?" Sie gibt mir einen schmatzenden Kuss auf die Wange. Dann steht sie auf und holt ihren Laptop aus dem Regal. „Ich bewerbe mich sofort online", beschließt sie.

Den lustigen Abend im Eulenspiegel oder im Kino kann ich vergessen. Emma wird so lange über der Bewerbung brüten, bis sie tausendprozentig perfekt ist. Ich schaue den Schneeflocken auf dem Dachfenster beim Schmelzen zu, während sie über dem ersten Entwurf des Anschreibens brütet. Plötzlich fällt ihr ein, dass sie kein aktuelles Passfoto besitzt, und das stürzt sie in eine mittelschwere Krise.

„Ein Foto ist bei einer Online-Bewerbung doch gar nicht wichtig", bemühe ich mich, sie zu beruhigen. „Du kannst es zusammen mit deinen Zeugnissen beim Vorstellungstermin nachreichen."

Sie wägt das Für und Wider gegeneinander ab und ringt sich schließlich dazu durch, auf ein Foto zu verzichten. Dies ist der Moment, in dem ich beschließe, heim zu Axel zu fahren. Emma braucht Ruhe, damit sie sich auf ihre Bewerbung konzentrieren kann, und Axel wird sich bestimmt freuen, wenn ich früher als geplant zurückkehre. Emma und ich werden den lustigen Abend einfach demnächst nachholen!

***

Ich tuckere mit Axels Auto durch die winterlichen Straßen unserer Stadt. Dicke Schneeflocken setzen sich auf die Windschutzscheibe und werden von den Scheibenwischern ins Nirwana befördert.

Die Scheibenwischer sind mit windschnittigen Mini-Spoilern bestückt. Ziemlich überflüssig, wie ich finde, aber Axel steht auf Spoiler. Das Auto hat überall Spoiler, außerdem ist es tiefer gelegt. Bei kleinsten Unebenheiten im Straßenbelag muss man bis zum Schritttempo eines Gehbehinderten runterbremsen, sonst knallt der Unterboden auf. Und das soll sportlich sein? Weiß der Geier, wer sich das ausgedacht hat.

Axel und ich wohnen in einem kleinen Häuschen im Gewerbegebiet, die Möbeltischlerei ist gleich nebenan. Ich biege in unsere Grundstückeinfahrt, drehe den Zündschlüssel und lasse den Wagen ausrollen. In der Werkstatt brennt Licht. Das ist nicht weiter ungewöhnlich, unser Häuschen ist eigentlich nur zum Schlafen da. Na ja, und manchmal, ganz manchmal, auch zum Malen. Meine Staffelei steht auf dem Dachboden, zusammen mit meinen Farben und den Leinwänden.

Mein Liebster arbeitet bestimmt noch an der schicken Kommode für Angelina Brunetti! Er wird überrascht sein, dass ich schon viel früher als geplant heimkehre. Glücklich wird er seine Arme um mich schlingen und mir einen langen Begrüßungskuss geben. Diese Vorstellung zaubert ein Lächeln in mein Gesicht. In letzter Zeit sind seine Zärtlichkeiten ziemlich auf der Strecke geblieben. Das wird schon wieder. Er hat momentan einfach zu viel um die Ohren.

Ich tappe durchs Büro, wo sich Prospekte, Schriftstücke und Materialmuster auf dem Schreibtisch türmen. Mir wird warm ums Herz. Seit acht Jahren sitze ich jeden Tag stundenlang an diesem Platz und bemühe mich, unser Unternehmen voranzutreiben. Und die restlichen Stunden des Tages verbringe ich nebenan in unserer Werkstatt, um Axel beim Bau der Möbel zu helfen.

Ich steuere die feuerhemmende Stahltür an und drücke voller Vorfreude die Klinke runter. Die Tür öffnet sich mit leisem Quietschen. Aber ...? Irgendetwas stimmt mit meinen Augen nicht! Das, was ich da vor mir sehe, ergibt überhaupt keinen Sinn.

Da ist die reiche, brünette Angelina Brunetti mit nichts als einem zarten Hauch Unterwäsche bekleidet. Ihre Füße stecken in hochhackigen Sandaletten. Und da ist Axel in den weinroten Boxershorts, die ich ihm zu Weihnachten geschenkt habe. Angelina beugt sich anmutig über die Kommode aus Teakholz, die demnächst einen Platz in ihrem Luxusferiendomizil bekommen soll. Sie streckt ihm ihren perfekt geformten Hintern entgegen.

Das muss einer von Axels „gelungenen" Scherzen sein. Ein ziemlich übler Scherz. Axel hat einen seltsamen Humor und wundert sich immer sehr, wenn ich über seine schrägen Gags nicht vor Lachen brülle.

Das ist kein Scherz, das ist grausame Realität.

Mein Herz rast wie verrückt, gleichzeitig fühlt es sich an, als würde es zehn Tonnen wiegen. Auf einmal brülle ich tatsächlich, allerdings nicht vor Lachen. Es klingt irgendwie animalisch und obwohl das Brüllen aus meinem Mund kommt, hat es irgendwie nichts mit mir zu tun. Ich bin nur körperlich da, eine leere Hülle. Ein seelenloser Zombie, der von irgendwo ferngesteuert wird.

Axel und Angelina wenden die Köpfe zu mir herum. Axel sagt irgendwas zu mir, aber ich höre nur meinen eigenen Schrei. Angelina verschränkt die Arme vorm üppigen Busen. In ihren Dessous sieht sie aus wie ein Model aus einem Orion-Werbeclip.

Meine Hände reißen den Feuerlöscher aus der Halterung und lösen den Verschluss. Ich schreie und kreische und obendrein lache ich so schaurig wie dieser Typ am Schluss von Michael Jacksons Song „Thriller", während sich unsere schöne Werkstatt in eine Winterlandschaft verwandelt. Ein Schneemann und eine Schneefrau laufen wie aufgeschreckte Hühner darin umher.

Tränenblind und völlig von Sinnen stürme ich in unsere Wohnung, zerre meinen Koffer vom Schlafzimmerschrank und schmeiße wahllos ein paar Sachen hinein. Mir ist speiübel. Mein Leben ist jetzt und hier zu Ende. Achteinhalb Jahre mit Axel sind dahin. Bis zu diesem Moment habe ich keinen einzigen Gedanken daran verschwendet, dass es zwischen uns jemals aus sein könnte.

„Jessica ..." Axel steht im Türrahmen. Ich habe ihn nicht kommen gehört. Er knetet seine Hände und macht ein Gesicht wie auf einer Beerdigung. In seinen Haaren und seinen Klamotten kleben Reste vom Schaum. „Es tut mir wirklich leid, bitte glaub mir", murmelt er.

Plötzlich weicht sämtliche Energie aus meinem Körper. Ich fühle mich, als wäre ich um Jahrzehnte gealtert. Oder um Jahrhunderte. Matt sinke ich auf die Bettkante und starre zum Fenster, vor dem sich die rosafarbenen Vorhänge bauschen. Ich habe sie per Hand genäht, kurz nachdem wir in dieses Häuschen gezogen sind. Damals, vor unendlich langer Zeit.

„Wieso?", ächze ich.

„Ich liebe Angelina."

Seine Worte hallen wie Donnerschläge in meinem Kopf.

Er streckt zögerlich eine Hand nach mir aus und zieht sie wieder zurück. „Bitte verzeih mir."

Ich schließe die Augen.

„Ich hab's nicht drauf angelegt, das kannst du mir glauben. Es überkam mich mit solcher Macht, dass ich nichts dagegen tun konnte."

„Warum sie?", frage ich mit einer Gelassenheit, die mir selbst unheimlich ist.

„Das ist doch gar nicht wichtig", meint er.
„Für mich schon."
„Angelina ist ganz anders als du."
„Ah ja. Und wie anders?" Mal abgesehen davon, dass sie unerhört reich ist und ihre Beine kilometerlang sind, ist das eine interessante Frage.

„Sie ist total selbstbewusst, sie weiß, was sie will und sie ist wahnsinnig sexy", schwärmt er. Er räuspert sich und spricht in gedämpftem Ton weiter. „Du bist nichts von alledem. Äh, ich meine, du bist natürlich nicht Nichts", korrigiert er sich. „Versteh mich bitte nicht falsch, Jessica. Dir passieren andauernd irgendwelche Missgeschicke, du bist chaotisch und, ähem, nun ja, wirklich sexy bist du nicht." Er bricht ab.

Ich schlage die Augen wieder auf. Ein Stein liegt in meinem Magen, er wächst zu einem Felsbrocken heran.

Axel wirft mir ein mitfühlendes Lächeln zu. „Du kannst gerne noch hier wohnen bleiben, bis du eine neue Bleibe gefunden hast. Ich schlaf so lange auf der Couch." Er dreht sich um und geht.

Wie versteinert sitze ich da und starre die rosafarbenen Vorhänge an. *Tollpatschig, chaotisch und unsexy* geht in Dauerschleife durch mein Gehirn. Ich weiß nicht, wie lange ich auf der Bettkante hocke und wie betäubt vor mich hin stiere.

Irgendwann schläft mir der rechte Fuß ein. Ich strecke das Bein und wackle mit den Zehen, und weil der Fuß nicht aufhören will zu kribbeln, stehe ich auf. Axel hat sich in die schöne Angelina Brunetti verliebt, für mich ist hier kein Platz mehr. Ich muss gehen. Es tut mir fast ein bisschen leid, dass ich die beiden mit Löschschaum eingesprüht habe. Und ich ertappe mich bei dem Gedanken, dass ich morgen das Angebot für einen Einbauschrank an einen neuen Kunden schreiben wollte, und dieser womöglich auf das Angebot warten muss, weil Axel viel zu viel zu tun hat und sich nicht auch noch um den Bürokram kümmern kann.

Ich schaue mich ein letztes Mal in unserem schönen Schlafzimmer um. Dann schnappe ich mir den Koffer und verlasse das Haus.

Das Leben muss weitergehen, auch ohne Axel. Ich weiß nur noch nicht, wie.

Ein echter Schatz

„Versuch ausnahmsweise mal, wie ein ganz normaler Mensch auszusehen!" Meine Schwester Yvonne drückt mir ein dunkelblaues Kostüm in die Hand.

„Ich habe einen Termin bei der Agentur für Arbeit, das ist kein Staatsbesuch", erinnere ich sie und hänge das Kostüm schnell zurück in ihren Schrank.

Sie fixiert mich aus katzengrünen Augen. „Willst du einen vernünftigen Job haben?", fragt sie herausfordernd.

Unbedingt! Mein Gehalt als Aushilfe in Schuberts Schlemmerimbiss ist ein Witz.

„Dann zieh dich wie eine erwachsene Frau an und nicht wie Pippi Langstrumpf!" Sie holt das Kostüm wieder hervor.

Yvonne hat so ziemlich alles, was ich nicht habe, aber Klamottengeschmack hat sie nicht. Sie lässt die aktuellen Modezeitschriften darüber bestimmen. Ich bin nicht so dumm, einen Streit mit ihr anzufangen. Yvonne ist kein Mensch, mit dem es sich zu streiten lohnt, sie gewinnt sowieso immer. Außerdem bin ich momentan auf sie angewiesen. Wenn sie mich nicht bei sich wohnen lassen würde, müsste ich unter einer Brücke schlafen. Oder bei meinen Eltern.

„Und zieh um Gottes willen schlichte Perlons an!" Missbilligend zeigt sie auf meine bunte Wollstrumpfhose.

Ich liebe bunte Strumpfhosen. Und ich liebe meine roten Boots, den geblümten Minirock und meine coole Tupfenbluse.

Seufzend schäle ich mich aus meinen Sachen und nehme das Kostüm in Augenschein.

„Jede Wette, dass ich da nicht reinpasse", murre ich.

Yvonne hat dünne Beine, einen winzigen Po und eine schmale Taille. Was sie zu wenig hat, habe ich zu viel.

„Der Rock hat einen hohen Stretchanteil, der passt sich jeder Figur an", erwidert sie. Ihr Blick bleibt an meinem Hinterteil kleben, sie zieht die gezupften Brauen in die Höhe. „Hat dir eigentlich schon mal jemand gesagt, dass du abnehmen solltest?"

„Ja, du, und zwar sechsmal in den letzten vierzehn Tagen", entgegne ich gleichmütig.

Wer mir auf der Straße begegnet, hat mich sofort wieder vergessen. Niemand würde auf die Idee kommen zu behaupten, dass ich schön bin. Mir ist das ganz egal, ich mag mich so, wie ich bin. Ich esse, was mir schmeckt und ziehe mich so schön bunt an, wie es mir gefällt.

Meine Schwester wendet sich von mir ab und widmet sich ihrem Spiegelbild. Sie formt aus ihren vollen Lippen einen Kussmund, stößt einen entzückten Jauchzer aus und wirft ihre lockigen Haare über die Schulter.

„Ich hatte gestern Abend ein spannendes Date", zwitschert sie. „Mit einem Rechtsanwalt."

Ich bleibe auf halbem Weg in dem Rock stecken und starre sie an. „Wie bitte?"

„Nick ist ein *wahnsinnig* attraktiver Mann. Er hat eine eigene Kanzlei in der Innenstadt", berichtet sie.

Ich spüre, wie ich blass werde. „Du triffst dich hinter Brians Rücken mit einem anderen Mann? Wie gemein ist das denn?!", rege ich mich auf. Mir schießt vor lauter Entrüstung das Blut in die Wangen. Meine Emotionen schlagen sich immer sofort auf meine Gesichtsfarbe nieder.

Brian ist total nett. Er ist der netteste Freund, den Yvonne jemals hatte. Eigentlich ist er viel *zu* nett für sie.

Wann kapiert sie endlich, dass sie sich keinen besseren Mann wünschen könnte als ihn?

Sie rollt genervt die Augen. „Hey, komm mal wieder auf den Teppich."

Ich zerre an dem eleganten Rock, er lässt sich weder hoch noch runter bewegen. Axels Gesicht taucht vor meinem inneren Auge auf und ich spüre, wie Wut in mir hochkocht. „Das ist so gemein von dir! Brian würde sowas niemals machen, er ist ehrlich und treu und ..."

„Reg dich ab, Jessica!", knurrt Yvonne. „Du führst dich total kindisch auf!"

„Ach ja? Vielleicht weiß ich nur zu gut, wie beschissen es sich anfühlt, betrogen zu werden!", gebe ich zurück und zerre wütend am Rock. Der Bund schneidet mir in die Taille und quetscht meinen Bauch zusammen. Ich komme mir vor wie eine Wurst in der Pelle. Mir wird ein bisschen übel.

Yvonne hält mir eine reinweiße Bluse und das farblich zum Rock passende Jackett hin. Missmutig zwänge ich mich hinein, das Jackett spannt unter den Achseln. Ein wenig verkrampft trage ich meine Sachen ins Gästezimmer.

„Zieh dir Pumps an!", rät Yvonne und folgt mir durch die piekfeine Wohnung in mein Zimmer. Kaum hat sie einen Fuß hineingesetzt, stößt sie einen spitzen Schrei aus.

Der Schreibtisch ist mit schützendem Zeitungspapier bedeckt, darauf sind meine Ölfarben und die Behälter mit den Pinseln aufgereiht. Unter der Staffelei habe ich ebenfalls Zeitungspapier ausgelegt. Auf dem restlichen Fußboden und dem Bett herrscht ein lustiges Durcheinander an Klamotten, Büchern, CDs und Papierkram.

„Du hast schon wieder gemalt!", schimpft sie. „Himmel, dieser Gestank nach Farbe ist nicht zum

Aushalten!" Sie bahnt sich einen Weg zum Fenster und reißt es auf. Eiskalte Luft strömt ins Zimmer.

Mein Blick geht zur Staffelei und der Leinwand, die sich darauf befindet. Augenblicklich fliegen meine Mundwinkel nach oben und mein Herz macht einen Hopser. Wenn die Trennung von Axel ein Gutes hat, dann die Tatsache, dass ich endlich wieder nach Herzenslust malen kann.

Meinem aktuellen Werk habe ich den Titel „Geflügelte Träume" gegeben. Bei Tageslicht betrachtet wirkt der Hintergrund zu blass. Ich werde nachher weitermachen und das verwaschene Grau mit einem satten Blau aufpeppen. Ölfarben kann man glücklicherweise immer wieder übermalen.

„Igitt, wie das stinkt!", schimpft Yvonne erneut. „Bring deinen Malkram in den Hausflur. Du verpestest meine ganze Wohnung!"

Ach du Schande, ich soll im Hausflur malen? Da ist es ungemütlich kalt, erst recht zu dieser Jahreszeit. Unter der Decke hängen trübe Energiesparbirnen, Fußboden und Wände sind mit hochglänzenden Fliesen bestückt. Mist, Mist, verdammter Mist! Ich bin gerade so gut in Fahrt und würde am liebsten nichts anderes tun als zu malen.

„Dann riecht man die Farbe aber im Treppenhaus. Das wäre nicht fair gegenüber den anderen Hausbewohnern", argumentiere ich. Yvonne bewohnt das Erdgeschoss eines schicken Zwei-Parteien-Hauses im begehrten, total überteuerten Speckgürtel unserer Stadt. Im ersten Stock wohnt ein Ehepaar, das ich allerdings noch nie zu Gesicht bekommen habe.

Meine Schwester zeigt mit dem Finger zur Zimmerdecke. „Heinemanns sind für drei oder vier Monate in den USA." Sie schaut wieder zur Staffelei. „Sobald du zurück bist, trägst du das raus. Und anschließend räumst du hier picobello auf!"

Wird gemacht, Mutti, denke ich böse, und habe gleich darauf ein schlechtes Gewissen. Ich kann wirklich heilfroh sein, dass Yvonne mich bei sich wohnen lässt. Als ich vor zwei Wochen mit meinem Koffer vor ihrer Tür stand, hat sie mir ohne zu zögern ihr Gästezimmer angeboten. Ich muss unbedingt eine eigene Wohnung haben, aber ich weiß nicht, wovon ich die finanzieren soll. Von meinem Job in Schuberts Schlemmerimbiss auf alle Fälle nicht.

Seit der Trennung von Axel arbeite ich als Aushilfskraft für Bertram Schubert. Schubert gehören mehrere Imbisswagen, ich bin für seine „Goldgrube" auf dem Parkplatz eines großen Baumarkts zuständig. Der Wagen ist deswegen so gewinnbringend, weil er täglich von unzähligen hungrigen Baumarktkunden und Handwerkern angesteuert wird, und Schubert seinen Mitarbeiterinnen noch nicht mal den Mindestlohn zahlt.

Mein Termin bei der Arbeitsagentur ist wirklich wichtig. Ich brauche einen vernünftigen Job mit guter Bezahlung und eine eigene Wohnung. Wohl wissend, dass die roten Boots vor Yvonnes Augen keine Gnade finden werden, fahnde ich im Durcheinander auf dem Fußboden nach Alternativen.

„Was hältst du von diesen?" Ich halte einen hellen Leinenschuh in die Luft, der mit bunten Herzchen bedruckt ist.

Yvonne schüttelt nur fassungslos den Kopf. Seufzend stapft sie in den Flur und öffnet ihren Schuhschrank, der locker für eine vierköpfige Familie ausreichen würde. Sie zieht ein Paar schlichte schwarze Pumps heraus.

Skeptisch betrachte ich die Stöckelabsätze. Ich bin

nicht besonders geübt darin, mich auf solchen Dingern fortzubewegen.

Yvonne wirft einen Blick auf ihre Luxusarmbanduhr. „Wann ist dein Termin nochmal? Um zehn? Dann wird's höchste Zeit, dass du dich auf den Weg machst!" Du meine Güte, sie führt sich auf wie die Mutter eines Grundschulkindes.

„Ich bin neunundzwanzig Jahre alt, kann schon die Uhr lesen und schaffe es locker, rechtzeitig da zu sein", erkläre ich liebenswürdig und zwänge meine Füße in die viel zu schmal geschnittenen Lederschuhe. Autsch, verdammt!

Schon schnappe ich mir meinen geliebten natogrünen Army-Anorak, aber Yvonne tauscht ihn energisch gegen einen eleganten Kaschmirmantel um.

„Für deine Haare haben wir keine Zeit mehr", meint sie bedauernd und deutet auf meine Frisur, die wie immer aus zwei dunkelblonden Zöpfen und bunten Gummibändern besteht. „Schade, dass du Papas dünnes Haar geerbt hast. Du solltest dir angewöhnen, es mit dem Lockenstab aufzupeppen."

Ohne Vorwarnung zieht sie die Gummis von den Zöpfen. Das ziept wie Hölle.

„Aua, was soll das denn?", schimpfe ich.

„Die Zöpfe sind albern", meint sie ungerührt.

Wo ist bloß mein Portemonnaie geblieben? Ich fege ein paar Sachen vom Bett und durchsuche die Taschen des Anoraks. Nichts. Ich möchte Yvonne ungern um Geld anpumpen, auch wenn es sich nur um ein paar Euro für den Bus handelt. Zum Glück fällt mir in diesem Moment das kleine grüne Sparschwein ein. Darin sammle ich das Trinkgeld, das ich hin und wieder im Imbiss bekomme. Ich entdecke das Schweinchen unter einem aufgeschlagenen Liebesroman auf dem Nachtschrank, öffne den Gummiproppen und schütte das Geld in meine hohle Hand. Fünf Euro siebenundachtzig, das müsste für die Hin- und Rückfahrt reichen.

***

Der verdammte Rock schnürt mir die Gedärme ab. Jetzt verbringe ich schon geschlagene sechsundsiebzig Minuten auf diesem unbequemen Holzstuhl im Warteabteil der Arbeitsvermittlung. Der Raum ist viel zu warm und furchtbar stickig, aber die Fenster lassen sich nicht öffnen. Yvonnes Mantel liegt zu einer Wurst zusammengerollt auf meinem Schoß.

Die freundliche ältere Dame, mit der ich eine ganze Weile geplaudert habe, hat ihren Termin inzwischen hinter sich gebracht. Neben mir sitzt jetzt ein schlaksiger Jugendlicher, der über sein Handy gebeugt ist, und sich offensichtlich nicht für seine Umwelt interessiert. Zwei Stuhlreihen weiter streitet sich ein feister Typ mit seiner Begleiterin, weil sie angeblich sein komplettes Monatseinkommen auf den Kopf gehauen hat.

Ich starre auf die digitale Nummernanzeige an der Wand. Vielleicht sollte ich mir eine Gesprächsstrategie zurechtzulegen. Ja, das wäre sehr klug! Manchmal purzeln mir die Wörter nämlich einfach so aus dem Mund, und das wäre in diesem Fall gar nicht gut. Ich muss den Sachbearbeiter unbedingt davon überzeugen, dass mehr in mir steckt, als Currywurst-Pommes zu verkaufen!

Die Nummernanzeige springt weiter, ich bin dran. Endlich! Den aufgerollten Mantel unter den Arm geklemmt stöckle ich auf eine Bürotür zu, neben der ein grünes Lämpchen blinkt. Unter dem Lämpchen befindet sich ein Schild mit der Aufschrift H. Hartstange, Fallmanagerin.

Eine Frau mit eckiger Brille schaut kurz auf, nickt mir emotionslos zu und zeigt auf den Stuhl, der sich auf der anderen Seite ihres Schreibtisches befindet.

Mit dem strahlenden Lächeln einer Lottogewinnerin stürme ich auf sie zu und schüttle ihr euphorisch die Hand. „Einen schönen guten Tag, liebe Frau Hartstange, ich bin Jessica Schulz und ich hätte gerne einen gutbezahlten Job!" Der Mantel rutscht aus meiner Armbeuge, er entrollt sich und landet auf dem Fußboden.

Die Sachbearbeiterin macht mitsamt ihrem Schreibtischstuhl einen erschreckten Hüpfer rückwärts. Offenbar ist sie freundliche Begrüßungen nicht gewohnt.

Frohgemut fahre ich fort: „Ich habe Abitur, zwar kein besonders gutes, aber immerhin! Ich bin handwerklich begabt und ich kann gut malen und nähen ..."

„Stopp!" Sie hebt eine Hand und schaut ziemlich genervt drein. „Setzen Sie sich!"

Ich schlucke den Rest des Satzes runter, schenke ihr ein sonniges Lächeln und bücke ich mich, um den Mantel vom Fußboden aufzuheben. Plötzlich kracht es. Das untrügliche Geräusch einer platzenden Naht. Ich schaue an mir hinab und entdecke ein klaffendes Loch mit unschön ausgefransten Rändern von meinem rechten Hüftknochen abwärts. Na toll, so viel zum Thema hoher Stretchanteil.

Ich stakse zum Stuhl und drapiere den Mantel geschickt über der aufgeplatzten Naht. Der Schreibtisch steht wie ein Bollwerk zwischen uns. Flüchtig geht mir durch den Kopf, wie viele verzweifelte Personen wohl schon auf diesem Platz gesessen haben mögen.

„Haben Sie Ihren Ausweis dabei?"

„Leider nicht. Ich konnte auf die Schnelle mein Portemonnaie nicht finden."

Frau Hartstange guckt mich mit ausdrucksloser Miene an, fragt mich nach meinem Geburtstag und wendet sich dem Computer zu. Sie tippt stumm auf der Tastatur herum, ihre Schneidezähne bohren sich in ihre Unterlippe.

Mannomann, sie macht es aber ganz schön spannend! Ich falte meine Hände im Schoß und falte sie wieder auseinander.

Schließlich schwenkt sie auf ihrem Stuhl herum. „Sie haben weder eine Berufsausbildung noch ein abgeschlossenes Studium", stellt sie fest und ich meine, einen Vorwurf in ihrer Stimme zu hören.

„Ich habe Axel geholfen. Äh, er war mein Freund, also, genau gesagt ist er mein Ex-Freund", plappere ich. „Er ist Möbeltischler, er baut richtig schicke Möbel, und er hat sich selbständig gemacht. Ich habe ihm geholfen." Ich rede mal wieder viel zu viel und viel zu schnell.

„Das sagten Sie bereits." Sie rückt ihre Brille zurecht.

Ihr Blick macht mich nervös. Nein, es ist nicht nur ihr Blick, es sind auch ihre Zähne. Sie hat ein Pferdegebiss. Ich komme mir vor wie das arme Rotkäppchen. *Großmutter, warum hast du so große Augen? Und warum hast du so große Zähne ...*

Ich verscheuche den Gedanken an den bösen Wolf und konzentriere mich auf mein Gegenüber. „In der Möbeltischlerei war ich Mädchen für alles. Ich habe den Schriftverkehr und den anderen Papierkram gemacht. Sie wissen schon, die Belege für die Steuer abheften, Angebote, Briefe und Rechnungen schreiben und so weiter."

Frau Hartstange rückt ihre Brille zurecht, und weil sie mich nicht ausbremst, fahre ich fort: „Ich kann sehr schnell tippen, das habe ich mir selber beigebracht. Und die anderen Sachen auch. Ich kann gut aus Büchern lernen, wissen Sie, und außerdem lässt sich ja alles Mögliche im Internet finden. Am liebsten war ich in der Werkstatt, ich bin nämlich handwerklich geschickt, müssen Sie wissen. Ach, und natürlich habe ich mich total gerne mit den Kunden unterhalten …"

„Sie meinen, Sie haben sich auch um die Akquise gekümmert", schaltet sie sich ein.

Ich hebe die Schultern. „So kann man das natürlich auch nennen."

„Sie hätten wenigstens eine Berufsausbildung machen müssen, dann hätten Sie jetzt etwas vorzuweisen! Haben Sie sich denn gar keine Gedanken um Ihre eigene Zukunft gemacht?", fragt sie in tadelndem Ton.

„Ich habe das erste Mal über Zukunft nachgedacht, als es mit Axel aus war", gestehe ich.

„Hilfskraft", murmelt sie, tippt erneut auf die Tastatur ein, bewegt die Maus und studiert den Bildschirm. „Ah ja, hier, ich hab was in der Produktion für Sie! In der Gumminippelfabrik suchen sie Leute für die Nachtschicht."

„Nachts kann ich nicht arbeiten, das krieg ich nicht hin", erkläre ich. „Ich würde stumpf am Fließband einschlafen."

„Tja, dann eben nicht", schnappt sie.

Bestimmt denkt sie jetzt, dass das nur eine Ausrede ist. „Ich kann nicht mal eine ganze Nacht durch*feiern*!", rechtfertige ich mich. „Spätestens um drei Uhr werde ich so müde, dass ich mich nicht mehr auf den Beinen halten kann." Ich bin nun mal kein Nachtmensch, dafür aber begeisterte Frühaufsteherin.

Sie richtet den Blick erneut auf den Bildschirm und klickt auf die Maus.

„Was haben Sie denn sonst noch für freie Stellen?", erkundige ich mich hoffnungsvoll.

„In der Tagschicht hätte ich was in der Geflügelverarbeitung. Wie wäre das?" Sie guckt mich teilnahmslos durch ihre Brillengläser an.

Ich spüre, wie mir der Schweiß ausbricht. „Sie meinen, ich soll die Innereien aus toten Hühnern herausnehmen?"

„Das ist Akkordarbeit, da bekommen Sie den Grundlohn plus Zulage."

„Nein! Ich kann nicht in einer Hühnerfabrik arbeiten!", rufe ich entsetzt. „Davon kriege ich Alpträume!"

„Tja, dann tut's mir leid. Mehr habe ich nicht für Sie." Sie schwingt in ihrem Sessel herum und wirft als Zeichen, dass sie das Gespräch für beendet hält, einen Blick zur Uhr.

Meine Finger umklammern die Kanten des Stuhls. „Gibt es denn wirklich gar keinen anderen Job für mich als in einem Imbisswagen, in der Nachtschicht oder in einer Hühnerschlachterei?", flehe ich.

Sie erhebt sich von ihrem Schreibtischsessel, geht zur Tür und öffnet sie weit. „Nach den Sommerferien beginnt bei einem unserer Bildungsträger ein neuer Ausbildungslehrgang zur Altenpflegehelferin. Sie können sich ab April dafür bewerben, wenn Sie möchten."

Ich stoße mich von den Stuhlkanten ab und stakse in den mörderisch engen Schuhen aus dem Raum. Meine Füße sind auf das Doppelte angeschwollen. Was für ein Hohn, dass ich mich extra für dieses Gespräch so schick gemacht habe!

Ich atme tief durch, was dank der aufgeplatzten Naht jetzt kein Problem mehr ist. Ich werde mir den Tag von niemandem verderben lassen, erst recht nicht von der miesepetrigen Frau Hartstange!

Ein eisiger Windstoß fegt unter den Kaschmirmantel, als ich aus der Drehtür nach draußen trete. Es ist

Anfang Februar, die Temperaturen liegen knapp überm Gefrierpunkt. Schwere, graue Wolken bedecken den Himmel, vereinzelte Schneeflocken tanzen durch die Luft. Die Straßenbäume sind kahl, ihre Stämme dunkel vor Nässe. Sie wirken wie eine Reihe müder Soldaten.

Emma wohnt ganz in der Nähe. Ich würde sie jetzt liebend gerne besuchen, neben ihr auf dem schmalen Bett hocken, ihren gesunden Tee schlürfen und ihr von Frau Hartstange erzählen. Aber Emma hat heute den Vorstellungstermin bei diesem angesagten Anwalt. Seit Tagen macht sie sich deswegen total verrückt. Sie könnte die Angelegenheit sehr viel entspannter angehen, finde ich. Was soll ihr schon groß passieren? Sie hat die besten Qualifikationen und macht einen sehr sympathischen Eindruck. Sollte der Termin heute tatsächlich in die Hose gehen, macht das gar nichts. Dann bleibt sie halt noch ein kleines Weilchen bei Breitarsch und bewirbt sich bei einem anderen Anwalt. Ich drücke ihr auf alle Fälle ganz doll die Daumen, dass es klappt mit dem neuen Job. Emma soll alles bekommen, was sie sich wünscht, und noch eine ordentliche Schippe obendrauf!

Sie wird vermutlich schon zu ihrem Vorstellungstermin unterwegs sein. Emma gehört zu den Menschen, die lieber eine Stunde zu früh als eine Minute zu spät zu einer Verabredung kommen.

Ich halte den Mantelkragen mit einer Hand unterm Kinn zu, stemme mich gegen den Wind und steuere die Bushaltestelle an. Die Leute an der Haltestelle stehen dicht gedrängt im schützenden Wartehäuschen. Sie schauen mürrisch drein, ich entdecke kein einziges fröhliches Gesicht. Ich verstehe das nicht! Es will mir nicht in den Kopf, warum die meisten Menschen mit Leichenbittermienen herumlaufen, selbst wenn sie gar keinen Grund zum Traurigsein haben.

„Schönen guten Tag!", rufe ich vergnügt in die Runde und ernte überraschte und befremdliche Blicke. Ein paar Mienen erhellen sich, mein Gruß wird erwidert. Na also, geht doch.

„Recht haben Sie", sagt ein älterer Herr zu mir. „Wir sollten glücklich und zufrieden sein, so lange wir noch nicht unter der Erde liegen."

Ich nicke ihm lächelnd zu und er erzählt mir, dass er seine Enkeltochter besuchen will. Sie hat gerade ihr zweites Kind bekommen.

„Dann sind Sie ja schon Urgroßvater!", staune ich und er strahlt mich stolz an.

Und plötzlich staune ich noch mehr: Eine vertraute Gestalt nähert sich im Laufschritt, sie bemüht sich, ihren modischen Pagenkopf mit einem Regenschirm vor dem Wetter zu schützen.

„Hallo Emma!", rufe ich begeistert.

„Hi Jessica!" Sie schlüpft geschwind unter das schützende Dach und klappt den Regenschirm zu. Ihre Augenlider flattern wie sonst was, ein sicheres Zeichen dafür, dass sie gerade voll im Stressmodus ist.

„Was machst du denn hier? Und wieso hast du diese Klamotten an?", rätselt sie. „Ach, stimmt, du warst ja bei der Agentur für Arbeit, jetzt fällt's mir wieder ein. Himmel, ich bin total durcheinander."

Sie ist wie immer perfekt gekleidet. Ihre Füße stecken ebenfalls in feinen Pumps und ihr Mantel ist mindestens so schick wie meiner, beziehungsweise Yvonnes. Mit ihrer Aktentasche aus echtem braunen Leder sieht sie aus wie Mrs Business höchstpersönlich.

„Mein Auto ist nicht angesprungen", stößt sie hervor. „Kannst du dir das vorstellen? Gerade heute, an diesem wichtigen Tag, streikt mein Auto! Und dann ruf ich bei der Taxizentrale an und was sagen die? Sie können mir *in vierzig Minuten* einen Wagen schicken. In vierzig Minuten! *Hallo?* Jetzt fehlt nur noch, dass der Bus nicht fährt! Die ganze Welt hat sich heute gegen mich verschworen!" Ihr herzförmiger Mund verzieht sich zu einem umgedrehten U.

„Der Bus fährt pünktlich und deinen Termin schaffst du locker", will ich sie beruhigen.

„Schön wär's", entgegnet sie muffelig und schaut mich verzeihungsheischend an. „Sorry, Jessy, jetzt kriegst du meinen ganzen Frust ab." Sie atmet tief durch, aber ihre Augenlider flattern weiterhin.

„Das ist echt eine super Chance für mich, und die will ich mir nicht entgehen lassen!" Sie drückt die Aktentasche fester an ihre Hüfte. „Wenn alles glattgeht, verdiene ich bei Herzog einen ganzen Batzen mehr als bei Breit ..." Sie unterbricht sich und wirft einen flüchtigen Blick auf die umstehenden Leute. „Na, du weißt schon."

„Das wäre wirklich toll", sage ich und spüre auf einmal einen Hauch Neid in mir aufsteigen. Ich fege ihn schnell weg und bete, dass meine Tage in Schuberts Imbisswagen gezählt sein mögen. Wie gerne hätte ich auch so einen Job wie Emma!

Der Bus kommt und öffnet zischend seine Türen. Die Leute strömen aus dem Wartehäuschen. Der Schnee fällt jetzt in dicken Flocken vom Himmel, er legt sich wie feine Wattebäusche auf die Mützen und Regenschirme.

Ich hocke mich auf einen Platz am Fenster. Die Scheibe ist von innen beschlagen und von außen nass vom Schnee. Es ist unmöglich, durch sie hindurchzusehen.

Emma lässt sich auf den Nachbarsitz fallen und hängt ihren Schirm an die Rückenlehne. „Hat Yvonne dich zu den Klamotten genötigt? Das sieht ihr ähnlich! Warum lässt sie dich nicht einfach der bunte Paradiesvogel sein, der du bist?"

„Sie hat's gut gemeint", nehme ich meine Schwester in Schutz. „Sie ist überzeugt davon, dass man nur erfolgreich sein kann, wenn man auch so aussieht."

Emma gibt ein abfälliges Schnauben von sich. „Pah, so ein Unsinn! Jessica, du *bist* erfolgreich, wann schnallst du das endlich?"

„Du scheinst mich mit jemandem zu verwechseln", entgegne ich und schwenke meine Hand dicht vor ihren Augen. „HALLO, *ich* bin's! Jessica Schulz, neunundzwanzig, Aushilfe im Schmierimbiss und wohnhaft im Gästezimmer ihrer Schwester."

„Du bist eine Künstlerin, Jessica!", sagt sie. „Du drückst deine Gefühle in Bildern aus. Das ist eine ganz besondere Gabe."

„*Du* siehst das so", murmele ich. „Für den Rest der Welt bin ich eine Niete."

Sie fasst nach meiner Hand. „Du bist genau richtig, so wie du bist. Deine bunten Klamotten sind toll, lass dir die bloß nicht ausreden! Ich bewundere dich, weißt du das eigentlich?"

„Wieso das denn?", frage ich erstaunt.

Sie hebt ihre Hand und zählt an den Fingern ab. „Du denkst positiv und du bist fast immer gut gelaunt. Auf dich ist Verlass und du hast immer ein offenes Ohr für deine Mitmenschen." Sie drückt mir einen Schmatzer auf die Wange. „Du bist meine allerallerbeste Freundin." Sie bricht ab, ihre schmalen Augenbrauen schieben sich zusammen. „Mein bescheuerter Bruder ist Schuld! Er hat nicht nur eure Beziehung, sondern auch dein Selbstwertgefühl kaputt gemacht", knurrt sie.

Emma und Axel sind normalerweise ein Herz und

eine Seele. Aber seit der Sache mit Angelina hat er bei ihr schlechte Karten.

Ich setze ein schiefes Grinsen auf und hebe die Schultern. „Ich fürchte, mein Selbstwert war noch nie besonders ausgeprägt. Sonst hätte ich mich nicht jahrelang vor Axels Karren gespannt."

„Du bist zu gut für diese Welt", meint sie entschieden.

„Oder zu blöd." Ich gebe ein leises Seufzen von mir.

Hätte ich mir in der Schule doch nur mehr Mühe gegeben! Ich habe mein Abi nur mit Hängen und Würgen geschafft und selbst wenn mir Axel und seine geplante Möbeltischlerei nicht über den Weg gelaufen wären, hätten sich die Ausbildungsbetriebe vermutlich nicht gerade um mich gerissen.

Meine Schwester Yvonne ist der ganze Stolz meiner Eltern. Sie hat ein Abitur von eins Komma zwei hingelegt, ist eine Sportskanone und schart einen Haufen schlauer Freunde um sich. Mit einer Schwester wie Yvonne kann man eigentlich nur den Kürzeren ziehen.

Plötzlich schießt Emma wie eine Rakete in die Höhe. „Ich hab das Passfoto vergessen!", kreischt sie. „Verdammt, das gibt's doch nicht! Wie blöd bin ich eigentlich?" Sie macht die Aktentasche auf, zieht einige in Folien verpackte Zeugnisse heraus und blättert sie rasch durch.

Mein Blick streift die Dokumente, sie weisen ausnahmslos gute Noten auf.

Aufstöhnend fällt sie zurück in den Sitz. „Ich habe extra ein neues Porträtfoto machen lassen. Und was mache ich doofe Kuh? Lasse es zu Hause liegen, anstatt es an den Lebenslauf zu heften!"

„Das macht gar nichts!", rede ich ihr gut zu. „Du kreuzt da doch gleich sowieso persönlich bei diesem

Anwalt auf, da ist ein Foto total unnötig und überflüssig."

Emma schüttelt den Kopf. „Das verstehst du nicht, Jessica."

Aha. Wie war das noch gleich mit der Niete?

„Meine Unterlagen sind unvollständig. Man geht nicht mit unvollständigen Unterlagen zu einem Vorstellungsgespräch, das macht man einfach nicht!", belehrt sie mich. „Großer Gott! Wie soll ich Herrn Herzog das nur erklären?"

„Was gibt's da zu erklären?", rätsele ich. „Du sagst das einfach so, wie's ist: Du hast das Foto zu Hause vergessen."

Auf einmal erscheint ein Lächeln in ihrem eben noch verzweifelten Gesicht. „Weißt du, was ich an dir am allermeisten liebe, Jessy?", fragt sie sanft und liefert die Antwort gleich mit. „Dass du immer ehrlich bist! Du lügst *nie*! Auf dein Wort kann man sich immer hundertprozentig verlassen."

„Nun ja, ich bin eine grottenschlechte Lügnerin. Deswegen lass ich es lieber von vornherein bleiben."

Sie lacht und dabei entblößt sie ihre schönen weißen Zähne. Sorgfältig legt sie die Zeugnisse zurück in die Aktentasche, klappt sie zu und stellt sie auf den Boden.

„Ich werde hingehen", beschließt sie und schiebt trotzig das Kinn vor. „Vielleicht habe ich ja auch ohne Foto eine Chance."

„Ich habe heute leider *kein Foto* für dich", ahme ich nahezu perfekt Heidi Klum nach.

Emma kichert und ich stimme mit ein. Es gibt keinen Menschen auf der Welt, mit dem man so herrlich lachen kann, wie mit meiner allerbesten Lieblingsfreundin.

***

Emmas Beschreibung nach liegt die Kanzlei in der Fußgängerzone, mit rückwärtigem Blick auf den Fluss. Eine Top-Adresse. Der Bus steuert die Station „Burgstraße" an und Emma macht sich bereit zum Aussteigen.

Sie rückt den Kragen ihrer Bluse zurecht. „Wir schreiben uns nachher, okay? Oder telefonieren." Ihre Augenlider fangen wieder an zu flattern. Mit zitternder Hand greift sie nach dem Regenschirm.

Ich recke beide Daumen und zwinkere ihr aufmunternd zu. „Viel Glück, Emma! Du schaffst das!"

Die Bustür schwingt auf, die Leute steigen aus und die Tür geht wieder zu. In genau diesem Moment entdecke ich die Tasche auf dem Fußboden. Ach du Schreck! Emma hat ihre Aktentasche im Bus vergessen!

Ich springe auf und hechte mit einem Riesensatz zur Tür. Sie ist zu, der Bus fährt an.

„Halt!", schreie ich quer durch den Bus nach vorn zum Fahrer. „Halten Sie an!" Ich reiße die Tasche hoch über meinen Kopf und schwenke sie wie eine Notfallflagge. „Da sind wichtige Bewerbungsunterlagen drin! Sie *müssen* anhalten!"

Ein paar Leute gaffen mich wortlos an und der Bus fährt einfach weiter. Ich stoße einen Fluch aus und drücke auf den Knopf, um zu signalisieren, dass ich an der nächsten Haltestelle aussteigen will. Wir fahren ein gutes Stück die Straße hinauf.

Arme Emma! Hoffentlich erwische ich sie noch! Sie ist bestimmt völlig von der Rolle. Ohne ihre Tasche wird sie garantiert nicht am Vorstellungstermin teilnehmen. Sie wird sich tagelang mächtig über sich ärgern.

Die Türen öffnen sich, ich klettere hinaus und kriege

einen Kälteschock. Sibirischer Wind zerrt an meiner Kleidung, Schneeflocken pieksen mir wie Nadelstiche ins Gesicht. Nach zwei Schritten sind meine Füße taub vor Kälte.

Ich stolpere den Gehweg entlang, bleibe mit dem Absatz in einer Rille stecken und knicke um. Der Schnee legt sich wie ein nasser Hut auf meine Haare. Blinzelnd halte ich Ausschau nach Emma. Ein sinnloses Unterfangen, denn die Welt um mich herum ist im Schneegestöber verschwunden.

Die Fußgängerzone beginnt auf der gegenüberliegenden Straßenseite. Und die Haltestelle für die Rückfahrt ist ebenfalls irgendwo da drüben. Entweder ist Emma in diesem Moment unterwegs zu ihrem Anwalt oder sie will den nächsten Bus nach Hause nehmen. Also los, schnell rüber über die Straße. Wenn ich mich beeile, kann ich sie bestimmt noch erwischen.

Schneeflocken haben sich in meinen Wimpern verfangen, ich schaue kurz nach rechts und links und stöckele eilig über die Fahrbahn.

Der Schnee gefriert auf der Straße, es ist verdammt glatt. Jetzt fehlt nur noch, dass ich hinfliege! Kaum habe ich diesen Gedanken gedacht, höre ich ein durchdringendes Hupen. Eine verschneite Motorhaube taucht in meinem Blickfeld auf. Mir bleibt vor Schreck das Herz stehen. Innerhalb eines Sekundenbruchteils wird mir klar, dass ich dem Unheil nicht entkommen kann. Ich spüre den dumpfen Aufprall, aber seltsamerweise empfinde ich keinen Schmerz. Ich lande im Schneematsch und tauche in tiefe Dunkelheit.

**

„Frau Meier? Sind Sie wach?"

Aus weiter Ferne dringt eine männliche Stimme an

mein Ohr. Sie hat einen angenehm warmen Klang.

Ich gebe ein schläfriges Grunzen von mir und will mich auf die Seite drehen, aber kaum, dass ich mich bewege, jagt ein stechender Schmerz durch meine Stirn. Also bleibe ich still auf dem Rücken liegen und sinke zurück in meine Traumwelt.

„Frau Meier? Wie geht es Ihnen?"

Schon wieder diese wohlklingende Stimme.

Meier? Meint er etwa mich? Axel Meier schiebt sich vor mein inneres Auge. Haben wir geheiratet? Schade, dass ich mich überhaupt nicht an die Hochzeit erinnern kann. Das war bestimmt ein schönes Fest. Hey, wenn Axel und ich geheiratet haben, dann ist Emma ja jetzt meine Schwägerin! Ui, das ist toll!

Auf einmal taucht eine brünette Schönheit in Spitzenunterwäsche auf meiner inneren Leinwand auf, Axel hat seine Hose runtergelassen und ich greife zum Feuerlöscher. Plötzlich fällt mir alles wieder ein. Hm. Ich habe Axel definitiv *nicht* geheiratet und Emma ist somit leider nicht meine Schwägerin. Ich bin Single, wohne bei meiner Schwester und arbeite in einem Imbisswagen. Das ist die Realität.

Ach du Schande, der Imbiss! Herr Schubert hat mich für die Nachmittagsschicht bis zwanzig Uhr eingeteilt. An welchem Tag? Gestern, heute, morgen? Was das Fernbleiben von der Arbeit angeht, lässt Bertram Schubert nur den plötzlichen Tod als Entschuldigung gelten. Und da ich nicht gestorben bin, kann ich den Job im Schlemmerimbiss abhaken.

Ich bin Single, wohne bei meiner Schwester und bin arbeitslos. *Das* ist die Realität.

An meinen Lidern scheinen Bleigewichte zu hängen. Mühsam öffne ich sie einen winzigen Spalt, blinzle einen nebligen Schleier weg, und schaue in die faszinierendsten Augen, die ich jemals gesehen habe. Sie sind unglaublich blau und sie sind von einem dunklen Wimpernkranz umgeben. Wow! Die Augen gehören einem fremden Mann. Sein Blick ist so intensiv, dass ich das Gefühl habe, er würde direkt in meine Seele schauen. Unwillkürlich überzieht eine Gänsehaut meinen ganzen Körper und ein wohliges Kribbeln breitet sich in meinem Unterbauch aus.

„Gott sei Dank, Sie sind wach!" Die warme Stimme gehört dem Fremden. Er klingt erleichtert.

Ich will etwas erwidern, aber meine Zunge klebt unterm Gaumen fest.

„Das war vielleicht ein Schreck! Sie sind mir direkt vors Auto gelaufen. Zum Glück haben Sie nur eine Gehirnerschütterung davongetragen!"

Er scheint wirklich erschrocken zu sein. Das kann ich gut nachempfinden und es tut mir sehr leid. Man muss sich das nur mal vorstellen: Im dichten Schneegestöber taucht plötzlich wie aus dem Nichts ein Mensch vor der Motorhaube auf. Da bleibt wohl jedem Autofahrer das Herz stehen!

Warum habe ich seinen Wagen eigentlich nicht bemerkt? Ich weiß es nicht. Er war auf einmal da.

„Ich musste Ihre Aktentasche durchsehen. Die Rettungssanitäter wollten Ihren Namen wissen", entschuldigt er sich.

Seine viel zu blauen Augen lassen mich nicht los. Er trägt bestimmt farbige Kontaktlinsen.

In einer Geste, die ich als Verwirrung deute, fährt er sich mit den Händen durch seine dunklen Haare. „Offenbar hatten Sie's eilig, zu Ihrem Vorstellungstermin bei mir zu kommen", sagt er. „Ist das zu glauben? Eigentlich hätte ich mit Ihnen in meinem Büro ein Bewerbungsgespräch geführt, aber stattdessen sitze ich an

Ihrem Krankenhausbett!"

Emma! Die Tasche!

„Hn!" Verflixt, was ist nur mit meiner Zunge los?

Er hat schöne weiche Lippen, sie verziehen sich zu einem etwas schiefen Lächeln. Seine tiefblauen Augen scheinen davon seltsam unberührt, aber ich bilde mir ein, tief in ihnen ein winziges Leuchten zu erkennen. Markantes Kinn mit einem niedlichen Grübchen in der Mitte, er ist perfekt rasiert. Kräftige Wangenknochen, eine kleine Narbe an der rechten Augenbraue. Ich kann mich gar nicht sattsehen an ihm.

Ein Ruck geht durch seinen Körper. „Ich habe mich noch gar nicht offiziell vorgestellt: Nicolas Herzog." Er reicht mir die Hand, sie ist kühl und fest.

„Während ich hier saß und darauf wartete, dass Sie aufwachen, habe ich beschlossen, dass wir einfach auf das Vorstellungsgespräch verzichten. Sie fangen in meiner Kanzlei an, sobald Sie sich von dem Unfall erholt haben. Was halten Sie davon, Frau Meier?"

„Hn! Hn!", protestiere ich. Verdammte Axt!

„Sie bringen alle Qualifikationen, sehr gute Zeugnisse und Berufserfahrung mit", fasst er zusammen. „Wie sieht es mit der Kündigungsfrist bei Ihrem derzeitigen Arbeitgeber aus?"

Ich bemühe mich, ihm durch entsprechende Augenbewegungen zu signalisieren, dass er total auf dem Holzweg ist.

Er richtet sich auf und lässt seinen Blick zum Fenster wandern. Statt seinem schönen Gesicht mit den unglaublichen Augen kann ich nun seinen gut gebauten Körper bewundern. Schmale Hüften, null Bauchansatz, breite Schultern. Er trägt einen perfekt sitzenden Anzug und ein reinweißes Hemd mit offenem Kragen. Keinen Schlips. Ich glaube, ein Dreitagebart würde ihm auch gut stehen. Aber der würde das niedliche Grübchen verdecken. Dann lieber doch keinen Bart.

„Sie wissen ja bereits, dass ich die Kanzlei allein betreibe", erklärt er. „Zu mir kommen ausnahmslos gut situierte Mandanten, sie schätzen die vertrauliche und persönliche Atmosphäre sowie die schlanke Organisation in meiner Kanzlei."

Ich nicke zustimmend. Emma hat mir ja schon einiges über diesen Rechtsanwalt erzählt.

„Normalerweise sind zwei Gehilfinnen in der Kanzlei tätig, aber im Moment ist es wie verhext", seufzt er. „Ulrike war fünf Jahre für mich tätig und nun ist sie ganz überraschend nach Kiel zu ihrem Freund gezogen. Tja und Ludmilla, die gute alte Seele, muss sich um ihren Mann kümmern, er ist schwerkrank."

„Hn", mache ich mitfühlend.

Er wendet sich wieder zu mir um.

Hilfe! Wenn er mich weiterhin mit diesen Augen ansieht, bin ich verloren! Sie sind wie ein Sog, der mich in unbekannte Tiefen ziehen will.

„Deshalb brauche ich umgehend jemanden Kompetentes wie Sie, Frau Meier. Sie bringen alle Voraussetzungen mit, um die Kanzleiorganisation im Handumdrehen eigenverantwortlich zu übernehmen."

Er ist so kühl und sachlich, schießt es mir durch den Kopf. Das liegt bestimmt an seinem Beruf. Ich kann mir lebhaft vorstellen, wie er im Gerichtssaal das Plädoyer für einen zu Unrecht Verdächtigten hält. Ich habe „Die zwölf Geschworenen" und „Das Urteil" gesehen. Ich mag Gerichtsfilme.

„Übrigens sind Bernhard Breitling und ich nicht die besten Freunde, aber vielleicht hat er das Ihnen gegenüber schon erwähnt?! Eine alte Geschichte, sie geht noch auf meinen Vater zurück. Breitling wird sicherlich nicht sehr glücklich sein, Sie an mich zu verlieren." Sein Lächeln fällt wieder etwas angestrengt aus.

Er hat unfassbare Augen, aber besonders viel Humor hat er nicht. Ich schätze, er ist auch privat ein ziemlich ernster Typ. Ob er jemals einfach mal laut loslacht? Vermutlich nicht. Irgendetwas in seiner Vergangenheit scheint ihn zu einem freudlosen Mann gemacht zu haben. Was das wohl war? Das würde ich zu gerne herausfinden.

Er macht einen Gehaltsvorschlag und sagt, dass er noch ein kleines Schmerzensgeld drauflegen will. „Ich werde den anderen Bewerberinnen absagen", verspricht er. Dann schaut er mir direkt in mein Herz und sagt mit seiner warmen Stimme: „Nehmen Sie mein Angebot an? Wollen Sie meine neue Mitarbeiterin werden?"

Oh Himmel, das klingt wie ein Heiratsantrag! So schön ... In diesem Augenblick zerfließt irgendetwas tief in meinem Innern. Es fühlt sich süß und weich und wunderbar an. Ich komme mir vor wie die Prinzessin im Märchen. Nicolas hat meine wahre Schönheit erkannt, nimmt mich mit in sein Schloss und wir lieben uns bis an unser Lebensende. Selbst wenn ich sprechen könnte, würde ich in diesem ergreifenden Moment kein Wort rauskriegen.

Er wartet offenbar auf meine Antwort, sein Blick hat sich in meinem festgehakt.

„Hnnnnn", mache ich und nicke glücklich.

Er legt seine Visitenkarte auf den Nachtschrank. „Sie melden sich bei mir, sobald Sie wieder auf dem Damm sind, in Ordnung?" Er reicht mir zum Abschied die Hand. „Auf Wiedersehen, Frau Meier! Ich freue mich sehr auf unsere Zusammenarbeit."

Ach, es wäre so schön, wenn er hierbliebe! Ich wünschte, er würde meine Hand für immer festhalten.

Oha. Ich glaube, ich habe mich gerade unsterblich verliebt.

Eine resolut wirkende Krankenschwester rauscht herein, misst meinen Blutdruck und jagt mich aus dem Bett. Ich soll ein bisschen im Zimmer herumgehen, um herauszufinden, ob mir dabei schwindelig wird. So läuft das heutzutage im Krankenhaus. Kaum bist du drin, schmeißen sie dich schon wieder raus.
Ein scharfer Stich fährt durch meinen Hinterkopf. Ich sitze in einem Karussell, alles dreht sich. Ich warte so lange, bis das Karussell anhält, und dann lasse ich mich aus dem Bett gleiten.
Ich habe ein Krankenhausnachthemd an, das im Nacken zugebunden und am Rücken offen ist. Hihi, das sieht ja lustig aus!
„Ihre Kleidung und Ihre Tasche habe ich im Schrank verstaut", teilt mir die Krankenschwester mit und beäugt mit kritischem Blick, wie ich durch den Raum tapse.
Ich komme an zwei menschenleeren, frisch bezogenen Betten vorbei und mache vorm Waschbecken kehrt. Wundersamerweise verschwinden die Kopfschmerzen mit jedem Schritt und auf einmal löst sich auch meine Zunge vom Gaumen. Ein Segen ist das, endlich wieder sprechen zu können!
„Das klappt ja prima", meint die Resolute. „Ich werde dem Stationsarzt Bescheid geben, dass er gleich mal zu Ihnen kommt." Sie rauscht hinaus.
Ich krabble wieder ins Bett und schreibe Emma eine kurze Nachricht: „Bin im Krhs, nix Schlimmes, mach dir keine Sorgen." Dann nehme ich die Visitenkarte vom Nachtschrank und drehe sie zwischen meinen Fingern.

Nicolas Herzog, Rechtsanwalt
Eine schlichte, elegante Karte ohne überflüssige Initialen oder Schnörkel. Die Karte passt zu ihm. Geradlinig, klar und ausdrucksstark.

Seine umwerfend blauen Augen und sein kantiges Kinn mitsamt dem entzückenden Grübchen erscheinen vor meiner inneren Leinwand. Seine Stimme ist angenehm warm, obwohl er sich so kühl gibt. Nicolas Herzog ist definitiv der attraktivste und zugleich rätselhafteste Mann, der mir jemals begegnet ist. Ich muss ihn unbedingt wiedersehen! Ich weiß nur noch nicht, wie ich diese Begegnung herbeiführen soll.

***

Die Zimmertür geht auf, Emma steckt den Kopf herein. „Jessy, was machst du denn bloß für Sachen!", ruft sie und stürzt an mein Bett.

Ich lasse im allerletzten Moment die Visitenkarte unter der Zudecke verschwinden. Emma wird noch früh genug erfahren, dass ich in ihren zukünftigen Chef verliebt bin.

„Ein dummer Unfall. Ich habe den Wagen nicht gesehen."

Sie hockt sich auf die Bettkante und fasst mit ihrer Hand nach meiner. „Das ist mal wieder typisch für dich!", meint sie kopfschüttelnd. „Du gibst dir automatisch selbst die Schuld. Bestimmt ist der Typ zu schnell gefahren. Und das bei diesem Sauwetter! Sowas Unverantwortliches!" Ihre Augenbrauen ziehen sich zusammen, auf ihrer Stirn erscheint eine steile Falte.

„Nein, nein, er kann wirklich nichts dafür", beteuere ich.

Und schon tauche ich wieder in seine geheimnisvollen Augen ein wie in einen tiefblauen See. Oh, Nicolas ...

Ob er sich auch in mich verliebt hat? Vielleicht, vielleicht ein winziges kleines Bisschen?

Bestimmt nicht. Mal ehrlich, warum sollte er sich in *mich* verlieben? Ich habe im Schneematsch auf der Straße gelegen, das war gewiss kein betörender Anblick. Und statt auf seine Fragen zu antworten, habe ich befremdliche Laute von mir gegeben.

Plötzlich schlägt mir die Erkenntnis wie eine Keule ins Gesicht. Ein erfolgreicher Mann wie Nicolas verliebt sich niemals in eine tollpatschige Chaotin wie mich! Der verliebt sich nur eine ehrgeizige, erfolgreiche Frau mit guten Zeugnissen und einem astreinen beruflichen Werdegang. Wenn er sich in mich verliebt haben *sollte*, dann nur deswegen, weil er mich für Emma hält.

„Geht's dir nicht gut?", erkundigt sich meine beste Freundin besorgt. „Du sagst ja gar nichts." Sie streicht mir mit sanften Fingern eine Haarsträhne aus der Stirn.

Ich blinzle die blauen Augen weg, aber sie sind sofort wieder da. Alles um mich herum ist blau. Blau, blau, blau.

„Entschuldige, Emma, ich war mit meinen Gedanken woanders."

„Schieß los: Was war das für ein Typ, der dich angefahren hat?", drängt sie.

„Ein R ..." Rechtsanwalt.

Sie legt den Kopf schief. „Ein Russe?", rätselt sie. „Spricht er Deutsch? Wenn er nämlich kein Deutsch spricht, und womöglich nur auf der Durchreise war, wird es ein bisschen komplizierter, ihn zu verklagen."

Ich kriege einen Schreck. „Verklagen? Ich will ihn nicht verklagen! Er hat mir Schmerzensgeld angeboten. Und einen Job." Uh, nun ist es raus. Ich muss jetzt sofort richtigstellen, dass er die Arbeitsstelle in Wirklichkeit nicht mir, sondern ihr angeboten hat.

Emma gibt ein triumphierendes Schnauben von sich. „Der Typ hat dir freiwillig Schmerzensgeld angeboten? Dann habe ich richtig vermutet: Er ist zu schnell gefahren und das weiß er auch. Und was für ein Job soll das sein?"

Ich mache eine vage Geste, die alles Mögliche bedeuten kann und überlege fieberhaft, wie ich ihr die Sache erklären soll.

Ihre eben noch grimmige Miene erhellt sich, als wäre ihr soeben ein Licht aufgegangen. „Hey, Jessy, das ist Glück im Unglück. Du hast einen richtigen *Job*! Großartig! Ich freu mich so für dich! Wenn er dich anständig bezahlt und noch das Schmerzensgeld obendrauf legt, kannst du bald bei deiner Schwester ausziehen!"

„Das wäre echt toll", stimme ich ihr zu.

„Stell dir mal vor, du könntest nach Feierabend deine Bilder malen, ohne dass sich jemand über den Geruch deiner Farben aufregt!", spinnt sie die Sache weiter. „Und irgendwann kommt ein Kunstkenner daher, entdeckt dein Talent und bietet dir ein Vermögen für deine Bilder an!"

„Ein schöner Traum."

Emma drückt meine Hand und strahlt mich aufmunternd an. „Bis dahin verdienst du deinen Lebensunterhalt eben bei dem Russen. Was hat der denn eigentlich für ein Unternehmen? Handelt er mit irgendwas? Und was musst du da machen?"

„Büroarbeit", murmele ich kaum hörbar.

Sie scheint erleichtert zu sein. „Das ist klasse, das kriegst du hin, du hast Axels Büro schließlich auch gemeistert. Ich hatte schon befürchtet, das wäre womöglich der Russe, dem diese riesige Hühnerfabrik gehört."

„Einen Job in der Geflügelverarbeitung hätte ich auch von der Arbeitsagentur-Tante kriegen können", merke ich an.

Sie lacht auf, dann wird sie wieder ernst. „Hast du noch Kopfweh?" Sie mustert mich forschend.

„Nö, alles prima."

„Dann würde ich dir nämlich gerne erzählen, wie's mir heute ergangen ist. Aber nur, wenn dir das nicht zu viel wird."

„Aber nein. Raus damit, ich bin gespannt."

Sie atmet tief ein und klemmt sich eine Haarsträhne hinters Ohr. „Oh, Jessy, du glaubst nicht, was mir passiert ist! Ich Idiot habe meine Aktentasche mit den Bewerbungsunterlagen im Bus unterm Sitz vergessen!"

„Ach ..."

„Und weißt du, wann ich das gemerkt habe? Genau in dem Moment, als ich vor der Kanzlei stand und auf die Klingel gedrückt habe."

„Und dann?", frage ich und spüre meinen Herzschlag in meiner Brust wummern.

Ihre Gesichtsfarbe wechselt von blass zu rosarot. „Ich bin ganz schnell weggelaufen." Sie gräbt die Zähne in die Unterlippe. „Oh, Mann, das ist mir so peinlich!"

„Was ist denn daran peinlich?", rätsele ich.

„Ach, Jessy!", seufzt sie, als wäre ich ein begriffsstutziges Kind. „Ich hatte einen *Vorstellungstermin*! Aber anstatt dort zu erscheinen, drücke ich auf den Klingelknopf und renne weg. Als hätte ich plötzlich die Hosen voll. Peinlicher geht's nun wirklich nicht."

„Ich fürchte, mir sind schon weitaus peinlichere Dinge passiert", murmele ich, und füge schnell hinzu: „Sorry, das hilft dir jetzt auch nicht weiter."

„Was für ein beschissener Tag! Mein Auto hat den Geist aufgegeben, meine teure Aktentasche mit den

Unterlagen ist futsch, meine beste Freundin hatte einen Unfall und ich habe mich bis auf die Knochen blamiert", seufzt sie.

Ich grinse sie aufmunternd an. „Mach dir um mich keine Sorgen, ich bin topfit. Und was die Tasche angeht ..."

Ihre Unterlippe zittert. „Da hast du wirklich großes Glück gehabt! Ich weiß nicht, was ich machen würde, wenn du ... Also, wenn dir ernsthaft was passiert wäre ..." Sie beugt sich zu mir runter und gibt mir einen Kuss auf die Wange. „Ach, Jessy, ich hab dich so lieb!

Dann richtet sie sich wieder auf, sie schaut bekümmert drein. „Den Job kann ich vergessen. Adé, du schönes, überdurchschnittliches Gehalt. Ach, wie gerne hätte ich Breitarsch die Kündigung vor die Füße geworfen. Aber nein, ich hab's komplett vergeigt."

„Kopf hoch, Emma, das kommt alles ins Lot. Manchmal laufen die Dinge halt anders als geplant."

Sie schaut mich zweifelnd an und spart sich einen Kommentar. Sie weiß genauso gut wie ich, dass ich alles andere als eine Expertin für Planungen bin. Bei mir läufts vielmehr nach dem Zufallsprinzip.

„Was soll ich denn jetzt bloß machen?", fragt sie verzweifelt.

„Kauf dir Schokoriegel. Schokoriegel helfen immer."

Sie rümpft die Nase. „Du weißt doch, dass ich sowas nicht esse."

Emma ernährt sich strikt vegan. Sie ist für hemmungslose Schlemmorgien nicht zu haben.

„Wie wär's mit Alkohol? Ein Schwips kann manchmal ganz hilfreich sein."

„Ich muss morgen zur Arbeit", erinnert sie mich.

Beim Stichwort Arbeit kommt mir wieder Nicolas in den Sinn. Unvermittelt packt mich eine heftige Wut.

Warum musste ich mich ausgerechnet in einen attraktiven Businesstypen verlieben, der seine Partnerin aufgrund von Zeugnisnoten und beruflichen Qualifikationen auswählt? Jetzt sitze ich da mit meinen Schmetterlingen im Bauch und dem unbändigen Verlangen, ihn wiederzusehen! Wenn ich doch nur einen Ausweg aus dieser Klemme wüsste!

Einen Ausweg? Wozu brauchst du einen Ausweg?, säuselt eine liebliche Stimme in meinem Ohr. *Nicolas hat dir einen Job in seiner Kanzlei angeboten - und du hast ihn angenommen. Er wartet auf dich, Jessica!*

Emma stößt einen Seufzer aus. „Ich werde gleich bei den Verkehrsbetrieben anrufen und nach meiner Aktentasche fragen. Vielleicht wurde sie ja von einem ehrlichen Menschen gefunden und abgegeben."

Ich blende die Säuselstimme aus und zeige mit dem ausgestreckten Finger zum Schrank. „Da drin ist ..."

In diesem Moment klopft es an der Tür, der Stationsarzt fegt ins Zimmer. Er hat die Resolute im Schlepptau.

„Würden Sie bitte draußen warten", schnarrt die Krankenschwester in Emmas Richtung. „Hier findet jetzt eine Untersuchung statt!"

„Ich wollte sowieso gerade gehen", entgegnet meine Freundin und verabschiedet sich schnell von mir.

Ich schaue ihr nach, wie sie den Raum durchquert. In der Tür bleibt sie stehen und wirft mir eine Kusshand zu. Dann ist sie verschwunden.

Ein nagendes Gefühl breitet sich in mir aus, es frisst sich durch meine Eingeweide. Was habe ich bloß angerichtet? Warum habe ich Emma gehen lassen, ohne ihr von Nicolas und seinem Jobangebot zu erzählen?

Wie man es dreht und wendet, die Würfel sind gefallen. Ich kann wirklich nichts dafür. Das Schicksal hat

Nicolas und mich heute zusammengeführt. Das Schicksal hat uns füreinander bestimmt. Das Schicksal hat immer Recht.

Ich bin im siebten Himmel und gleichzeitig fühle ich mich hundeelend. Was für ein Schlamassel! Wie komme ich da nur wieder heraus?

***

Ich habe einige Talente, aber Schwindeln gehört definitiv nicht dazu. Darin bin ich wirklich grottenschlecht. Meine Schwester Yvonne hingegen beherrscht diese Kunst perfekt. Sie tischt dir eine dicke Lüge auf und zuckt dabei nicht mal mit der Wimper. Bei ihr kann man nie sicher sein, ob sie die Wahrheit sagt. Das war schon immer so.

Ich will das Thema nicht unnötig dramatisieren, aber zuweilen bilde ich mir ein, dass ich unter einem frühkindlichen Lügen-Trauma leide. Damals habe ich nämlich ziemlich oft den Ärger für Yvonnes Geflunker bekommen. Als zu Unrecht Beschuldigter ist man echt mies dran. Da kann man leugnen und beteuern, so viel man will, und macht die Sache dadurch nur noch schlimmer.

Leider haben meine Eltern Yvonne einfach jedes Märchen abgekauft. Mit ihrem unschuldigen Lächeln hatte sie's echt drauf, die Erwachsenen um den kleinen Finger zu wickeln. Nun denn, das ist lange her und längst Geschichte.

Fakt ist, dass ich eine miserable Lügnerin bin. Eigentlich finde ich das gar nicht schlimm, ganz im Gegenteil. Die Wahrheit zu sagen ist eine gute Gewohnheit, auf die man sogar ein bisschen stolz sein kann. Wirklich schwierig wird's allerdings, wenn ich in äußerst seltenen Fällen mal lügen *muss*, weil's gar nicht anders geht. Dann verhaspele ich mich ganz furchtbar, kriege einen knallroten Kopf und mir strömt der Schweiß aus allen Poren. Und in schlimmen Fällen überkommt mich ein hysterischer Lachanfall, der sich unendlich lange hinziehen kann.

Automatisch wandern meine Gedanken wieder zu Nicolas. Er ist sehr angetan von mir und Emmas guten Zeugnissen. Hätte er mich sonst vom Fleck weg eingestellt? Die ganze Geschichte ist ein dummes Missverständnis, das ich jetzt sofort aufklären werde!

Ich greife zum Handy.

Und wenn nicht? meldet sich wieder die Säuselstimme. *Wenn du Nicolas in dem Glauben lässt, dass du Emma bist? Dann hast du den Job!*

Teufel nochmal, das habe ich doch nicht wirklich gerade gedacht, oder? Ich habe nicht wirklich ernsthaft darüber nachgedacht, mich für Emma auszugeben?! Wie absurd! Ich würde sowas niemals tun!

Mein Herz klopft mir bis zum Hals. Das war nur ein *Gedanke*, rede ich mir selbst gut zu. Denken kann man alles Mögliche. Mit Denken kann man sich prima die Zeit vertreiben. Zumal, wenn man gelangweilt in einem Krankenhausbett herumliegt.

Genau genommen würdest du ihn gar nicht anlügen. Du würdest nur für eine klitzekleine Weile versäumen, ein dummes Missverständnis aufzuklären. Das ist so ähnlich wie eine Lüge, aber nicht dasselbe. Außerdem denk bitte daran, dass er deinetwegen allen Bewerberinnen absagt. Ihr habt eine Abmachung!

Und was ist bitteschön mit Emma???

Um Emma kümmern wir uns gleich.

Also gut, nur mal rein hypothetisch: Was wäre dabei, wenn ich Nicolas einfach für, sagen wir, einen oder höchstens zwei Tage in dem Glauben ließe, dass ich die ehrgeizige und kompetente Rechtsanwaltsfachangestellte Emma Meier bin? Nach spätestens zwei Tagen hätte ich den Job im Griff und Nicolas könnte sich ein Leben ohne mich nicht mehr vorstellen. Dann könnte ich die Angelegenheit ganz leicht aufklären. Vielleicht würden wir sogar gemeinsam herzlich über das lustige Missverständnis lachen. Nein, er würde maximal die Andeutung eines Lächelns sehen lassen, mit dem Lachen hat er's ja nicht so. Auf jeden Fall wären ihm meine Zeugnisse und Qualifikationen dann völlig schnuppe.

Dank meiner Arbeit in Nicolas' Kanzlei könnte ich bald bei Yvonne auszuziehen und eine kleine Wohnung ganz für mich allein haben. Was für eine herrliche Vorstellung! Ich hatte noch niemals in meinem Leben eine eigene Wohnung. Es wird wunderbar sein, tun und lassen zu können, was ich will, ohne dass meine Eltern, Axel oder meine Schwester an mir herummäkeln. Noch schöner wäre es allerdings, mit meinem Traumprinzen Nicolas in seinem Schloss zu leben.

Zugegeben, manchmal geht meine Phantasie ein wenig mit mir durch. Nicolas und ich müssen schließlich erst einmal ein richtiges Paar werden. Und zuvor muss ich sein Herz gewinnen. Okay, machen wir's so: Erst meine eigene Wohnung und dann sein Schloss. Was für wunderbare Aussichten!

Alles, was ich dafür tun muss, ist, für einen oder höchstens zwei Tage ein Geheimnis zu bewahren. Das kann doch nicht so schwierig sein, oder?

Schlagartig holt mich mein schlechtes Gewissen ein. Es frisst sich wie ätzende Säure durch meine Gedärme. Emma ist meine beste Freundin, die allerbeste Freundin der Welt! Wir sind immer absolut ehrlich zueinander, wir vertrauen uns blind. Ich würde es niemals übers Herz bringen, sie zu belügen. Und doch habe ich es getan, es ist einfach passiert. Auch Schweigen kann Lüge sein.

Inzwischen wird sie längst beim Busunternehmen nach ihrer Aktentasche geforscht haben. Vielleicht hat sie sich sogar schon eine Neue gekauft. Ist es nicht sowieso schon zu spät, um ihr die Sache mit Nicolas zu erklären? Emma würde zu Recht sehr enttäuscht von mir sein und sich fragen, warum ich ihr so etwas Wichtiges vorenthalten habe.

Es wäre der Gipfel der Gemeinheit, ihr den heißbegehrten Job wegzuschnappen.

Nun, streng genommen ist das gar nicht Emmas Job. Wer weiß, ob ihr die Arbeit in Nicolas' Kanzlei überhaupt gefallen würde? Davon abgesehen, wird sie sowieso nie wieder einen Fuß in sein Gebäude setzen, weil ihr der „Klingelstreich" so peinlich ist. Ich kenne doch Emma, sie hasst es, sich zu blamieren!

Außerdem steckt sie nicht wirklich in der Klemme, schließlich ist sie ja nicht arbeitslos. Sie hat eine gute Anstellung bei Breitling. Vielleicht sollte sie ihren Chef einfach nochmal auf eine Gehaltserhöhung ansprechen, und vielleicht geht er diesmal darauf ein. Bei manchen Leuten muss man eben ein wenig hartnäckiger sein, um ans Ziel zu kommen. Oder sie bewirbt sich in einer der tausend anderen Kanzlei unserer Stadt. Emma hat alle Möglichkeiten. Ich habe nur eine.

Ich muss es tun, es gibt keinen Ausweg. Ich habe einen Goldschatz gefunden, und der ist ganz offensichtlich für mich bestimmt. Deshalb bleibt mir nichts anderes übrig, als mich für einen oder zwei Tage in die ehrgeizige, kompetente Rechtsanwaltsfachangestellte Emma Meier zu verwandeln.

Liebe Emma, ich habe keine Wahl. Bitte, bitte verzeih mir, dass ich dir das antue!

Typrenovierung

Der Mittwochabend gehört der Familie. Mittwochabends essen wir gemeinsam und genießen das harmonische Beisammensein. Zumindest ist das die Interpretation meiner Mutter.

Ich bin nicht besonders scharf auf die Mittwochabende. Anschließend muss ich mir daheim stundenlang die positiven Affirmationen einer Motivations-CD anhören, um halbwegs wieder klar zu kommen.

Yvonne hat mal wieder einen wichtigen beruflichen Termin vorgeschützt, und so kreuze ich allein bei meinen Eltern auf.

„Ich habe Hühnchen gemacht", begrüßt mich meine Mutter und haucht mir einen Kuss auf die Wange.

Ich rieche Küchendünste - und Parfum. Das wundert mich doch sehr. So lange ich denken kann, benutzt meine Mutter nur Wasser und Seife.

Sie tritt einen Schritt zurück und mustert mich missbilligend. „Großer Gott, Jessica, wie siehst du nur wieder aus! Kannst du dich nicht ein einziges Mal wie eine anständige junge Frau anziehen?"

Ich sehe an mir hinab. Mein Minirock ist aus reiner Baumwolle und mit bunten Blumen bedruckt, ich habe ihn selbst genäht. Dazu trage ich meine geringelte Lieblings-Wollstrumpfhose und die roten Boots.

Es ist jeden Mittwochabend dasselbe: Kaum habe ich das Haus betreten, geht mein Mitteilungsbedürfnis zum Teufel und nimmt mein Selbstbewusstsein gleich mit.

Dabei hatte ich mir eigentlich vorgenommen, meinen Eltern von dem Unfall und meinem Krankenhausaufenthalt zu erzählen. Natürlich die abgespeckte Version ohne Nicolas. Eltern interessieren sich schließlich für das Wohl und Wehe ihrer Kinder, zumindest sollte man das annehmen. Ich verwerfe mein Vorhaben wieder. Ich würde mir eine Litanei an gutgemeinten Ratschlägen anhören müssen und die verzweifelte Klage, dass ich es niemals so weit bringen werde wie meine große Schwester, weil mir andauernd dumme Missgeschicke passieren.

Ach, Mensch. Im Grunde meines Herzens habe ich meine Eltern wirklich lieb. Sie machen's einem nur nicht gerade leicht.

Ich beschließe, wie jeden Mittwoch gute Miene zum bösen Spiel zu machen. „Hm, was ist das? Chanel?", erkundige ich mich und schnuppere an ihrem Hals.

Sie macht einen Schritt rückwärts und streicht in einer verlegen wirkenden Geste ihre Schürze glatt. „Ich habe nur ein kleines Bisschen genommen." Sie lächelt verschämt. „Das ist eine Probe aus der Drogerie."

Dann schießt sie an mir vorbei und schließt energisch die Haustür hinter mir. „Zieh die Schuhe aus, ich hab frisch gewischt."

Meine Mutter hat immer frisch gewischt. Deswegen würde niemand aus der Familie auf die Idee kommen, mit Straßenschuhen durchs Haus zu laufen. Trotzdem weist sie jeden Neuankömmling auf den gereinigten Fußboden hin. Irgendwie scheint das ein Teil ihres Begrüßungsrituals zu sein.

Das Reihenhaus, in dem meine Eltern wohnen, stammt aus den späten Sechzigern. Damals waren orange Kacheln und Glasbausteine der letzte Schrei. Sollte dieser Modetrend jemals wieder aktuell werden, wäre dieses Haus total angesagt.

Ich tappe auf Socken in die Küche und begrüße meinen Vater, der wie gewohnt am Kopfende des Tisches sitzt. Er hat fast vierzig Jahre lang Dienst im Drahtseilwerk geschoben. Seitdem er Frührentner ist, fährt er hin und wieder Taxi. Der Fleischteller steht direkt vor seiner Nase, er darf sich immer als erster ein Stück aussuchen.

„Erwartet ihr Besuch?", erkundige ich mich und zeige auf das vierte Gedeck.

Meine Mutter stellt eine Porzellanschüssel mit dampfendem buntem Gemüse zwischen die unzähligen anderen Schüsseln. Eines Tages wird der Esstisch vor lauter Speisen zusammenkrachen. Ich bin mir sicher, dass es an einem Mittwoch sein wird.

Meine Eltern sind seit fast fünfunddreißig Jahren verheiratet und waren noch nie im Urlaub. Insgeheim träumen sie von einer Kreuzfahrt, aber sie werden auch ihren fünfunddreißigsten Hochzeitstag nur bei Kaffee und Kuchen in der Küche verbringen. Meine Mutter geht putzen, um die knappe Haushaltskasse aufzubessern. Sie müssen mit jedem Cent rechnen, trotzdem fährt sie an jedem Mittwoch Mahlzeiten wie in einem Fünfsterne-Restaurant auf.

Sie lächelt verschmitzt. „Du erinnerst dich bestimmt noch an Herbie Köttel, nicht wahr?"

Mir fällt die Kinnlade runter. „Sag nicht, du hast ihn eingeladen!"

Zu meinem Entsetzen nickt sie. „Er ist ein wirklich netter junger Mann und er hat gesagt, dass er dich attraktiv findet."

Mein Vater stiert wortlos auf den Fleischteller.

Ich bin mit Herbie Köttel zusammen zur Grundschule gegangen. Er arbeitet als Verkäufer in einem Elektroladen, hat kaum noch Haare auf dem Kopf und hatte meines Wissens noch nie eine Freundin. Früher in der Schule riefen ihn alle nur Köttel. Kein schöner Name, ich weiß, aber er schien sich damit arrangiert zu haben.

Ich schlage mir die Hand vor die Stirn. „Mama, was soll das? Willst du mich etwa verkuppeln?" Eine überflüssige Frage, ihr Gesichtsausdruck spricht Bände.

„Er findet dich *attraktiv*", wiederholt sie und streicht das gestärkte Tischtuch glatt. „Und er ist keine schlechte Partie. Seine Eltern besitzen ein Dreiparteienhaus am Bürgerpark. Das wird er mal erben."

„Keine üble Gegend", kommentiert mein Vater.

Ich spiele in Windeseile meine Optionen durch und entscheide mich für einen sofortigen Abgang.

Doch da klingelt es schon an der Tür. Meine Mutter hängt ihre Schürze an den Haken, ordnet ihre Frisur und flitzt aus der Küche. Ich stoße einen abgrundtiefen Seufzer aus.

„Sie will doch nur, dass du versorgt bist", grunzt mein Vater. „Sie meint's gut."

„Wir leben nicht mehr im achtzehnten Jahrhundert", erinnere ich ihn. „Ich kann prima für mich selber sorgen."

„Ah ja? Und wie willst du das anstellen?", murrt er. „Etwa mit deiner Kleckserei?"

Mit *Kleckserei* meint er meine Bilder. Herzlichen Dank, Papa!

Herbie Köttel schleicht auf Socken in die Küche. Er ist einen halben Kopf kleiner als ich und spindeldürr. Seine Anzughose geht ihm bis zu den Brustwarzen, sie wird von einem Kunstledergürtel gehalten. Er hat sich eine rotgepunktete Fliege um den Hals gebunden, die seinen ausgeprägten Adamsapfel unterstreicht, anstatt ihn zu verdecken. An seinen langen dünnen Armen baumeln viel zu große Hände.

Er reicht mir die Rechte, sie ist schweißnass. „Hallo

Jessica, altes Haus! Wie geht's, wie steht's?", poltert er in Möchtegern-Checker-Manier.

„Junge, Junge! Warst du früher auch schon so locker drauf? Ich kann mich gar nicht mehr daran erinnern", gebe ich zurück.

„Setzt euch doch", funkt meine Mutter dazwischen und zieht schwungvoll die beiden nebeneinanderstehenden Stühle zurück. „Es gibt Hühnchen."

Herbie lässt meine Hand los und reibt sich damit über den nicht vorhandenen Bauch. „Ah, Hühnchen ist mein Leibgericht! Ich liebe Hühnchen!"

Meine Mutter strahlt ihn an und mein Vater fixiert mit grimmiger Miene das Fleisch, als gelte es, die erlegte Beute zu verteidigen.

Unauffällig trockne ich meine rechte Hand an meinem Minirock ab.

Herbie stopft die Serviette in seinen Hemdkragen. „Wir haben gerade Mikrowellen im Angebot", eröffnet er mir. „Brauchst du vielleicht eine? Ich könnte dir meinen Mitarbeiterrabatt darauf geben, dann wird sie noch günstiger."

„Wirklich verlockend, aber im Augenblick brauche ich keine Mikrowelle", entgegne ich. „Vielleicht komme ich irgendwann darauf zurück."

„Warte nicht zu lange!", warnt er mich eindringlich. „Das Angebot gilt nicht ewig."

Ich bin mir nicht ganz sicher, ob er die Mikrowelle meint, oder ob er von sich selber spricht.

Mein Vater macht sich über den Fleischteller her, meine Mutter reicht das Gemüse herum. „Unsere Jessica wohnt momentan bei ihrer großen Schwester Yvonne. Yvonne hat studiert, sie ist Redakteurin und leitet ein ganzes Resort", klärt sie meinen Sitznachbarn beflissen auf.

„Ressort", korrigiert mein Vater. „Yvonne leitet das Ressort 'Tipps und Trends' bei der *Allgemeinen*."

Herbie lädt einen Berg Kartoffeln auf seinen Teller und zermanscht sie mit der Gabel. Nun grabscht er nach der Soßenkanne, die sich augenblicklich noch in meinen Händen befindet. Der Ärmste muss wirklich ausgehungert sein. In seiner Gier merkt er gar nicht, dass meine Finger noch im Henkel stecken. Ich ziehe die Finger schnell raus, denn ich möchte ungern noch einmal mit seinen schwitzigen Händen in Berührung kommen. Unglücklicherweise lässt Herbie genau im selben Moment los und die Sauciere landet kopfüber auf der weißen Tischdecke.

Meine Mutter springt auf und faucht mich wütend an. „Herrgott nochmal, Jessica! Kannst du nicht ein einziges Mal aufpassen?" Sie wirft Herbie einen verzeihungsheischenden Blick zu. „Entschuldigen Sie bitte vielmals, Herr Köttel, unsere Jessica ist ein bisschen ungeschickt." Schon holt sie einen feuchten Lappen, um den Schaden so gut wie möglich zu beheben.

„Ich kann nichts dafür", verteidige ich mich, denn schließlich ist Herbie Schuld an dem Soßenunfall.

Meine Mutter unterbricht die Reinigungsaktion und wendet sich mit leidgeprüfter Miene an Herbie. „Sie kann wirklich nichts dafür", beteuert sie, als würde ich erwiesenermaßen unter einer motorischen Störung leiden. „Ich wünschte wirklich, sie wäre ein *bisschen* mehr wie ihre große Schwester."

Ich werde mir die Motivations-CD nachher in Dauerschleife anhören müssen, so viel steht fest.

„Ist noch Soße da?", fragt mein Vater, und meine Mutter beeilt sich, das Kännchen aufzufüllen.

Herbie wendet seinen langen Hals in meine Richtung. In seinem Mundwinkel klebt Kartoffelmansch.

„Was machst du denn eigentlich so beruflich?", erkundigt er sich aufgeräumt.

„Jessica ist leider arbeitslos. Sie jobbt in Schuberts Schlemmerimbiss", kommt mir meine Mutter zuvor.

Nicht mehr, liebe Mama, denke ich bei mir. Für Bertram Schubert bin ich gestorben.

Herbie legt das Besteck beiseite und macht eine vage Handbewegung. „Nun, vielleicht könnte ich was für dich arrangieren", verkündet er großspurig. „Wir suchen eine zuverlässige Reinigungskraft für die Verkaufsfläche. Du kannst doch mit dem Bohnerwagen umgehen, oder? Arbeitszeit ist morgens von sechs bis halb acht. Wir zahlen den Mindestlohn."

Meine Mutter klatscht begeisterten Applaus. „Eine gute Idee, Herr Köttel. Das ließe sich prima mit der Arbeit in der Imbissbude vereinbaren."

Großartiger Job, ich muss schon sagen! Als Reinigungsfee im Elektroladen bliebe meine eigene Wohnung in unerreichbar weiter Ferne.

„Nun sag doch auch endlich mal was, Jessica!", fordert mich meine Mutter ungeduldig auf. „Das ist doch ein tolles Angebot, das dir der Herr Köttel da macht!"

Sie tut gerade so, als wäre Herbie der Chef des Ladens. Dabei ist er nur ein kleiner, dünner Verkäufer im hässlichen orangefarbenen Kittel, der den ganzen Tag die Kunden vollquatschen muss.

Zum ungezählten Male sehe ich Nicolas' markantes Gesicht vor mir. *Er* ist ein richtiger Chef, und ein sehr sympathischer dazu. Er zahlt mir ein anständiges Gehalt, von dem ich mir eine eigene Wohnung leisten kann. Und ganz nebenbei ist er mein Traumprinz.

„Danke, nein, ich habe einen guten Vollzeitjob."

Mein Herzschlag donnert in meinen Ohren.

Beruhig dich, Jessica! Sie werden's doch sowieso erfahren.

Ja, schon! Aber nächsten Mittwoch wäre früh genug gewesen. Dann hätte ich die Emma-Nummer bereits hinter mir.

Meine Mutter lässt einen ungläubigen Aufschrei hören und meinem Vater fällt ein Bissen Fleisch aus dem Mund. Herbie nimmt das Besteck wieder zur Hand und schaufelt gleichmütig weiter.

Sie schlägt sich die Hände vor die Brust. „Ist das wirklich wahr?", kräht sie.

Mir bricht der Schweiß aus und mein Gesicht läuft knallrot an. Für einen Moment bin ich wieder sieben oder acht Jahre alt und stehe im Verdacht, Geld aus Mamas Portemonnaie gemopst zu haben. Später sollte ich herausfinden, dass Yvonne sich mit ihren Freundinnen einen lustigen Nachmittag im Eiscafé gemacht hatte.

Ich atme tief in meinen Bauch ein und lasse den Atem langsam wieder entweichen. Das war nur eine klitzekleine Notlüge, versuche ich, mich zu beruhigen. Nicht weiter dramatisch und kein Grund, hysterisch zu werden. Ich sollte diesen Abend zum Trainieren nutzen. Ab morgen werde ich sehr viel schwindeln müssen, fürchte ich.

„Seit wann, wo und als was?", schießt meine Mutter eine Salve Gewehrschüsse auf mich ab.

Ich setze eine hoffentlich überzeugende Miene auf. „Ein Bürojob. Ich fange morgen an."

„Denk daran, dass du erstmal in der Probezeit bist. Du darfst dir keine Schnitzer erlauben, sonst werfen sie dich von einem Tag auf den anderen raus", mahnt mein Vater.

Meine Mutter mustert mich aus schmalen Augen. Sie ahnt doch nichts, oder?

„Was ist das für ein Unternehmen? Die machen

doch hoffentlich nichts Unseriöses?", argwöhnt sie. „Kürzlich haben sie im Radio vor Scheinfirmen gewarnt. Das sind Verbrecher, die solche Firmen betreiben! Die tun so, als hätten sie ein Riesenunternehmen, und dabei haben sie nur einen Briefkasten!"

„Wie soll Jessica denn in einen Briefkasten passen?", rätselt mein Vater und Herbie bricht in albernes Gackern aus. Daraufhin prustet mein Vater los, die beiden kriegen sich gar nicht wieder ein vor Lachen.

Ja, ja, amüsiert ihr euch mal schön auf meine Kosten. Hauptsache, ihr hört auf zu fragen!

***

Daheim bleibe ich einen Moment vor meiner Staffelei stehen. Ich habe die ganze letzte Nacht hindurch gemalt, habe all meine Emotionen in die Leinwand fließen lassen, habe mein Innerstes nach außen gebracht. Das Bild ist fertig. Es ist ein ganz besonderes Bild. Ich habe ihm den Titel „Das Tor zur Seele" gegeben. Der Hintergrund ist dunkel, fast drückend, in der Perspektive wird es immer heller, sogar ein Stich rosa ist dabei, und nach oben hin endet es in einem unglaublichen Blau. So blau wie Nicolas' Augen.

Ich schließe die Wohnungstür auf, ziehe die Schuhe aus und hänge die Armeejacke an die Garderobe.

Yvonne hat sich mit ein paar Kissen und einer flauschigen Wolldecke auf ihrem Designer-Sofa eingerichtet. Hoffentlich kann ich sie dazu bewegen, mir in Sachen Outfit und Styling zu helfen. Nicolas darf mich niemals in meinen Lieblingsklamotten sehen! Er würde über meine geringelte Strumpfhose entsetzt den Kopf schütteln. In einer renommierten Rechtsanwaltskanzlei kleidet man sich adrett und, nun ja, ziemlich langweilig.

Sie hält das Handy ans Ohr und gibt ein melodiöses

Lachen von sich.

Auf dem überdimensionalen Fernseher an der Wand feilt sich eine Frau die Fingernägel. Ein Mittel zur sanften Nagelhautentfernung wird eingeblendet. Der Ton ist abgestellt, die Fernbedienung liegt neben einer aufgeschlagenen Modezeitschrift auf dem Beistelltisch.

„Also wirklich, Nick, du solltest dich was schämen!", gurrt Yvonne und lässt wieder ihr Lachen hören.

Meine Alarmglocken schrillen, ich horche auf. Ich kenne meine Schwester, und dieser Tonfall verheißt nichts Gutes. Sie führt irgendwas im Schilde. Fast im selben Moment fällt mir ihr heimliches Date mit dem begehrenswerten Rechtsanwalt ein. Seitdem ich deswegen so sauer auf sie war, hat sie das Thema nicht wieder angeschnitten.

Mit einem Mal bin ich mir sicher, dass sie mit ebendiesem Mann telefoniert. Beim Gedanken, dass sie den herzensguten Brian betrügen könnte, schießt mir vor Empörung das Blut in den Kopf. Ich pflanze mich demonstrativ ans Fußende des Sofas, starre sie durchdringend an und fahre mit der Handkante an meinem Kehlkopf entlang.

Doch sie tut so, als wäre ich gar nicht da. Sie schürzt ihre vollen Lippen, dann grinst sie zufrieden und räkelt sich wie eine Katze. „Na also, wer sagt's denn! Wann und wo?"

Ich trete ein paar Schritte näher und bin nun direkt vor ihrer Nase.

Sie rollt die Augen und macht mit der freien Hand eine scheuchende Bewegung.

Ich rühre mich nicht vom Fleck. Im Augenwinkel sehe ich Werbung für ein Duschbad, ein muskulöser Mann springt kopfüber von einem Felsen in die Brandung.

„Ich *liebe* italienisches Essen!", schwärmt Yvonne. „Aber nur, wenn ich dazu einen guten Tignanello bekomme."

Jetzt reicht's! Sie will mit dem Typen essen gehen, Wein trinken und anschließend landet sie womöglich mit ihm im Bett! Wie kann sie sich nur so schamlos an einen Mann ranmachen, obwohl sie einen netten Freund hat? Letzter Versuch: Ich mache mit meinen Händen das „Time-Out!"-Zeichen, aber sie ignoriert mich.

„Mal schauen, morgen Abend, sagst du?", schnurrt sie und legt eine kunstvolle Pause ein, als würde sie in ihrem Terminkalender blättern. „Ah ja, das könnte passen. Neunzehn Uhr?"

Okay Yvonne, du hast es nicht anders gewollt! Ich schnappe mir die Fernbedienung und stelle schwupps die Lautstärke auf Maximum. Auf der Mattscheibe spricht eine junge Frau über ihre Monatshygiene. Sie spricht sehr laut darüber.

Yvonne springt auf und will mir die Fernbedienung wegnehmen, aber darauf bin ich natürlich vorbereitet. Ich sause wie der Blitz ums Sofa herum. Haha, fang mich doch!

Sie verabschiedet sich überstürzt von ihrem Gesprächspartner und schleudert das Handy aufs Sofa.

„Was zur Hölle soll der Scheiß?", schreit sie mich an.

Ich stelle den Ton wieder aus. „Du solltest mir dankbar sein. Ich bewahre dich vor einem großen Fehler", erkläre ich ihr liebenswürdig.

„Hä? Spinnst du? Ich hab mit einem Interviewpartner telefoniert. Ich wüsste nicht, was daran falsch sein soll."

Ich balle unwillkürlich die Fäuste. „Ach ja? Und dein *Interviewpartner* heißt Nick und will dich morgen Abend zum Italiener ausführen, wie?"

„Jawohl!", brüllt sie. „Was geht dich das überhaupt an?"

„Eine ganze Menge! Du hast nämlich zufälligerweise schon einen Freund! Ich mag Brian und ich will nicht, dass du ihn hintergehst!"

Sie sticht mit ihrem Zeigefinger nach mir. „Kümmer' dich gefälligst um deine eigenen Angelegenheiten, Mutter Theresa!"

„Manchmal muss man sich aber einmischen!", beharre ich. „Zum Beispiel, um zu verhindern, dass jemand, der einem am Herzen liegt, verletzt wird."

„Pfft", macht sie selbstgefällig. „Du hältst dich wohl für oberschlau, was? Dabei kriegst du selber *gar nichts* auf die Reihe, nicht mal ne dämliche Beziehung mit deinem dämlichen Axel! Was glaubst du wohl, warum er sich ne andere gesucht hat?"

„Weil er dämlich ist?", schlage ich vor.

„Weil *du* dämlich bist! Lässt dich einfach ausbooten! Mir würde das nicht passieren! Im Gegensatz zu dir weiß ich nämlich, wie Männer ticken." Sie lümmelt sich wieder auf die Couch und streckt die langen Beine aus.

Das ist mal wieder typisch Yvonne. Sie startet ein geschicktes Ablenkungsmanöver, ich verliere den Faden und sie gewinnt.

„Was hätte ich denn deiner Meinung nach machen sollen?", frage ich kleinlaut.

„Dafür sorgen, dass du interessant für ihn bist. Männer brauchen Herausforderungen." Sie zwinkert mir verschwörerisch zu. „Frauen übrigens auch."

Tollpatschig, chaotisch und unsexy. Ich lasse mich schwer auf den Sessel fallen. Ob Yvonne recht hat? Ist es wirklich allein meine Schuld, dass es mit Axel aus ist? Acht Jahre lang haben wir gemeinsam für den Aufbau der Firma gekämpft. Ich dachte, wir wären ein gutes Team.

Tollpatschig, chaotisch und unsexy. Wie bin ich bloß auf die bescheuerte Idee gekommen, dass sich ein Mann wie Nicolas Herzog in mich verlieben könnte? Nicolas spielt in der Bundesliga und Axel höchstens in der Bezirksklasse. Wenn ich's nicht mal in der Bezirksklasse hinkriege, wie soll ich dann in die Bundesliga aufsteigen?

Mein Blick wandert zur Zeitschrift auf dem Beistelltisch. Auf der aufgeschlagenen Doppelseite gibt eine gut aussehende Frau Beautytipps für den Alltag. Vielleicht hätte ich mich lieber um solche typisch weiblichen Dinge kümmern sollen, anstatt um Serienbriefe und Holzbearbeitung, denke ich seufzend. Dann hätte mich Axel interessant gefunden und sich nicht in Angelina verliebt. Tja, und um einen eigenen Beruf hätte ich mich wohl auch kümmern müssen, anstatt ihm bei der Verwirklichung seines Lebenstraums zu helfen.

„Ich habe ab morgen einen Vollzeitjob im Büro."

Yvonne wirft mir einen überraschten Blick zu. „Was, ehrlich?"

„Natürlich erstmal zur Probe". Nicht nötig, dass sie den Ermahnungen meiner Eltern noch weitere hinzufügt.

„Wow, das ist toll!" Sie klingt aufrichtig. „Gratuliere!"

Natürlich bohrt sie nach, und so wärme ich notgedrungen die Geschichte vom Russen nochmal auf. Mein Puls rast und mir bricht der Schweiß aus. Schwindeln ist furchtbar anstrengend, und für heute habe ich davon die Nase gestrichen voll.

Yvonne schwingt die Beine vom Sofa und klatscht in die Hände. „Dann wird's allerhöchste Zeit für deine Typrenovierung!", verkündet sie. „Du brauchst schicke Klamotten, eine moderne Frisur, du musst abspecken und du musst lernen, dich wie eine Businessfrau zu benehmen."

„Puh", hauche ich. Das klingt nicht nach Renovierung, sondern nach Abriss und Neubau. Punkt drei macht mir am meisten zu schaffen. Ich kann mir beim besten Willen nicht vorstellen, auf Schokoriegel zu verzichten.

„Kein Chef der Welt steht auf Ringelstrumpfhosen, alberne Schuhe und Armee-Jacken! Wenn du bei ihm landen willst, musst du dich sexy anziehen."

„Ich will dort im Büro arbeiten", erinnere ich sie. Den Traumprinzen verheimliche ich ihr lieber.

„Meine Güte, Jessica! Die Menschen denken in Schubladen. Wer scheiße aussieht, von dem erwartet man auch nur Scheiße. Umgekehrt bedeutet das: Wer toll aussieht, wird automatisch als kompetent einsortiert."

Ich bin nicht nur unsexy, sondern sehe offenbar auch noch scheiße aus.

Yvonnes Bemerkung trifft mich wie ein Faustschlag. Ich schlucke hart. Dummerweise brauche ich ihre Hilfe, um mich in Nicolas' Traumfrau zu verwandeln. „Du findest also, dass ich scheiße aussehe", schnappe ich beleidigt.

„Na ja, sexy bist du nicht."

„Nun, ich ...", stammle ich.

Tollpatschig, chaotisch und unsexy. Ist ja schon gut, verdammt nochmal!

„Du bist auf tapsige Art niedlich. Du fällst andauernd auf die Nase, weil du über deine eigenen Füße stolperst. Dir hilft ein Mann vom Fußboden auf, anstatt dich zu vernaschen."

„Hm", mache ich ratlos. Traumprinz Nicolas rückt in immer weitere Ferne. Ich kann mir beim besten Willen nicht vorstellen, dass er der Typ Mann ist, der Frauen lieber vom Fußboden aufhilft, anstatt sie zu vernaschen.

Yvonne springt auf, fasst mich beim Handgelenk und zieht mich hinter sich her. „Ab sofort wirst du das Optimale aus deinem Typ herausholen! Ich helfe dir dabei", ruft sie euphorisch, als handle es sich um ein neues Projekt, für das sie zuständig ist.

Wir steuern ihren kilometerlangen Kleiderschrank an. Sie platziert mich frontal vorm großen Spiegel.

„Du bist zu dick", verkündet sie. „Du musst dich schrecklich fühlen mit diesen überflüssigen Kilos."

„Nö. Ich fühle mich pudelwohl", entgegne ich.

Sie dreht mich seitlich ins Profil und deutet mit einer ausholenden Handbewegung auf meinen Po.

„Proper, würde ich sagen." Ich kichere.

Sie schüttelt fassungslos den Kopf. „Du hast einen Hintern wie ein Brauereipferd!"

Mein Kichern bleibt mir im Halse stecken. Da stehe ich nun und komme mir vor wie damals beim Völkerball, als ich immer bis zuletzt übrig geblieben bin, weil keiner aus der Klasse mich in seiner Mannschaft haben wollte.

„Zehn Kilo müssen runter", ordnet sie an. „Bis du dein Idealgewicht erreicht hast, müssen wir klamottentechnisch ein bisschen schummeln." Schwungvoll öffnet sie die Türen des hinteren Schrankabteils. „Ich gebe dir jetzt Sachen für die nächsten beiden Tage, und am Sonnabend gehen wir shoppen." Sie kramt in den Regalen herum.

Shoppen? Das gibt mein Portemonnaie nicht her! Zum Glück kann ich ziemlich gut mit Nadel und Faden umgehen. „Ich dachte eher an ein paar ausgemusterte Sachen, die ich für mich umändern kann."

Sie dreht sich mit ausdrucksloser Miene zu mir um.

„Wie du meinst. In der Garage stehen Kartons mit Klamotten für das Diakonische Werk. Bedien dich."

Sie zieht ein weitgeschnittenes, mit Goldfäden durchwirktes Kleid und einen türkisfarbenen Overall aus dem Schrank und legt die Sachen auf den mit Samt gepolsterten Stuhl. Dann wirft sie eine neue Perlonstrumpfhose dazu, saust in die Diele und kehrt mit eleganten schwarzen Stiefeletten zurück.

Unter ihrem kritischen Blick schlüpfe ich in das Kleid. Es ist langärmlig, und wenn die goldenen Fäden nicht wären, könnte es glatt als Kartoffelsack durchgehen.

„Das habe ich mir im Tunesien-Urlaub gekauft, weil man da als Frau nicht unverhüllt auf die Straße gehen sollte", erklärt sie. „Leider gab's nur diese Einheitsgröße."

Der Overall gefällt mir schon besser. Mit den großen Taschen an den Oberschenkeln erinnert er mich an einen Blaumann. Nur dass er eben leuchtend türkis ist.

„Ein absoluter Fehlkauf", erinnert sich Yvonne. „Der war spottbillig, deswegen habe ich ihn auf die Schnelle mitgenommen. Leider war die Größe falsch ausgezeichnet und der Umtausch ausgeschlossen."

Ich betrachte mich im Spiegel.

„Du liebe Güte, nun schau dir das an! Der ist eigentlich total weit geschnitten, aber an dir sitzt er wie eine zweite Haut!", stöhnt sie und verdreht die Augen im Kopf.

Die Stiefel passen ebenfalls, die Absätze sind glücklicherweise nur halbhoch.

Yvonne stattet mich außerdem mit einer Lederhandtasche und einer modernen, schneeweißen Felljacke aus. Die Jacke trägt ziemlich auf. Eine wohlmeinende Umschreibung. Ich komme mir vor wie ein Michelin-

Männchen mit Winterfell.

„Du nimmst nicht nur zehn, sondern lieber zwölf Kilo ab", verordnet sie mir. „Ab sofort isst du keine Schokolade mehr. Du ernährst dich ausschließlich von gesunden Nahrungsmitteln und du treibst regelmäßig Sport!"

„Argh!", mache ich erschrocken. Ich weiß nicht, was schlimmer ist: Auf Schokolade zu verzichten oder Sport zu treiben. Beides ist die pure Quälerei.

„Brian lässt dich bestimmt kostenlos in seinem Fitnesscenter trainieren. Und ich werde einen Diätplan für dich aufstellen."

Ich nicke bekümmert. Obwohl mein neues Leben erst vor ein paar Minuten angefangen hat, sehne mich schon jetzt nach meinem alten zurück. Schnell rufe ich mir ins Gedächtnis, dass Nicolas in meinem neuen Leben die Hauptrolle spielen wird, und dieser Gedanke zaubert mir ein Lächeln ins Gesicht. Für ihn werde ich jede Strapaze und Entbehrung mit Freuden auf mich nehmen! Ab sofort bin ich kein chaotischer Tollpatsch mehr, sondern eine sexy Businesswoman!

„Am besten verbannst du sofort alle Süßigkeiten aus deinem Zimmer", schlägt sie vor.

Hochmotiviert trabe ich ins Gästezimmer, sammle meine Vorräte ein und trage sie in die Küche. Yvonne verstaut die Sachen ganz oben im Schrank.

„Ab sofort nur noch Gesundes. Und keine Mahlzeit mehr nach siebzehn Uhr!", schärft sie mir ein.

Ich sollte mir angewöhnen, in Zukunft um siebzehn Uhr schlafen zu gehen. Dann könnte es klappen.

„Um deine Haare kümmern wir uns morgen früh. Ich werde dir eine schöne Föhnwelle machen. Du wirst nie wieder diese albernen Zöpfe tragen!"

Uh, ich hab's geahnt.

„Wir treffen uns morgen früh um sechs im Bad zum Föhnen." Normalerweise steht sie nicht vor acht auf, weil sie erst um zehn in der Redaktion sein muss.

„Danke, Yvonne." Ich umarme sie.

Sie grinst mich an. „Schwesternhilfe. Ist doch selbstverständlich."

Wir gehen ins Wohnzimmer, sie zieht das Ladekabel aus ihrem Notebook und übergibt mir das Gerät. „Schau dir die Seiten *Männer-vernaschen.de* und *Business-Woman.de* an. Da kannst du ne Menge lernen."

Weiche Knie

Ich stehe mit dicken Klüsen und Brummschädel vorm Badezimmerspiegel. Ein klarer Fall von Schlafmangel. Es ist einfach unglaublich, wie viel eine selbsternannte Sexbombe namens Doreen im Internet zum Thema „Wie kriege ich jeden Mann rum?" veröffentlicht hat. Ich habe mir fast die ganze Nacht um die Ohren geschlagen, und mir ihre Videos reingezogen. Doreen hat mit ihren Strategien unzählige Männer aufgerissen und alle wollten sie heiraten. Zu den Business-Woman-Tipps bin ich gar nicht mehr gekommen.

Yvonne erscheint in einem leichten Bademäntelchen und zaubert im Nu aus meinen schlaffen Strähnen eine eindrucksvolle Lockenpracht. Anschließend betoniert sie das Kunstwerk mit einer halben Dose Haarspray.

„Nicht anfassen", schärft sie mir ein. „Und nimm einen Schirm mit, du musst deine Frisur vor Feuchtigkeit schützen!"

Yvonne öffnet einen weiteren Knopf am türkisfarbenen Overall, so dass mein Busenansatz zu sehen ist. Sie zupft den Kragen zurecht. „Dein Dekolleté ist gar nicht mal übel", meint sie anerkennend. „Das wird dein neuer Chef sehr wohlwollend zur Kenntnis nehmen."

In der Küche wartet eine Miniportion Dinkelmüsli auf mich. Selbstverständlich ohne Zucker. Wie soll ein normaler Mensch bitteschön von einer Handvoll Körnern sattwerden? Ich kaue jedes Korn zwanzig Mal und als das Schüsselchen leer ist, knurrt mir der Magen noch doller als vorher.

„Viel Erfolg für deinen ersten Arbeitstag!", wünscht mir Yvonne, als ich mich, eingezwängt in die weiße Felljacke, von ihr verabschiede.

Ich fühle mich wie ein Eisbärenwelpe, der zum ersten Mal den heimischen Bau verlassen darf.

Sie haucht mir einen Kuss auf die Wange und ich stolpere aus der Wohnung.

***

Das Anwaltsbüro ist ein ehrwürdiges Gebäude mit stuckverzierten Fensterlaibungen und einem märchenhaft anmutenden Turm, der an der Seite aus dem mit Schindeln belegten Dach herausragt. Aus diesem Turm hat man bestimmt einen atemberaubenden Blick über den Fluss an der rückwärtigen Seite. Nach vorne grenzt das Haus an die Fußgängerzone. Direkt gegenüber ist der Springbrunnen, der zu dieser Jahreszeit allerdings außer Betrieb ist.

Ein Löwenkopf aus weißem Stuck wacht über dem Portal. Zwei breite, steinerne Stufen führen zu einer schweren Eingangstür. Ich entdecke ein messingfarbenes Schild, das auf die Kanzlei hinweist, und eine Klingel.

Ich bin schrecklich nervös. Eine Anwaltskanzlei ist etwas ganz anderes als ein Handwerksbetrieb. Glücklicherweise bin ich dank meiner jahrelangen Arbeit für Axels Möbeltischlerei recht fit im Umgang mit einem Computer und ich kann ziemlich schnell mit zehn Fingern tippen. Ich rufe mir in Erinnerung, dass ich den kompletten Schriftverkehr für unseren Betrieb erledigt, die Werbeanzeigen entworfen und auch die Homepage erstellt habe. Bis auf ein paar verschwommene Erinnerungen an den Informatikunterricht habe ich mir das alles in Eigenregie beigebracht. Also werde ich hoffentlich auch in einer Anwaltskanzlei klarkommen.

Ich tappe die beiden Stufen hinauf und bleibe mit

klopfendem Herzen vor der Eingangstür stehen. Die Lügerei ist das Schlimmste. In den Job kann ich mich vielleicht irgendwie reinfuchsen, aber ich weiß genau, dass ich es niemals zu einer überzeugenden Lügnerin bringen werde. Meine Hände zittern wie verrückt, ich verfehle den Klingelknopf um einen halben Meter.

Ganz ruhig, Jessica, beschwöre ich mich, du schaffst das! In einem oder spätestens zwei Tagen ist der Spuk vorbei. Dann hast du Nicolas über das Missverständnis aufgeklärt und längst sein Herz erobert. Die Emma-Meier-Nummer ist deine Eintrittskarte in ein glückliches Leben.

Ich atme ein, zähle bis zehn und atme aus. Meine Finger zittern nach wie vor. Also nochmal: Einatmen, bis zehn zählen und ...

„Guten Morgen. Möchten Sie zu mir?"

Nicolas! Seine warme Stimme würde ich unter Tausenden heraushören! Augenblicklich wirble ich herum. Leider ein bisschen zu schwungvoll, denn ich pralle mit voller Wucht gegen seinen Brustkorb. Unglücklicherweise ramme ich ihm dabei meinen Ellenbogen in die Magenkuhle.

Er gibt einen erstickten Laut von sich.

„Oh, wie ungeschickt von mir! Verzeihen Sie bitte! Habe ich Ihnen wehgetan?", stammele ich.

Ich schaue in seine unglaublichen Augen und kriege auf der Stelle weiche Knie. Ich spüre seine Nähe, sie hüllt mich ein wie ein kuscheliger Mantel. Ein Hauch seines maskulinen Dufts strömt mir in die Nase. Hach, ich wünsche mir nichts sehnlicher, als dass er jetzt seine Arme um mich legt, mich zu sich heranzieht und mich leidenschaftlich küsst!

Ein Mann will seine Traumfrau erobern, sonst ist sie schnell uninteressant für ihn, sagt Doreen. Nicolas soll bloß nicht denken, dass ich mich an ihn ranmache! Also, Brust raus, Kopf hoch, sinnlich lächeln und auf Abstand gehen. Danke Doreen!

Schnell weiche ich einen Meter zurück - leider ohne an die blöden Stufen zu denken. Meine Fußballen berühren den Steinboden, aber meine Absätze fassen ins Leere. Und schon passiert es: Ich strauchele, fliege rückwärts die Treppe runter und lande mit dem Hintern auf dem harten, feuchten Bürgersteig. Vor meinen Augen flimmern kleine Sternchen.

„Ach du Schreck, Frau Meier!", macht Nicolas, lässt seine zusammengerollte Tageszeitung fallen, springt die beiden Stufen mit einem Satz hinunter und beeilt sich, mir aufzuhelfen.

Dir hilft ein Mann vom Fußboden auf, anstatt dich zu vernaschen.

Ich spüre seine starken Hände unter meinen Achseln und hoffe, dass wenigstens die Nähte der Felljacke halten, wenn doch sonst schon alles schiefgelaufen ist. Was soll Nicolas bloß von mir denken? Bei unserer ersten Begegnung musste er mich von der Fahrbahn aufsammeln und bei unserer zweiten vom Fußweg. Vielleicht muss er mich ja demnächst aus einem Gully bergen.

„Haben Sie sich verletzt?", erkundigt er sich. Seine unglaublich blauen Augen schauen besorgt drein.

Ich würde jetzt gerne Doreen ganz direkt um einen guten Rat für diese prekäre Situation bitten. „Nein, alles prima", versichere ich tapfer und will den Schmutz von meinem Hintern klopfen, aber der wurde bereits vom Stoff aufgesaugt.

Nicolas räuspert sich. „Ähem, verzeihen Sie, dass ich Sie erst auf den zweiten Blick erkannt habe, Frau Meier", sagt er förmlich.

„Null Problemo, Monsignore!", versichere ich und

bereue sofort. Warum habe ich ihm keine nüchterne, einer gut gekleideten Angestellten entsprechenden Antwort gegeben? Zu allem Überfluss breche ich nun auch noch in albernes Kichern aus. Oh Hilfe, jetzt bitte keinen nervösen Lachflash, bitte nicht! Doreen, wo bist du?

Nicolas wirkt verwundert, wenn man es positiv ausdrücken will. Man könnte seinen Gesichtsausdruck auch als betreten oder als peinlich berührt bezeichnen. Allerdings sehe ich das niedliche Grübchen in seinem kantigen Kinn zucken, und das passt irgendwie nicht zum Rest seiner ernsten Miene.

„Dann wollen wir mal hineingehen", erklärt er, schließt die Eingangstür auf und lässt mir den Vortritt.

Ich stolpere voraus und präsentiere ihm damit zwangsläufig mein schmutziges Hinterteil. Unsere Schritte klingen hohl in der kühlen, mit Steinzeug gefliesten Eingangshalle.

Das war kein guter Start. Weder für eine Liebesbeziehung noch für ein gewinnbringendes Arbeitsverhältnis. Ich beschließe, den verpatzten Beginn durch übermenschlichen Fleiß, ebensolches Engagement und eine ernsthafte, besonnene Arbeitsweise auszubügeln.

Wir haben die Eingangshalle durchquert und erreichen eine schicke Ganzglas-Tür, in die der Name der Kanzlei kunstvoll hineingeschliffen ist. Nicolas schiebt sich an mir vorbei und drückt die Klinke hinunter. Wir betreten den Empfangsraum, der offenbar zugleich das Kanzleibüro ist.

Neugierig recke ich den Hals, um meinen neuen Wirkungsbereich in Augenschein zu nehmen, und bin total enttäuscht. Uh, wie öde und trist! Der Boden ist mit dunklem, strapazierfähigem Teppich ausgelegt. Die Wände sind einheitlich hellgrau gestrichen und schließen zur Decke hin mit Stuckborten ab. Blasse, steril wirkende Vertikalbehänge bedecken die Fenster.

„Diesem Raum fehlt Farbe! Er sähe in einem schönen hellen Gelb viel freundlicher aus!", platze ich heraus. Jessica!, schimpfe ich im Stillen mit mir. Du bist Anwaltsgehilfin, was gehen dich die Wandfarben an?!

Nicolas mustert mich erstaunt. „Interessanter Gedanke", meint er. „Und wieso gelb?"

„Nun, Gelb ist eine kommunikative Farbe und wäre genau richtig für einen Ort wie diesen, wo Menschen mit ihren Problemen hinkommen", sprudelt es aus mir hervor. „Grau ist stumpf, kalt und nichtssagend." Jetzt reicht's aber, verdammt nochmal, was denkst du dir nur dabei?!?

Hinter dem massiven Tresen taucht das Gesicht einer hageren Dame auf. Alles an ihr ist grau: Ihre Haare, ihre hochgeschlossene Rüschenbluse, sogar ihr Gesicht hat einen leichten Graustich. „Unsere Räume werden seit achtunddreißig Jahren im selben Farbton gestrichen, und bislang hat sich noch niemand beschwert", schaltet sie sich mit schnarrender Stimme ein.

„Guten Morgen, Ludmilla", sagt Nicolas, schält sich aus seinem dunklen Mantel, legt den modischen Schal ab und hängt die Sachen sorgfältig an den Garderobenständer. Seine dunkle Anzughose sitzt perfekt, darüber trägt er ein gleichfarbiges Jackett, das garantiert nicht von der Stange ist, sowie ein schneeweißes, gestärktes Hemd mit offenem Kragen.

Die graue Frau namens Ludmilla erhebt sich vom Stuhl und kommt hinterm Tresen hervor.

„Guten Morgen, Nicolas! Herr Ziegenbart ist schon da, er sitzt nebenan." Sie deutet mit dem Kinn zu einer geschlossenen Glastür, hinter der sich offenbar das Wartezimmer befindet. Die Tür ist im Mittelteil geschliffen, oben und unten ist das Glas durchsichtig.

Ich erspähe Schwingerstühle aus Stahlrohr und einen niedrigen, mit Zeitschriften belegten Tisch. Außerdem zwei schwarze Lederschuhe samt Hosenaufschlägen, die vermutlich zu Herrn Ziegenbart gehören.

„Ludmilla, das ist Frau Meier, deine neue Kollegin und deine Vertretung. Frau Meier hat beste Referenzen, da dürfte die Einarbeitung zügig vonstattengehen. Frau Meier, das ist Frau Heinken. Sie ist mit allen Gegebenheiten in der Kanzlei bestens vertraut."

Ludmilla Heinken berührt meine dargebotene Hand nur für einen Sekundenbruchteil. „Guten Tag."

Hm, Ludmilla ist alles andere als ein Charmebolzen und sie sprüht auch nicht gerade vor Herzlichkeit.

Nicolas räuspert sich. „Herzlich willkommen im Team", sagt er und nimmt meine Hand in seine. „Unsere Begrüßung draußen vor der Tür ist ja ein wenig ungewöhnlich ausgefallen." Sein Grübchen hüpft ein kleines bisschen.

Ludmilla guckt mich über den Rand ihrer silbergrauen Brille mit unverhohlener Skepsis an.

Nicolas hält meine Hand immer noch fest. Sie ist stark und kühl. Ich möchte sie am liebsten nie mehr loslassen.

Ich konzentriere mich auf Ludmillas Rüschenkragen, um nicht in seine blauen Augen zu schauen. Wenn ich es täte, würde ich zerfließen wie Schokolade in der Sonne.

„Frau Meier, wir duzen uns hier in der Kanzlei. Sind Sie damit einverstanden, oder möchten Sie lieber beim Sie bleiben?", fragt er mich mit seiner warmen Stimme.

„Aber klar doch, gerne, du!", entgegne ich erleichtert. Himmel, bin ich froh, dass Nicolas so unkompliziert ist! Es gibt gar keinen Grund, nervös zu sein. In diesem Laden geht es total entspannt zu.

„Nicolas", sagt er feierlich.

„Jess ...", beginne ich. Ogottogott, Hilfe! Ich habe befürchtet, dass mir das passieren würde! Aber doch nicht gleich bei der Begrüßung! Das Blut schießt mir in den Kopf, auf meiner Stirn bilden sich Schweißperlen.

Nicolas und Ludmilla schauen verwundert drein. Nicolas hat meine Hand losgelassen und legt den Kopf schief.

Was nun? Ich muss meinen kleinen Versprecher irgendwie auf glaubhafte Weise ausbügeln.

„YES!", rufe ich wie eine Demonstrantin und reiße in Kämpfermanier die Faust hoch. „YES, we can!", schicke ich enthusiastisch hinterher, um die Sache rund zu machen.

Die beiden glotzen mich an, als wäre mir soeben ein zweiter Kopf gewachsen.

„Barack Obama", erkläre ich, weil sie nichts tun, außer mich anzuglotzen. „Der ehemalige Präsident der Vereinigten Staaten. Das war sein Slogan", füge ich hinzu.

„Obama war der Präsident der Vereinigten Staaten? Was du nicht sagst", lässt sich Nicolas vernehmen, und sein Grübchen zuckt schon wieder.

„Herr Ziegenbart wartet!", mahnt Ludmilla streng.

Ein glucksender Laut springt aus meiner Kehle, der untrügliche Vorbote eines nervösen Lachkrampfs. Nein, nein, nein, bitte nicht!

Mir strömt der Schweiß aus allen Poren. „Ich habe eine Weile in den USA gelebt", schwindele ich und kämpfe gegen den nächsten Gluckser an. Theatralisch werfe ich die Hände auf meine Brust. „In meinem Herzen bin ich Amerikanerin. Deswegen bricht das Englische immer mal wieder bei mir durch."

Scheiße, wie bescheuert ist das denn? Und was für ein Hohn! Ich war in meinem ganzen Leben erst einmal im Ausland, und zwar während der Abschlussfahrt der zehnten Klasse. Da waren wir für einen Tag in Belgien.

„Ah, ja, verstehe", sagt Nicolas bedeutungsvoll.

Der Lachkrampf bahnt sich erbarmungslos durch meine Luftröhre.

„Ich heiße Emma", quetsche ich wie ein Bauchredner hervor, greife erneut nach Nicolas' Hand und schüttle sie.

Oh Mann, sie müssen denken, dass ich nicht alle Tassen im Schrank habe.

Ludmilla zwingt sich zu einem Lächeln. „Gut, Emma. Du kannst deine Jacke dort aufhängen." Sie zeigt auf den Garderobenständer, dann geht sie zum Tresen, schnappt sich eine Mappe und reicht sie Nicolas. Der durchquert mit langen Schritten den Raum, Augenblicke später fällt seine Bürotür hinter ihm zu.

Ich ziehe das Eisbärenfell aus, hänge es an einen Haken und knete meine zitternden Finger. Wenn ich geahnt hätte, was mich als Emma Meier erwartet, dann wäre ich auf Knien vor Herrn Schubert herumgerutscht, damit er mir noch eine Chance im Imbisswagen gibt. Nein, wäre ich nicht. Dann hätte ich nämlich niemals mehr die Chance gehabt, Nicolas so nahe zu sein.

Ludmilla öffnet die Glastür zum Wartezimmer. „Herr Ziegenbart? Herr Herzog hat jetzt für Sie Zeit." Sie bleibt abwartend neben der Tür stehen, bis ein kahlköpfiges Männlein in feinem Zwirn auftaucht, dann marschiert sie voraus, klopft bei Nicolas an und drückt die Klinke runter.

„Herr Herzog? Herr Ziegenbart für Sie."

Ich habe das Procedere genau beobachtet. „Ludmilla?", spreche ich sie an, nachdem sie die Bürotür hinter dem Männlein geschlossen hat. „Wir duzen uns doch in der Kanzlei?!?"

„Ganz recht, aber niemals in Gegenwart von Klienten! Das würde zu vertraulich wirken und sie womöglich dazu animieren, uns ebenfalls zu duzen."

Ich nicke stumm.

Die Brille sitzt mittig auf ihrem Nasenrücken, sie mustert mich darüber hinweg, hebt die Hände mit den Handflächen nach oben und lässt ihren Blick durch den Empfangsraum schweifen. „Wir beginnen am besten mit dem PC", schlägt sie vor.

Meinetwegen.

„Mit welcher Software wird bei Breitling gearbeitet?", erkundigt sie sich auf dem Weg zum Schreibtisch hinterm Tresen.

Woher in Gottes Namen soll ich wissen, welche Programme Breitarsch für seine Computer benutzt?

Ich winke ab wie jemand, der großartige Erfolge erzielt hat, sich aber damit nicht in den Vordergrund spielen möchte. „Zeig mir lieber, womit *du* arbeitest."

Meine Antwort scheint sie ein wenig zu irritieren, aber sie hat sich schnell wieder gefasst. Arme Ludmilla! Sie ist zwar kein Sympathiebolzen, trotzdem wünschte ich, ich könnte ihr reinen Wein einschenken. Aber dafür ist leider noch zu früh.

Sie schiebt zwei Schreibtischstühle dicht nebeneinander vor den PC. „Setz dich, Emma. Wir gehen jetzt alles einmal durch."

Ludmilla erklärt mir erstaunlich geduldig die Abläufe und ich mache mir seitenweise Notizen auf einem Block. Ob ihr inzwischen aufgefallen ist, dass die Tätigkeiten einer Rechtsanwaltsangestellten Neuland für mich sind?

„Ich bin so furchtbar nervös", gestehe ich und hoffe, dass sie sich damit auch meine Ahnungslosigkeit erklärt.

Ludmilla rückt ihre Brille zurecht. „Das ist nicht nötig, Emma. Nicolas ist kein Unmensch. Er wird dich nicht umbringen, wenn dir mal ein kleiner Fehler passiert."

Ich bete, dass es bei kleinen Fehlern bleibt.

„Ich bin seit achtunddreißig Jahren für die Kanzlei Herzog tätig", schnarrt sie.

„Das ist eine lange Zeit."

Nun wird sie ein bisschen zugänglicher. „Du kannst mich jederzeit anrufen, wenn du mal nicht weiter weißt."

„Danke für das Angebot", entgegne ich erleichtert.

„Ich kenne Nicolas, seitdem er auf der Welt ist. Es ist gut, dass er in die Fußstapfen seines Vaters tritt. Du wirst Friedhelm Herzog bestimmt bald kennenlernen. Er kommt öfter mal vorbei, um nach dem Rechten zu sehen."

„Traut er Nicolas etwa nicht zu, dass er die Kanzlei erfolgreich weiterführt?", platzt es aus mir heraus.

Sie richtet eine neben der Tastatur liegende Akte winklig zur Schreibtischkante aus. „Selbstverständlich traut er ihm das zu. Nicolas ist ehrgeizig, genau wie sein Vater, er arbeitet zwölf Stunden pro Tag und er ist sehr erfolgreich. Aber er ist noch jung und er hat manchmal seltsame Ideen."

Ich brenne vor Neugier, was die seltsamen Ideen angeht.

„Zum Beispiel diese Duzerei! Nicolas' Vater bestand auf dem Sie, und das finde ich auch richtig so. Siezen hat etwas mit Respekt zu tun. Beim Du gibt es ja kaum noch einen Unterschied zwischen Chef und Angestellten!"

„Im Englischen gibt es nur das You, und das funktioniert auch im Arbeitsleben prima", werfe ich, die Weltenbummlerin und Möchtegern-Amerikanerin, ein.

Sie lässt meinen Einwand unkommentiert. Ihre Stimme senkt sich zu einem vertraulichen Flüstern. „Er unterstützt heimlich einen Obdachlosen-Fonds! Ich bete, dass das nicht rauskommt, das wäre rufschädigend!"

Ich kann ihr nicht folgen. „Was ist denn schlimm daran, Menschen in Not zu unterstützen?"

„Spenden für Kindergärten oder für eine schicke Skulptur im Stadtpark sind angemessen und sorgen für eine gute Publicity", klärt sie mich auf. „Obdachlose sind Abschaum, sie werfen ein schlechtes Licht auf unsere Kanzlei."

Abschaum? Ich balle wütend die Fäuste. Wie kann sie nur so etwas sagen?!

Sie schaut an mir vorbei zu Nicolas' geschlossener Bürotür, dann lässt sie ihren Blick durch den Empfangsraum schweifen. „Unsere Kanzlei bedient ausschließlich die Oberschicht", erklärt sie stolz. „Dagegen hat sich Nicolas anfangs gewehrt, er wollte sogar PKH-Fälle annehmen!"

Ich habe keinen Schimmer, was das für Fälle sind.

„Nicolas und sein Vater hätten sich deswegen beinah überworfen. Der Fortbestand der Kanzlei stand für eine Weile auf Messers Schneide", sagt sie in dramatischem Ton.

„Und wie haben die beiden den Streit beigelegt?"

Ihre Brillengläser blitzen auf. „Indem Nicolas sich gefügt hat!", triumphiert sie. „Er musste seinem Vater versprechen, dass er die Kanzlei in guter alter Tradition weiterführt. Friedhelm Herzog ist ein großartiger Mann und ein gutes Vorbild für seinen Sohn!"

„Aha", mache ich.

„Was die Quote gewonnener Prozesse betrifft, ist Nicolas ein würdiger Nachfolger. Er gewinnt mindestens genauso oft wie sein Vater. Unsere Mandanten können sich glücklich schätzen!"

„Vielleicht ist es einfacher, zu gewinnen, wenn man reich ist?", überlege ich laut. Ich war noch nie in einem Gerichtssaal, deswegen habe ich über solche Dinge bisher noch nicht nachgedacht. „Man kann sich den besten Anwalt leisten und den Prozess so lange führen, wie man lustig ist."

„Leute mit Geld haben's immer einfacher im Leben", sinniert sie. Ihre Miene verhärtet sich.

Offensichtlich ist sie mit ihren Gedanken woanders.

„Nicolas erwähnte, dass dein Mann krank ist", sage ich mitfühlend.

Ludmilla lässt die knochigen Schultern hängen und wirkt plötzlich sehr traurig. „Die Ärzte sind sich noch nicht sicher", murmelt sie mit belegter Stimme. „Womöglich hat er einen Tumor."

„Ach, das tut mir leid", sage ich und umarme sie impulsiv. Ihr Körper ist steif wie ein Brett, ihr graues Haar riecht nach Mottenkugeln. „Ich wünsche deinem Mann von ganzem Herzen, dass er bald wieder gesund wird!"

„Danke", murmelt sie, und macht sich mit eckigen Bewegungen von mir los. Ihre hellgrauen Augen schwimmen in Tränen. Sie schluckt schwer und dann zwingt sie sich zu so etwas wie einem Lächeln. „Ich muss dir noch ein paar Dinge erklären, auf die Nicolas besonders großen Wert legt. Jeder Anwalt hat ja so seine Eigenheiten."

„Das stimmt!" Ich bin gespannt, was meine Kollegin noch so alles über unseren Chef zu berichten weiß. Mich würde zum Beispiel ganz besonders interessieren, ob er eine feste Freundin hat.

Ludmilla steht auf, geht in Richtung Küche und bedeutet mir, ihr zu folgen.

In diesem Moment klingelt mal wieder das Telefon. Ich nehme den Hörer ab und melde mich, wie schon drei- oder viermal zuvor, souverän mit „Rechtsanwaltskanzlei Herzog, schönen guten Tag! Sie sprechen mit Frau Meier." Das kriege ich schon erstaunlich gut hin.

„Guten Tag, hier ist Emma Meier. Könnte ich wohl bitte Herrn Herzog sprechen?" Die Stimme am anderen Ende der Leitung klingt ein wenig verkrampft.

Ich reiße vor Schreck den Hörer von meinem Ohr und halte ihn einen Meter weit weg. Hilfe! Das ist Emma! Sie will Nicolas sprechen!

Ludmilla kommt zurück und guckt mich mit gerunzelter Stirn über den Tresen hinweg an. Schon streckt sie ihre Hand aus, bereit, das Gespräch zu übernehmen.

Ich schüttle heftig den Kopf, zwinge mich zu einem überzeugenden Lächeln und mache eine Geste, die bedeuten soll, dass ich alles im Griff habe.

„Hallo?!", tönt es aus dem Hörer.

Ich warte ab, bis sich Ludmilla wieder zur Küche aufmacht, und als sie außer Hörweite ist, halte ich mir die Nase zu.

„Tut mir leid, Herr Herzog ist gerade im Mandantengespräch", näsele ich. „Darf ich ihm etwas ausrichten?"

„Ja, gern. Es geht um meine Bewerbung. Ich habe leider den Vorstellungstermin versäumt, und wenn es möglich ist, hätte ich gerne einen neuen Termin."

„Das richte ich ihm aus", versichere ich und werfe den Hörer auf die Gabel. Meine Hände beben wie bescheuert.

Was zum Teufel ist denn plötzlich mit Emma los?

Sie hat doch verkündet, dass sie sich nie wieder bei Nicolas melden wird?!

„Alles in Ordnung?", erkundigt sich Ludmilla von der Küchentür aus.

„Ja, klar. Die Anruferin hat sich verwählt, sie wollte eine Reise buchen." Ich knete meine Hände, und als sie aufhören zu zittern, speichere ich die Nummer im Telefonbuch. Nun bin ich vorgewarnt, wenn Emma das nächste Mal anruft. Was sie hoffentlich nie wieder tun wird!

„Na, da ist sie hier bei uns wirklich falsch", meint Ludmilla.

Ich durchquere auf wackligen Beinen das Büro und betrete die Küche. Dort erklärt Ludmilla mir, wie Nicolas seinen Kaffee haben will. Exakt sieben Kaffeelöffel auf acht Tassen. Mit Milch, ohne Zucker.

Sie öffnet eine Tür des Hängeschranks, in dem Tassen und Teller ordentlich aufgereiht sind. Hinter der nächsten Schranktür verbirgt sich ein kleiner Vorrat an Kaffee, Tee, haltbarer Milch und Zuckerwürfeln. Außerdem einige dekorativ verpackte Spirituosenflaschen, eine große Pralinenmischung und zwei Tafeln Schweizer Schokolade. Mein sehnsüchtiger Blick klebt an den Pralinen und der Schokolade. Ich bilde mir ein, dass sich ein Speichelfaden aus meinem Mundwinkel abseilt, und streiche unauffällig mit dem Daumen an meinen Lippen entlang.

„Weihnachtsgeschenke der Mandanten", erklärt Ludmilla, die meinem Blick gefolgt ist.

Sie weiht mich in die Bedienung der Spülmaschine ein, dann gehen wir zurück in den tristen Empfangsraum. Dabei fallen ihr die Flecken an meiner Hinterseite auf. „Wie ist das denn passiert?", erkundigt sie sich. „Bist du heute Morgen auf der Straße ausgerutscht?"

„Kleiner Zwischenfall", winke ich ab. Ich möchte nicht über dieses Ereignis sprechen, ich will es einfach nur vergessen.

Glücklicherweise hakt sie nicht weiter nach, sondern kommt auf die Nahrungsaufnahme unseres gemeinsamen Chefs zu sprechen. „Nicolas isst oftmals in der Gerichtskantine zu Mittag", erklärt sie. „Wenn er jedoch keinen Gerichtstermin hat, also nicht rausfährt, solltest du ihn fragen, ob er was zu essen haben möchte. Du musst es entsprechend rechtzeitig bestellen. Um die Ecke ist ein Chinese, und ein Stückchen weiter gibt es einen vegetarischen Imbiss. Links runter ist Tinos Pizzeria, die haben ebenfalls einen guten Mittagstisch."

Nachdenklich kratze ich mich am Kinn. „Woher weiß ich denn, wann er Gerichtstermine hat?"

Ludmilla guckt mich mit großen Augen durch ihre Brillengläser an. „Das soll wohl ein Witz sein? Du hast ja einen originellen Humor!" Sie nimmt das dicke Buch vom Tresen. „Schon mal was von einem Terminkalender gehört?"

Ich schürze einen Hustenanfall vor.

„Denk bloß immer daran, jeden Termin sofort einzutragen!", mahnt sie und schlägt die Seite vom heutigen Tag auf.

Ich entdecke den Vermerk „Anton Ziegenbart" oben in der Neun-Uhr-Zeile. Er führt die Reihe der Mandanten an, die heute einen Termin bei Nicolas haben.

„Was hat denn das hier zu bedeuten?", rätsele ich und zeige auf ein mit roter Tinte eingetragenes „FA Immer ./. Herkenrath".

Ludmilla schnappt nach Luft. „FA? Fristablauf natürlich! Welche Abkürzung habt ihr denn dafür benutzt? Oder habt ihr die Termine und Fristen komplett in

DAT-FE gemacht?"

DAT-FE? Das ist bestimmt eine Software. Emma hat mir noch nie davon erzählt. Warum auch? So ein langweiliger Kram interessiert doch niemanden.

„Bei Breitarsch läuft das alles automatisch!", behaupte ich und spüre, wie mir der Schweiß den Rücken hinunter rinnt. „Er ist in solchen Dingen sehr fortschrittlich, musst du wissen." Mein Gesicht glüht. Jede Wette, dass ich so rot wie ein Feuermelder bin.

„Breitarsch?", wiederholt sie pikiert. „Du meinst sicher Breitling, oder?"

„Ja, ja, natürlich! Breitarsch ist nur sein Spitzname."

Ludmilla ringt sich ein Lächeln ab. „Es gibt durchaus schmeichelhaftere Spitznamen", meint sie. „Aber für Bernhard Breitling ist er vermutlich passend. Ich habe noch nichts Gutes über ihn gehört."

Sie schließt den Terminplaner und legt ihn an seinen Platz auf dem Tresen. „Nicolas besteht auf den handschriftlichen Kalender. Du musst ihn sorgfältig pflegen."

„Wen? Nicolas?", gackere ich - und da passiert es. Meine über Stunden angestaute Nervosität entlädt sich in einem hysterischen Lachkrampf. Ich kann nicht mehr aufhören zu lachen. Übersprungsverhalten nennt man sowas, habe ich mal irgendwo gelesen.

Just in diesem Moment geht die Bürotür auf und Nicolas tritt heraus. Zwei Eheleute, die sich scheiden lassen wollen, schleichen mit bedrückten Mienen hinter ihm her. Nicolas, der ja sowieso nicht der Spaßvogel vor dem Herrn ist, schaut mich ziemlich böse an.

Ludmilla stößt mir kräftig den knochigen Ellenbogen in die Seite. „Hör auf zu lachen!", zischt sie mir zu.

Ich japse und keuche und schnappe nach Luft.

Nicolas legt die Akte auf den Tresen und wendet

sich an das Paar. „Ich melde mich bei Ihnen, sobald ich vom Gericht höre", verspricht er über mein Gelächter hinweg, und reicht ihnen nacheinander die Hand.

Die Frau sieht furchtbar unglücklich aus. Ihr Mann steht kerzengerade da, er beißt die Zähne zusammen, seine Kieferknochen treten hervor. Sein Blick streift die Frau und wird weich. Doch im nächsten Moment konzentriert er sich wieder auf Nicolas, und nimmt seine vorherige steife Körperhaltung ein.

Mein Kichern erstirbt so plötzlich, wie es gekommen ist. Dem Himmel sei Dank, es ist vorbei!

Nicolas' Gesichtszüge entspannen sich kaum merklich. Er wirft mir einen Blick zu, den ich mit „Wir sprechen uns noch" übersetzen würde, nimmt die oberste Akte vom Stapel und verzieht sich in sein Büro. Ludmilla geht zum Wartezimmer, öffnet die Tür und ruft den nächsten Mandanten auf.

Eine Entschuldigung murmelnd verschwindet die Frau auf der Toilette. Ihr Mann steht verloren da. Er schaut ihr nach und lehnt sich an den Tresen, als bräuchte er etwas, das ihm Halt gibt.

Er begeht gerade einen großen Fehler, davon bin ich überzeugt. Ich beuge mich vor. „Solange noch Liebe da ist, sollte man ihr eine Chance geben", sage ich leise zu ihm.

Er wirft den Kopf zu mir herum und guckt mich überrascht an. Sein Kiefer drückt Entschlossenheit aus, aber in seinen Augen meine ich den Hauch eines Zweifels zu erkennen. Er öffnet den Mund, er will etwas sagen, aber in diesem Augenblick kehrt seine Frau von der Toilette zurück. Er schaut ihr entgegen und wirkt plötzlich wie vom Donner gerührt.

„Wir können gehen", sagt sie kurzangebunden und strebt zur Ausgangstür.

Er bewegt sich nicht vom Fleck. „Madita?"

„Was ist?", fragt sie unwirsch, bleibt an der Tür stehen und dreht sich zu ihm um.

„Wir sagen dem Anwalt ab. Er soll keinen Scheidungstermin beantragen." Ein leises Lächeln erscheint auf seinen Lippen, es breitet sich allmählich auf seinem ganzen Gesicht aus. Er sieht richtig nett aus, wenn er lächelt.

„Wie bitte? Aber ...?", stammelt sie und reibt sich verwirrt über die Augen.

Sie bewegen sich im Zeitlupentempo aufeinander zu.

„*Warum* ...?", flüstert die Frau, als sie ihrem Ehemann auf Armeslänge gegenübersteht.

Er fasst sie zart bei den Schultern. „Ich liebe dich", sagt er mit rauer Stimme und zieht sie an sich. „Das habe ich bei all unseren Streitereien ganz vergessen."

Sie wird weich in seinen Armen, ein paar Tränen kullern über ihre Wangen.

Ich schlucke einen salzigen Kloß hinunter. Noch ein Wort, und ich muss mitheulen! Ich bin so furchtbar sentimental.

Ludmilla hat den nächsten Mandanten in Nicolas' Büro begleitet und bleibt wie angewurzelt mitten im Raum stehen. Ihr fällt vor Staunen die Kinnlade runter.

Der Mann legt seinen Arm um die Hüfte der Frau. „Sagen Sie Ihrem Chef, dass wir's uns anders überlegt haben", wendet er sich an Ludmilla.

„Sie meinen, er soll *keinen* Scheidungsantrag stellen?", vergewissert sie sich.

„Richtig", bestätigt er.

Seine Frau blinzelt unter Tränen. „Gegebenenfalls können wir ja darauf zurückkommen."

Sie grinst ihren Mann verschmitzt an, und dann brechen sie beide in befreites Gelächter aus, als wären ihnen soeben Felsbrocken von der Seele gefallen.

„Schicken Sie mir die Rechnung und richten Sie Herrn Herzog bitte herzliche Grüße aus. Ich werde diese Kanzlei gerne weiterempfehlen", sagt der Mann. Und dann dreht er sich zu mir herum: „Danke für Ihre Hilfe! Sie kam genau im richtigen Augenblick."

Ich strahle die beiden an. „Alles Gute für Sie!"

Wenig später fällt die Glastür hinter ihnen ins Schloss.

„Was ist denn plötzlich mit den Hubschmidts los? Kapierst du das?", fragt mich Ludmilla verdutzt und setzt sich wieder neben mich auf den Stuhl.

„Sie lieben sich", entgegne ich.

Sie schüttelt fassungslos den Kopf. „Du meine Güte, Madita und Torben Hubschmidt haben hier wochenlang schmutzige Wäsche gewaschen! Nicolas wird vom Stuhl fallen, wenn er das hört."

Ihr brennt eine weitere Sache unter den Nägeln und ich ahne schon, was das ist. „Emma, also, dein Gelächter vorhin! Was hast du dir bloß dabei gedacht? Das ist doch kein Benehmen in einer Anwaltskanzlei! Nicolas ist gewiss stinkesauer, und zwar zu Recht!" Sie stößt ein missbilligendes Schnauben aus.

„Tut mir wirklich leid", versichere ich. „Das war ein nervöser Lachanfall und wird hoffentlich nie wieder vorkommen."

Sie mustert mich einen Augenblick lang streng durch ihre Gläser. „Du bist seltsam", stellt sie fest. „So eine wie dich hatten wir hier noch nie."

Das lasse ich lieber unkommentiert im Raum stehen.

Sie wirft einen Blick zur Uhr. „Wir haben jetzt Mittagspause." Sie erhebt sich vom Stuhl. „Ich gehe zu Tino und esse Pizza. Möchtest du mich begleiten?", erkundigt sie sich höflich.

Mein Bauch gluckert begeistert, mir läuft das Wasser im Mund zusammen. Tino macht die besten Pizzas auf diesem Planeten. Ich liebe nichts mehr als die Salami-Schinken-dreifach-Käse-Pizza von Tino. Ich kann's kaum erwarten. Außer dem Dinkel-Witz heute früh habe ich noch keinen Happen gegessen ... Da fällt mir mein Diätgelübde ein. Ich muss mindestens zehn Kilo abnehmen, besser zwölf, und ich darf nur noch gesunde Sachen essen.

„Ist Pizza gesund?", erkundige ich mich bei Ludmilla.

„Selbstverständlich", entgegnet sie mit einem Anflug von Humor und schlüpft in einen dunkelgrauen Kurzmantel. „Jedenfalls, wenn du Gemüse als Auflage nimmst und sie ohne Boden und Käse bestellst."

„Das dachte ich mir schon", brumme ich und zwänge mich in das weiße Kunstfell.

Wir durchqueren die Eingangshalle und treten hinaus in den neblig-trüben Januartag. Fröstelnd ziehe ich den Reißverschluss bis unters Kinn zu und winkle die Arme ein Stück vom Körper ab, um einem klaustrophobischen Anfall in dieser Zwangsjacke vorzubeugen.

In stiller Eintracht spazieren wir die Fußgängerzone in Richtung Pizzeria entlang. Ludmilla hat's nicht eilig, sie bleibt bei dem einen oder anderen Schaufenster stehen und will mit mir über die Auslagen eines Sanitätshauses und eines Handarbeitsgeschäfts diskutieren. Mein Magen sackt von den Kniekehlen auf den Erdboden.

„Nicolas nimmt heute nur eine Kleinigkeit am Schreibtisch zu sich. Er hat sich für den Abend zum Essen verabredet", erklärt sie beim Weitergehen.

Huch, gut, dass sie mich erinnert! Ich soll ihn täglich nach seinen Essenswünschen fragen, es sei denn, er hat gegen Mittag einen Termin bei Gericht. Das hätte ich glatt vergessen. Ich muss mir das nachher unbedingt notieren.

„Ist Nicolas eigentlich verheiratet?", erkundige ich mich so beiläufig wie möglich.

Ludmilla lässt etwas Ähnliches wie ein Kichern hören, als hätte ich eine völlig absurde Frage gestellt. „Nicolas und Heiraten? Unsinn! Der kratzt immer rechtzeitig die Kurve." Sie funkelt mich an. „Das bleibt aber unter uns!", fügt sie schnell hinzu.

„Na klar, das ist doch wohl selbstverständlich", beruhige ich sie. „Hat er denn eine Freundin?", bohre ich weiter.

Ludmilla löst sich vom Schaufenster eines Schuhgeschäfts, wir zuckeln weiter. „Er ist mit Marie von Großhoff liiert. Vielleicht hast du schon mal was von der Familie gehört. Von Großhoff ist ein altes Adelsgeschlecht."

„Nein, sagt mir nichts", entgegne ich.

Wir sind an unserem Ziel angelangt, ich ziehe die Tür auf.

Ludmilla schlüpft hinter mir in die behagliche Wärme der Pizzeria.

Hm, wie gut es hier duftet! Das ist ein wahres Fest für die Sinne. Unter diesen Umständen wäre es eine glatte Sünde, nur Grünzeug zu essen. Wenn das jeder täte, dann würde Tino die Steinbacköfen ja ganz umsonst anheizen! Ich werde eine große Pizza essen, und rede mir ein, dass ich das aus reiner Nächstenliebe tue.

Wir geben unsere Bestellungen auf, legen die Jacken ab und hocken uns ins Eck am Fenster. Nach drei Sekunden haben wir Cappuccino in Jumbotassen plus Essbesteck samt Serviette vor uns auf dem Tisch. Bei Tino geht's immer herrlich flott.

„Marie ist eine wunderschöne Frau, sie hat Stil und Klasse", setzt Ludmilla unsere angefangene Unterhaltung fort. „Sie kam mindestens einmal pro Woche in die Kanzlei. Seit einer Weile kommt sie nicht mehr, deswegen vermute ich, dass es zwischen ihnen kriselt." Sie schiebt bedauernd die Unterlippe vor.

„Hm-hm", mache ich und nippe am Cappuccino. Köstlich!

Sie senkt die Stimme. „Wirklich schade, die beiden sind so ein schönes Paar. Nicolas ist selber Schuld. Anstatt sich mit Marie zu verloben, hat er ihr einen Hund geschenkt!" Sie stößt ein missbilligendes Schnauben aus.

Ich lasse die Tasse sinken und schaue sie verwundert an. „Das ist doch total süß von ihm! Marie hat sich bestimmt darüber gefreut." Ich liebe Hunde über alles. Als Kind habe ich mir sehnlichst einen gewünscht, aber der Rest meiner Familie war strikt dagegen. Nicolas ist nun erst recht mein Traumprinz. Ein Mann, der seiner Angebeteten einen Hund schenkt - wow!

Ludmilla senkt die Stimme zu einem geheimnisvollen Flüstern. „Friedhelm und Leona Herzog streben eine Verbindung mit der Adelsfamilie von Großhoff an. Sie würden es sehr begrüßen, wenn Nicolas und Marie heiraten."

Ludmilla scheint sich viele Gedanken über die Familie Herzog zu machen, aber das ist wohl auch naheliegend, wo sie doch schon so lange in der Kanzlei arbeitet.

Aus dem Augenwinkel beobachte ich, wie Tino mit einem blanken Schieber eine große und eine kleine Pizza aus dem Ofen holt.

„Du glaubst, er hat sich mit dem Hund aus der Affäre gezogen?", frage ich zweifelnd.

„Ganz genau! Dabei ist Marie eine Tochter aus gutem Hause und hübsch ist sie obendrein. Warum macht er ihr keinen Antrag?" Sie zuckt nachdenklich die Achseln.

„Er wird seine Gründe haben", murmele ich und schmachte meine Pizza an, die auf einem riesigen Teller heran schwebt.

„Buon appetito!", wünscht Tino feierlich und verschwindet wieder hinterm Tresen.

„Nicolas hat drei Fachanwaltstitel!", erklärt Ludmilla mit mütterlichem Stolz. „Der Junge ist so fleißig. Er arbeitet fast rund um die Uhr, er verkriecht sich regelrecht in seiner Arbeit. Seine Wohnung ist im ersten Stockwerk über der Kanzlei, aber er ist nur zum Essen und Schlafen oben. Manchmal mache ich mir wirklich Sorgen um ihn. Du liebe Güte, er hat einen großen Mandantenstamm von seinem Vater übernommen und hat ihn sogar noch vergrößert."

Was ist mit Ludmilla los? Hat sie gar keinen Hunger?

Ich kann keine Sekunde länger warten, schnappe mir das Besteck und lege los. Ah! Eine bombastische Geschmacksexplosion! Ich schmatze verzückt.

Ludmilla säbelt eine winzige Ecke ihrer winzigen Pizza ab. „Was meinst du, Emma, könnte es dir in unserer Kanzlei gefallen?", erkundigt sie sich zögerlich.

„Aber klar", entgegne ich mampfend.

Sie schaut mich schweigend an. Es hat den Anschein, als suche sie nach den richtigen Worten. Langsam lässt sie das Messer und die Gabel samt dem aufgespießten Pizzastückchen sinken. „Sag mal, hast du wirklich vorher bei Breitling gearbeitet?"

Prompt verschlucke ich mich an dem Bissen und kriege einen mörderischen Hustenanfall. Tränen laufen mir über die Wangen, mir bleibt die Luft weg, die Pizza steckt in meinen Atemwegen fest. Vor meinem verschwommenen Blick poppt meine Todesanzeige auf. *Sie erstickte an ihrer Lieblingspizza. Gott hab sie selig.*

Ludmilla klopft mir kräftig auf den Rücken und Tino stellt schnell ein Glas Wasser vor mich hin.

Ich spucke das unappetitlich zermanschte Pizzastück ziemlich unelegant in die Serviette, schnappe nach Luft und wische mir die Tränen aus dem Gesicht. Mir ist der Appetit gründlich vergangen. Ich schiebe den Teller von mir weg. Jammerschade um die schöne Pizza.

„Geht's wieder?", erkundigt sich Ludmilla und ich nicke japsend. Sie widmet sie sich ihrem ersten Häppchen, kaut unzählige Male darauf herum und lässt mich nicht aus den Augen.

Verdammter Mist, sie ist mir auf die Schliche gekommen! Ludmilla arbeitet seit Jahrzehnten in ihrem Beruf. Es war saudumm von mir, zu glauben, dass ich sie täuschen könnte.

Und was nun?

„Äh", mache ich hilflos und wische meine schweißnassen Hände an den Hosenbeinen ab. Ich weiche dem prüfenden Blick ihrer Brillengläser aus.

Ludmilla nimmt sich den nächsten Bissen vor. „Ich wundere mich wirklich, dass du es dort ausgehalten hast! Zwar kenne ich Bernhard Breitling nicht persönlich, aber es sind schlimme Geschichten über ihn im Umlauf. Er soll seine Angestellten wie Vieh behandeln."

Ich atme auf. „Ach, das war halb so schlimm", entgegne ich unendlich erleichtert und schicke ein stummes Dankesgebet an den lieben Gott.

Sie legt die Gabel schon wieder hin. „Emma, ich hoffe, dass du dich schnell einarbeiten wirst. Mein Mann braucht mich jetzt. Heute ist meine Schwägerin bei ihm, aber morgen muss er zur Untersuchung und da würde es mich sehr entlasten, wenn du mich vertrittst.

„Das werde ich gerne tun", versichere ich ihr feierlich.

„Ab Montag kommt meine Schwiegermutter für ein paar Tage zu Besuch, da werde ich zumindest halbtags in der Kanzlei sein können", verspricht sie.

„Mach dir keinen Stress. Denk lieber an deinen Mann! Ich habe alles im Griff!", versichere ich.

Ich werde nach Feierabend bei der Bibliothek anhalten und mir alle verfügbaren Bücher über den Beruf der Rechtsanwaltsgehilfin ausleihen! Während der nächsten Abende und am Wochenende werde ich nichts anderes tun als darin zu lesen. Aber vorher bringe ich erst einmal ein bisschen Farbe in den tristen Laden.

***

Auf dem Rückweg von der Pizzeria springe ich in einen Blumenladen hinein und kaufe einen schönen bunten Strauß aus Amaryllis, Tulpen und Ranunkeln.

Ludmilla macht große Augen. „Wir haben niemals Blumen in der Kanzlei. Außer damals, als wir den Inhaber eines Blumengroßhandels vertreten haben. Der brachte uns als Dankeschön welche mit. Du wirst sie aus eigener Tasche bezahlen müssen. Nicolas hat für Schnickschnack nichts übrig."

„Macht nichts", entgegne ich fröhlich und trage den in Papier verpackten Strauß vor mir her.

Ludmilla wirft einen Blick auf ihre Armbanduhr und legt einen Schritt zu. Sie lässt die Auslagen der Geschäfte unbeachtet und nach wenigen Minuten haben wir die Eingangstür des ehrwürdigen Kanzleigebäudes erreicht. Sie zieht ihr Schlüsselbund hervor und schließt auf.

„Beizeiten wirst du ebenfalls einen Schlüssel bekommen", erklärt sie. „Bis es soweit ist, musst du läuten wie die Mandanten. Sag Nicolas Bescheid, wenn du vor die Tür gehen willst, damit er auf die Klingel achtet und den Summer betätigt. Sonst stehst du womöglich nach der Mittagspause dumm da."

Aha, ich soll also bald einen Schlüssel für Nicolas' Haus bekommen. Das ist toll. Noch lieber wäre mir allerdings ein Schlüssel für sein Herz.

Ich finde im hinteren Winkel des Küchenschranks eine Vase, arrangiere die Blütenpracht und stelle sie auf den Tresen. Endlich ein Farbtupfer in dieser Tristesse!

Ludmilla will mich gleich heute bei der Sozialversicherung und beim Finanzamt anmelden. Ich winde mich aus der Sache heraus, indem ich ihr bedauernd gestehe, dass ich meine Steueridentifikationsnummer und die anderen nötigen Unterlagen nicht dabei habe. Wir verschieben die Angelegenheit auf Montagfrüh.

Pünktlich um 17 Uhr macht sie Feierabend. „Das ist der letzte Mandant für heute", sagt sie und zeigt auf Nicolas' geschlossene Bürotür. „Das Telefon ist auf seinen Apparat umgestellt. Du kannst jetzt ebenfalls Schluss machen."

Ich schüttle den Kopf. „Ich bleibe lieber noch eine Weile hier und gehe meine Notizen durch. Außerdem gibt es noch eine Menge zu schreiben", erwidere ich mit Blick auf den Stapel Akten, zu denen Nicolas Schriftsätze diktiert hat.

Ludmilla hebt die mageren Schultern. „Zum Schreiben bin ich wegen der Einarbeitung heute fast gar nicht gekommen. Sehr gut, dass du das übernimmst." Sie verabschiedet sich, die Tür fällt hinter ihr ins Schloss.

Etwa eine halbe Stunde später schickt sich der Mandant zum Gehen an. Nicolas begleitet ihn bis zum Tresen und reicht ihm die Hand. „Wir sehen uns dann am Dienstag bei Gericht, Herr Schmalhans", sagt er.

„Wenn ich den Prozess verliere, nehm ich mir 'nen Strick", stößt der Mann verzweifelt hervor. „Mein Sohn bedeutet mir alles! Gaby kann ja meinetwegen tun und lassen, was sie will. Aber sie darf mir doch nicht einfach meinen Sohn wegnehmen!"

„Ich gebe mein Bestes, aber ich kann Ihnen nichts versprechen", entgegnet Nicolas.

Warum ist er nur so verdammt teilnahmslos? Hat er denn gar kein Mitgefühl? Der arme Mandant! Er tut mir so leid!

Ich beuge mich über den Tresen. „Glauben Sie fest an das, was Sie sich wünschen! Dann geht es ganz bestimmt in Erfüllung", will ich Herrn Schmalhans aufmuntern.

Er schaut mich erstaunt an, sein eben noch verzweifeltes Gesicht entspannt sich ein wenig. Gleichzeitig spüre ich Nicolas' Blick wie ein Dolch in meinem Nacken.

„Sie haben recht", sagt der Mann nachdenklich. „Es macht wirklich mehr Sinn, sich auf das zu konzentrieren, was man haben möchte, als auf das, was man *nicht* haben will."

„Ganz genau! Dadurch wird das Leben viel leichter", stimme ich ihm zu.

Seine Miene hellt sich auf. „Wenn man sich nicht mit Sorgen und trüben Gedanken quält, fügen sich die Dinge meistens wie von selbst." Er lächelt mich an. „Danke schön für die Erinnerung!" Er geht mit federnden Schritten zur Ausgangstür.

Die Bürotür steht offen. Nicolas hat sich hinter seinem wuchtigen Schreibtisch verschanzt. „Emma!", bellt er.

„Aye aye, Sir!", belle ich fröhlich zurück. Oh, nein, Jessica, nun zieh nicht wieder diese alberne Militär-

Nummer ab! Das ist einfach nur peinlich! Du solltest inzwischen geschnallt haben, dass Nicolas keinen Spaß versteht.

„Ich komme!", korrigiere ich mich hastig und muss im selben Moment an Axel denken, der dieser harmlosen Aussage gerne eine zweideutige Bedeutung zugeschrieben hat.

„Moment, ich bin gleich da", rufe ich, um Missverständnissen vorzubeugen, und springe vom Stuhl. Herrje, warum bringt Nicolas mich nur so furchtbar durcheinander?

Ganz die fleißige Biene schnappe ich mir Schreibblock und Stift und fliege nach nebenan.

Nicolas' Büro ist an Nüchternheit kaum zu überbieten. Strapazierfähiger Teppich, graue Wände und hellgraue Vertikaljalousien. Die dunklen Möbel sind alt, teuer und phantasielos. Alles ist picobello aufgeräumt, auf dem blank polierten Schreibtisch befinden sich nur die nötigsten Utensilien. Die Krönung der Trostlosigkeit bildet ein scheußlicher Kupferstich an der hinteren Wand über der Kommode.

„Setz dich bitte", sagt Nicolas.

Ich nehme bescheiden auf der Stuhlkante Platz. Der Schreibtisch zwischen uns wirkt wie eine unbezwingbare Festung.

Nicolas hat wieder sein kühles Anwaltsgesicht aufgesetzt, dennoch liegt in seinen tiefblauen Augen eine seltsame Magie. Sie erscheinen mir fremd und vertraut zugleich. Was ist das, was ich in ihnen zu erkennen meine? Sehnsucht? Trauer? Einsamkeit? Oh, wenn ich doch jetzt malen könnte! Ich sehne mich nach meiner Staffelei. Ich verzehre mich geradezu danach, ich möchte zum Pinsel greifen, ihn in blaue Farbe eintauchen und ihn in groben und weichen Strichen über die Leinwand führen.

Der Gedanke an dieses Bild fühlt sich seltsam an. Auf einmal durchfährt mich die Erkenntnis wie ein Blitzschlag. Ich *habe* dieses Bild bereits gemalt! Es ist das „Tor zur Seele".

Jessica, Nicolas ist Rechtsanwalt! Er will eine erfolgreiche Businessfrau und keine Möchtegern-Künstlerin! Vergiss dein Hobby und denk an Doreen!

„Emma, ich bin überrascht, um es mal vorsichtig auszudrücken. Ich hatte eine versierte Mitarbeiterin erwartet." Er mustert mich wie ein Schuldirektor.

„Das bin ich", entgegne ich so überzeugend wie möglich. Nicolas zweifelt doch nicht etwa an meinem Werdegang? „Herr Breita ...ling hat mir ein gutes Zeugnis geschrieben", erinnere ich ihn. „Er war sehr zufrieden mit mir!"

Die wievielte Lüge ist das heute? Ich habe längst aufgehört zu zählen.

Ich rutsche ein Stück zurück, mein Hintern füllt nun die ganze Sitzfläche aus. In Original-Doreen-Manier strecke ich den Rücken durch und die Brust raus.

Seine Hände liegen locker verschränkt auf der Schreibtischplatte. Ich weiß, wie sie sich anfühlen. Sie sind kühl und fest und sie können kräftig zupacken. Hach, wie wunderbar wäre es, sie auf meiner Haut zu spüren. Ich wünsche mir, von diesen Händen gestreichelt und gehalten zu werden.

„Ludmilla sagt, dass du mit den Arbeitsabläufen zurechtkommen wirst. Ich vertraue ihrer Einschätzung."

Danke, Ludmilla!

„Aber dein Benehmen! Also wirklich! Was bist du, Emma, ein alberner Teenager? Ich meine, du hast fast unterm Tisch gelegen vor Lachen! Das hier ist eine Anwaltskanzlei und kein Kasperletheater!"

Ich schlage schuldbewusst die Augen nieder. „Das

weiß ich doch, und es tut mir wirklich leid! Ich hatte einen Lachanfall, weil ich so nervös war."

Er beugt sich ein wenig vor und sucht meinen Blick. Ich begegne dem tiefen Blau seiner Augen und meine, einen Anflug von Belustigung darin zu erkennen. Aber vermutlich irre ich mich.

„Du bekommst einen Lachanfall, wenn du nervös bist?"

„Nur in ausgesprochen seltenen Fällen", versichere ich.

Seine Miene ist so ernst und kühl wie gewohnt. Seine eben noch locker verschränkten Finger verhaken sich ineinander, die Fingerknöchel treten deutlich hervor. Er funkelt mich an. „Wie kommst du eigentlich dazu, meinen Mandanten fragwürdige Lebensweisheiten mit auf den Weg zu geben?", motzt er, verzieht sein Gesicht zur Grimasse und äfft mich böse nach: „... dadurch wird das Leben viel leichter!"

„Herr Schmalhans war verzweifelt. Was ist schlimm daran, einem traurigen Menschen Mut zu machen?", setze ich mich zur Wehr.

„Es kommt noch dicker: Du hast den Hubschmidts die Scheidung ausgeredet!", schnaubt er.

„Ich habe ihnen gar nichts ausgeredet! Die beiden haben festgestellt, dass sie sich noch lieben", protestiere ich.

„Unsinn! Torben Hubschmidt wartet seit einem Jahr sehnsüchtig darauf, dass er endlich den Scheidungsantrag stellen kann!"

Ich beuge mich vor und versinke in den Tiefen seiner unglaublichen Augen. „Würdest du wirklich einem Paar, das sich liebt, zur Scheidung raten?", frage ich ihn mit leiser Stimme.

„Natürlich nicht!", meint er unwirsch, lehnt sich im

Stuhl zurück und lässt einen tiefen Seufzer hören.

Ich fürchte, wenn er Ersatz hätte, würde er mich auf der Stelle feuern. Aber er hat keinen, jedenfalls momentan nicht, denn er hat den anderen Bewerberinnen abgesagt. Ich muss mir noch mehr Mühe geben, und ihn hundertprozentig von mir überzeugen.

Was unsere gemeinsame private Zukunft betrifft, muss ich leider feststellen, dass er kein bisschen in mich verliebt zu sein scheint. Und wenn er es doch sein sollte, dann kann er das perfekt verbergen.

Doreens Tipp „Geize nicht mit deinen Reizen" kommt mir in den Sinn. Ich strecke den Rücken durch und beuge mich ein Stückchen weiter vor, im vollen Bewusstsein, dass mein offener Kragen nun tiefe Einblicke gewährt. Noch ein Stückchen weiter, ah ja! Nun ragen meine Brüste bis über die Schreibtischkante. Wenn mich nicht alles täuscht, komme ich jetzt richtig sexy rüber.

Er legt den Kopf leicht schief und schaut mich mit seinen rätselhaften blauen Augen wortlos an.

Ein warmes Gefühl breitet sich in meinem Unterbauch aus. Ohhhh, Hilfe! Ich darf keine Sekunde länger in seine Augen sehen, sonst bin ich für immer verloren. Ich nehme mir fest vor, mich zukünftig lieber auf sein niedliches Grübchen zu konzentrieren. Hm, dieses Grübchen! Wie gerne würde ich jetzt mit den Fingerspitzen darüber streichen und es zärtlich erkunden.

„Hast du dich verrenkt?", fragt er schließlich.

Ich schnelle zurück und setze mich wieder aufrecht auf den Stuhl. „Nein, nein! Das war ... äh ... eine Yoga-Übung."

Er schmunzelt. „Und? Hast du deine innere Mitte gefunden?"

„Ich suche noch", entgegne ich schnell. Ich schwöre,

ich werde mir nachher ganz genau das betreffende Doreen-Video angucken. Am besten in Zeitlupe!

„Du hast heute Morgen gesagt, dass dir die Wandfarbe nicht gefällt", wechselt er das Thema.

„Nun ja ... Farben sind Energie", murmele ich wie zu mir selbst.

„Was genau meinst du damit?"

Die Lippen über seinem Grübchen sind schön geschwungen und ich bin mir sicher, dass sie sehr weich sind. Hach, es muss himmlisch sein, von ihnen geküsst zu werden!

„Farben wirken auf unsere Gedanken und Gefühle. Grau ist trostlos. Wenn alles um einen herum grau ist, dann glaubt man an gar nichts mehr."

„Du kannst jetzt Feierabend machen", sagt er plötzlich. Seine Stimme klingt schroff.

Ich springe vom Stuhl auf und klemme meinen Block unter den Arm. „Nein, danke, ich möchte gerne noch weiterarbeiten", entgegne ich höflich und verlasse gemessenen Schrittes sein Büro.

Das war doch mal ein gelungener Abgang! Da hat alles gestimmt! Nun ja, bis auf die schmutzige Rückseite meiner Hose, aber daran ist er schließlich nicht ganz unschuldig.

„Ach, Emma?"

Ich drehe mich mit elegantem Schwung in der Tür um und schenke ihm mein bezauberndstes Lächeln.

„Der erste Mandant morgen früh ist Herr Brunetti. Würdest du bitte rechtzeitig Kaffee vorbereiten?"

Brunetti? Ich blende die Erinnerung an die brünette Angelina lieber ganz schnell aus. Diese Frau ist eine unglückbringende Erscheinung aus einem früheren Leben und hat mit meinem Jetzigen nicht das Geringste zu tun.

„Sehr gerne! Sieben Kaffeelöffel auf acht Tassen", entgegne ich eifrig.

Täusche ich mich, oder umspielt da ein Lächeln seine Mundwinkel? Nein, ich täusche mich nicht! Und dieses Lächeln spiegelt sich sogar in seinen Augen wieder!

Mein Herz schlägt Purzelbäume. Ein Liedchen summend kehre ich an meinen Schreibtisch zurück.

Soloparty

Wir arbeiten bis in den Abend hinein in friedlicher Zweisamkeit. Nicolas wälzt nebenan Akten und diktiert Schriftsätze, und ich haue wie eine Besessene in die Tasten. Es ist wirklich erstaunlich, worüber sich die Leute streiten! Angefangen von einer Klage wegen einer missglückten Botox-Behandlung über einen Prozess wegen quakender Frösche am Teich des Nachbarn bis hin zu einer Mängelrüge, weil die neue Luxuskarosse bereits nach einer Woche einen platten Reifen hatte. Ein Unternehmer will die Hälfte seiner Mitarbeiter entlassen, ein Bankdirektor will partout keinen Unterhalt für seine Kinder bezahlen und eine ältere Dame ist auf einen Heiratsschwindler reingefallen. Die Unterschriftenmappe ist schon gut gefüllt. Nicolas wird aus dem Staunen nicht mehr rauskommen, wie viel ich geschafft habe!

Herzhaft gähnend recke und strecke ich mich. Feierabend! Ich schalte den Computer aus, er verabschiedet sich mit einem dezenten Pling. Auf dem Schreibtisch herrscht ein lustiges Durcheinander. Aufräumen macht keinen Sinn, weil ja morgen sowieso wieder alles durcheinandergerät. Ich komme hinterm Tresen vor.

Plötzlich nehme ich im Augenwinkel eine Bewegung wahr. Ich erstarre zu Eis. Eine mir sehr vertraute Gestalt durchquert die Eingangshalle, sie hat die gläserne Eingangstür fast erreicht. Mir bleibt die Luft weg. Was hat denn meine Schwester hier zu suchen? Hilfe! Wenn sie mich sieht, bin ich geliefert.

Blitzschnell springe ich zurück hinter den Tresen, krabble auf allen Vieren unter den Schreibtisch und lasse mich platt auf den Fußboden fallen.

Sie stößt die Glastür auf und rauscht in den Empfangsraum. Atemlos schiele ich durch den Spalt zwischen Tresenunterkante und Teppich, und sehe glitzernde Highheels. Ihre Schritte werden von der Auslegeware verschluckt.

„Nicolas!"

Aus dem Büro nebenan dringt ein Geräusch, im nächsten Moment öffnet sich die Tür.

„Ich hoffe, du hast eine gute Entschuldigung!", nörgelt sie. „Seit neunzehn Uhr sitze ich beim Italiener und warte auf dich!"

In diesem Moment fällt es mir wie Schuppen aus den Haaren. Nicolas ist „Nicki", Yvonnes neuer Schwarm! Der gutaussehende Anwalt mit der eigenen Kanzlei in der Innenstadt!

„Ach du Schreck, ist es schon so spät? Ich habe die Zeit völlig aus den Augen verloren."

Bestimmt fährt er sich jetzt mit den Händen durch die Haare.

„Das tut mir wirklich leid, Yvonne! Morgen Mittag habe ich eine wichtige Verhandlung und ich musste noch einiges vorbereiten."

Nicolas wird annehmen, dass ich inzwischen nach Hause gegangen bin. Vermutlich wird er sich wundern, dass ich mich nicht verabschiedet habe.

Kaum habe ich den Gedanken zu Ende gedacht, fällt mir die Felljacke ein. Sie hängt neben seinem Mantel am Garderobenständer als untrügliches Zeichen, dass ich noch hier bin. Zu allem Überfluss ist das Yvonnes Jacke, und da sie niemals Massenware kauft, wird sie sie bestimmt wiedererkennen. Verflixte Kiste, was soll ich jetzt bloß machen?

„Hast du geläutet? Ich habe nichts gehört", sagt Nicolas.

„Dir hätten eigentlich die Ohren klingeln müssen, so oft, wie ich auf deinem Handy angerufen habe."

„Draußen an der Eingangstür meine ich."

„Nein, die ließ sich einfach so aufdrücken."

„Hm, das ist ja ein Ding! Das automatische Schließsystem muss defekt sein. Ich werde gleich morgen früh einen Schlosser anrufen."

Yvonne hat sein Büro betreten. „Dies ist also deine Wirkungsstätte", höre ich sie von nebenan. „Sehr geschmackvoll!"

Geschmackvoll nennt sie das? Jede Gefängniszelle ist ein geschmackvollerer Ort als Nicolas' Büro!

Sie lässt ein kehliges Lachen hören. Ich sehe sie bildlich vor mir, wie sie ihren schmalen Hintern auf die Schreibtischkante schiebt und die langen Beine übereinanderschlägt. Yvonne braucht keine Tipps von Doreen. Sie weiß genau, wie sie sich in Szene setzen muss.

„Mach nicht so ein ernstes Gesicht, Nickilein", gurrt sie.

Nickilein! Meine Nackenhaare stellen sich auf. Der Name mag für einen Wellensittich oder einen Zwergpinscher okay sein, aber doch nicht für einen Mann wie Nicolas!

Ich höre ein schmatzendes Geräusch. Hat sie ihm etwa einen Kuss gegeben?! Zum Teufel mit meiner Schwester! Der nette Brian tut mir von Herzen leid, mal ganz abgesehen von mir selber.

Nicolas räuspert sich. „Ich räume noch eben die Sachen vom Tisch und lösche das Licht. Anschließend gehen wir Essen, so wie es geplant war."

Ihre Stimme entfernt sich. „Ein gediegener Kupferstich", staunt sie ehrfürchtig.

Das scheußliche Kunstobjekt hängt an der hinteren Wand. Wenn ich Glück habe, steht sie direkt davor.

Jetzt oder nie! Dies ist meine einzige Chance.

Ich robbe unterm Schreibtisch hervor, krabble bis zur Tresenecke und linse um die Ecke. Von Nicolas und Yvonne ist nichts zu sehen. Mein Herzschlag donnert in meinen Ohren, mein Pulsschlag verdreifacht sich. Ich mache mir fast in die Hose vor Angst.

Ich hole tief Luft und spanne meine Muskeln an. Achtung, fertig, los! Mit einem Satz springe ich auf die Füße, bin mit einem Hechtsprung beim Garderobenständer, reiße die Felljacke vom Haken und verschwinde wieder hinterm Tresen. Die Aktion war eine Sache von maximal drei Sekunden. Und sie hätte keine Sekunde länger dauern dürfen, denn die Stimmen nähern sich der Bürotür. Kurz darauf fällt sie ins Schloss.

Nicolas' Schuhspitzen tauchen direkt vor meiner Nase auf. „Seltsam", murmelt er.

„Was bitte ist seltsam?", fragt Yvonne ungeduldig.

„Ich hätte erwartet, dass meine neue Mitarbeiterin sich verabschiedet, bevor sie nach Hause geht", sagt er.

Irre ich mich, oder klingt er ein kleines bisschen enttäuscht?

„Tja, die Angestellten von heute sind nicht mehr das, was sie mal waren", meint meine schlaue Schwester.

„Das passt gar nicht zu ihr. Sie ist sehr kommunikativ."

Yvonne stößt einen übertriebenen Seufzer aus. „Eine Labertasche? Du Ärmster! Also, ich kann diese Leute nicht ausstehen, die ständig irgendwelchen Mist von sich geben, nur um was zu sagen."

„Ich auch nicht", murmelt er.

„Ist sie hübsch?", erkundigt sich Yvonne in kokettem Ton.

Ich weiß genau, was sie jetzt hören will, und Brian wüsste es auch. Brian würde so etwas sagen wie: „Nicht annähernd so hübsch wie du."

„Nein", entgegnet Nicolas einsilbig.

Ich spüre einen fiesen Stich in meinem Herzen.

„Ordnungsfanatiker scheint sie auch nicht zu sein", setzt Yvonne noch einen drauf. „Schau dir mal das Chaos auf ihrem Schreibtisch an!"

„Tatsächlich!", stöhnt er. „So hinterlässt man doch nicht seinen Arbeitsplatz! Sind das etwa Kaffeeflecken da auf der Akte?"

„Vielleicht ist sie ja noch hier", schlägt Yvonne vor. „Auf der Toilette womöglich, oder in der Küche?"

Die Schuhspitzen entfernen sich. „Emma?"

Ich höre, wie Türen geöffnet und wieder geschlossen werden.

„Alles dunkel, niemand da. Ihre Jacke ist auch weg."

„Du solltest dir das Fräulein morgen mal vorknöpfen und ihr erklären, was gutes Benehmen und Ordnung am Arbeitsplatz ist."

Die Glastür schwingt auf, Yvonnes Absätze klackern auf dem Steinzeug.

„Ich muss noch die Alarmanlage scharf schalten", sagt er.

Im nächsten Augenblick geht das Licht aus, von der Eingangshalle fällt ein schmaler Schein in den Empfangsraum. Die Glastür wird geschlossen, der Schlüssel dreht sich zweimal, jemand rüttelt an der Klinke.

ZU.

Zu? Hey, halt stopp, Moment mal! Das könnt ihr doch nicht machen! Ich bin nicht Houdini, ich kann nicht durch Wände gehen!

Plötzlich ist es stockduster. Und es ist absolut still.

Ich bin eingesperrt! Ich hoffe auf einen übersinnlichen Moment. Er bleibt aus.

Mit zitternden Fingern taste ich nach meinem Handy

und benutze es als Taschenlampe, komme unterm Schreibtisch hervor und sause zur Glastür, nur um festzustellen, dass sie abgeschlossen ist. Mir fällt ein winziges, blinkendes rotes Licht auf, es kommt aus einem kleinen Kasten an der Wand. Die Alarmanlage. Na großartig.

Unglücklicherweise kenne ich mich mit Sicherheitssystemen überhaupt nicht aus. Zum Beispiel hätte ich gerne gewusst, wann sie denn wohl anspringt. Kann man das Licht einschalten, ohne dass sie losjault? Oder jault sie gar nicht, sondern sendet einen stummen Alarm direkt zur Polizeieinsatzzentrale?

Besten Dank, Yvonne! Nur weil du unbedingt einen gutaussehenden Anwalt aufreißen musst, sitze ich in der Falle. Verdammte Kacke!

Ich tappe zurück zum Schreibtisch, lasse mich auf den Drehstuhl fallen und stütze den Kopf in die Hände. Meine Möglichkeiten sind überschaubar. Genau genommen habe ich nur eine. Mir bleibt nichts anderes übrig, als aus dem Fenster zu springen. Allerdings hätte das womöglich böse Konsequenzen. Das Fenster würde die ganze Nacht offenstehen und alle Einbrecher der Stadt quasi direkt in die Kanzlei einladen. Wobei vor meinem Sprung erst einmal zu klären wäre, ob die Alarmanlage nicht auch mit den Fenstern gekoppelt ist.

Scheiße, Scheiße, Oberscheiße! Eine ganze Nacht allein im Büro? In einem Süßwarenladen, okay, oder gerne auch in einem Atelier, aber doch nicht in einem langweiligen Büro! Ich würde am liebsten losheulen. Das wäre angesichts meiner Zwangslage durchaus angemessen, finde ich. Aber vom Heulen kriege ich Kopfschmerzen und außerdem hat es mich noch nie wirklich weiter gebracht.

Am besten gehe ich die Angelegenheit von der praktischen Seite an und versuche, das Beste aus der Situation zu machen.

Ein Mensch braucht nicht viel zum Überleben. Essen, Trinken, eine Zahnbürste und ein kuscheliges Bett. Essen und Trinken habe ich, also stehen meine Chancen gar nicht mal schlecht.

Ich tapse in die Küche, steuere geradewegs den Schrank mit den Weihnachtsgeschenken an und leuchte hinein. Pralinen, Schokolade, Wein. Prompt fällt mir mein Diätplan ein. Natürlich will ich abnehmen, klar. Aber was soll ich machen? Dies ist eine Notsituation. Außerdem hat mich der Stress des heutigen Tages mindestens drei Kilo gekostet, wenn nicht sogar noch mehr. Man soll es bekanntlich niemals übertreiben, vor allem nicht mit dem Abnehmen, sonst setzt der Jojo-Effekt ein und da hat niemand was davon.

Ich köpfe die Weinflasche und nehme ein Glas aus dem Schrank. Dann klemme ich mir die Pralinen unter den Arm und das Handy zwischen die Zähne und trage Wein, Glas und Schokolade zu Nicolas' Schreibtisch. Da ist viel mehr Platz als auf meinem.

Von draußen fällt mattes Licht durch die Fensterbehänge. Ich stelle die Sachen ab, reiße das Papier von der Schweizer Schokolade, breche eine Reihe ab und stopfe sie mir in den Mund. Mandel-Sahne vom Feinsten. Sie zergeht auf der Zunge, ein Traum!

Ich lasse mich auf den Schreibtischsessel plumpsen und schiebe mir die nächste Reihe zwischen die Kiemen. Ah, der Sessel ist aber schön bequem! *Nicolas'* Schreibtischsessel. Auf diesem Platz sitzt er viele Stunden am Tag. Mir wird ganz warm ums Herz. Ich bin ihm jetzt sehr nahe, obwohl er gar nicht da ist. Er ist mit meiner Schwester beim Italiener. Bloß nicht darüber nachdenken.

Ich stoße mich mit den Füßen vom Schreibtisch ab, rolle ein Stück zurück, hole Schwung und drehe mich so lange, bis mir schwindelig ist. Dann drehe ich mich in die andere Richtung. Hui, das macht Spaß!

Der Stuhl wird langsamer und ich will gerade neuen Schwung holen, da klingelt mein Handy. Ich bremse ab und schaue aufs Display. Emma! Mist, ich hatte versprochen, sie anzurufen.

„Hey, wie war dein erster Arbeitstag? Ich bin so gespannt! Wieso hast du dich denn noch nicht gemeldet?"

„Oh, sorry. Ich, äh, hatte total viel zu tun. Hab länger gemacht." Ich taste nach der Schokolade wie eine Drogensüchtige.

„Überstunden gleich am ersten Tag? Fleißiges Mädchen!", lobt sie kichernd. „Erzähl: Wie ist er so?"

„Wer?" Knack, die nächste Reihe ist fällig.

„Na wer schon?", ruft sie ungeduldig. „Der Russe! Dein Chef! Ist er nett?"

Ich beiße zu. „Mh, ja, echt lecker. Äh, nett."

„Was machst du da? Isst du Schokolade? Hast du dir nicht vorgenommen, abzunehmen?"

Emma kennt mich so gut, wie kein anderer Mensch auf der Welt. Sie lässt sich so leicht nichts vormachen.

„Das ist höhere Gewalt. Ich kann nichts dafür."

Sie lacht. „Ach, Jessy, du bist köstlich! Nebenbei gesagt halte ich deine Diätpläne sowieso für überflüssig. Du bist genau richtig so, wie du bist. Schön weich und knuffig."

„Ich will aber nicht knuffig sein!", schimpfe ich und beiße missmutig in die Schokolade. „Knuffig ist blöd. Knuffig ist nämlich überhaupt nicht sexy."

„Wer behauptet denn sowas? Deine Schwester? Lass dir bloß nichts einreden!", schnaubt sie. „So, und nun erzähl mir endlich von deiner Arbeit. Was ist das denn nun für ein Unternehmen? Dienstleistung? Oder Handel?"

Ich spüre, wie mir am ganzen Körper der Schweiß ausbricht. Verzeih mir bitte Emma, es tut mir so leid! Ab morgen Abend werde ich dich niemals wieder belügen, versprochen!

„Äh, Handel", stammle ich. „Wir handeln den ganzen Tag."

Sie kichert wieder. „Und womit? Mit faulen Eiern?"

„Äh, nein." Womit handeln die Leute denn so? Verflixt, ich hätte mir längst etwas zurechtlegen müssen und nun habe ich vor lauter Nervosität ein Brett vorm Kopf. Brett - das ist das Stichwort! „Holz. Wir handeln mit Holz."

„Das ist ja interessant! Ist das ein Großhandel oder ein Direktverkauf oder wie muss ich mir das vorstellen?" Emma will es wie immer ganz genau wissen.

„Groß! Das ist ein ziemlich großer Handel", entgegne ich und lenke schnell vom Thema ab. „Und wie war's heute mit Breitarsch?"

„Furchtbar!", stöhnt sie. „Er hatte glasige Augen und eine Fahne von hier bis nach Gütersloh. Ich hab jetzt endgültig die Nase voll! Weißt du was? Ich probier's doch nochmal bei Herzog. Vielleicht habe ich ja Glück, und er hat noch keine neue Mitarbeiterin gefunden. Man sollte nichts unversucht lassen, nicht wahr?" Sie klingt optimistisch.

„Das halte ich für keine gute Idee", entgegne ich wie aus der Pistole geschossen.

„Wie bitte?", ruft sie ungläubig. „Du bist doch immer diejenige, die mir rät, mich nicht von kleinen Pannen abschrecken zu lassen!"

Ich schließe die Augen und wünsche mich weit weg. „Du hast an der Tür geklingelt und bist weggelaufen", erinnere ich sie. „Das ist keine kleine Panne, das ist ein Griff ins Klo. Und zwar bis über'n Ellenbogen."

„Pfft! Sag mal, geht's dir nicht gut?"

„Doch, doch, alles bestens. Ich will dich nur vor einer weiteren Schlappe bewahren."

„Also wirklich, nun hör aber auf!" Sie klingt eingeschnappt. „Ich hab da heute angerufen!", verkündet sie trotzig.

„Tatsächlich?"

„Die Mitarbeiterin hat mich abgewimmelt. Das ist bestimmt so eine blöde Zicke, die keine neue Kollegin haben will. Aber ich lass mich nicht abwimmeln! Diesmal nicht!"

Ich schnappe nach Luft. „Was hast du vor?", frage ich atemlos.

„Morgen ist Freitag, da habe ich um fünfzehn Uhr Schluss. Um fünfzehn Uhr dreißig stehe ich bei Nicolas Herzog auf der Matte. Und ich werde die Kanzlei erst wieder verlassen, wenn ich mit ihm gesprochen habe."

Mir wird ganz schlecht. „Du willst da unangemeldet aufkreuzen?"

„Jawohl! Auch auf die Gefahr hin, dass ich eine Absage bekomme. Ich will's wenigstens versuchen!"

Mein Magen krampft sich zusammen. „Du, hör mal, Emma, ich muss nochmal eben weg. Wie wär's, wenn wir uns morgen Abend treffen? Dann können wir ausgiebig quatschen. Zwanzig Uhr im Eulenspiegel?"

Sie stockt. Natürlich merkt sie, dass ich sie abwimmeln will.

„Wie du meinst, Jessy", entgegnet sie knapp. „Bis morgen dann." Schon hat sie aufgelegt.

Das schlechte Gewissen frisst mich fast auf. Wie kann ich meiner besten Freundin nur sowas Gemeines antun? Ob sie mir jemals verzeihen wird? Ich stopfe die restlichen beiden Reihen Schokolade in meinen Mund und greife nach der Weinflasche. Beim Einschenken schwappt der Wein über den Rand des Glases und bildet einen kleinen See auf Nicolas' Schreibtischplatte. Ich leere das Glas in einem Zug und stelle es zurück in den See. Das Blut pulsiert in meinen Adern, meine Glieder werden plötzlich ganz leicht, meine Hirntätigkeit erlahmt. Alkohol entfaltet seine Wirkung bei mir immer sofort.

Ich lasse das Glas stehen, weil Einschenken Flecke macht, schnappe mir die Flasche und folge dem Handylicht durch Nicolas' heiliges Reich. Ich nehme einen weiteren Schluck und rülpse herzhaft. Also, ich kenne mich nicht mit Weinen aus, aber ich vermute, dass dies ein besonders edler Tropfen ist. Er schmeckt echt lecker und er beruhigt die Nerven. Mehr kann man von einem guten Wein vermutlich nicht erwarten.

Ich könnte die Zeit sinnvoll nutzen, und mir einen Überblick über den Inhalt der Schränke verschaffen. Gute Idee! Die Flasche in die Armbeuge geklemmt mache mich an der obersten Kommodenschublade zu schaffen. Ich bin gespannt, was sich Schönes darin findet. Womöglich bewahrt Nicolas hier seine Fotoalben oder seine private Post auf.

Ach wie langweilig, da sind nur Aktenhüllen und Briefumschläge drin. Ich schaue auch in die anderen Schubladen und in den Schrank, aber das Ergebnis ist ähnlich uninteressant. Gesetzestexte, schlaue Bücher und Akten so weit das Auge reicht.

Das schmale Schrankabteil ganz links ist mit einer Kleiderstange ausgestattet. Eine schwarze Robe hängt über einem Kleiderbügel. Ich male mir aus, wie Nicolas wohl in dem Gewand aussieht, und sogleich flattern Schmetterlinge in meinem Bauch herum. Ah, der Kragen duftet nach ihm! Was für ein wunderbarer männlicher und zugleich unaufdringlicher Geruch! Ich kann mich gar nicht sattschnuppern.

Die Weinflasche rutscht aus meiner Armbeuge, aber dank meiner außergewöhnlichen und unübertroffenen Reaktionsschnelligkeit pulscht nur ein kleines Bisschen aus der Flasche. Kichernd setze ich sie an meine Lippen, labe mich an dem edlen Tropfen und fühle mich plötzlich ganz beschwingt. Jetzt wäre ich genau in der richtigen Stimmung zum Tanzen.

Warum nicht? Der moderne Mensch trägt seine Lieblingssongs immer bei sich. Ich tippe wahllos einen Titel auf meinem Handy an und lasse mich überraschen. In der Disco weiß man schließlich auch nie, was kommt. Aha, „Punk Rock Song" von Bad Religion. Eine echt rockige Nummer.

Ich werfe die leere Flasche in den Mülleimer, na ja, fast, ich verfehle ihn nur knapp, ziehe die Schuhe aus und steppe wie eine Irre durch Nicolas' Büro. Meine Bewegungen würden sich wohl am treffendsten mit „hemmungslos" umschreiben lassen. Es ist gut, dass mich niemand sehen kann.

Der letzte Gitarrenhieb verklingt, ich halte mir keuchend die Seiten. Wer hätte damit gerechnet, dass sich dieser verkorkste Abend noch zu einer tollen Solo-Party entwickelt?! Zu den großartigen Klängen von The Cures „Lovesong" steuere ich die Küche an und besorge Getränkenachschub. Ich singe lauthals mit, glücklicherweise bin ich ja ganz allein auf weiter Flur. Hach, das tut mal richtig gut! Bei Yvonne darf ich nicht singen und Axel reagierte ebenfalls äußerst allergisch darauf.

„You make me feel like I am whole again", schmettere ich inbrünstig. Ich packe sehr viel Gefühl in meinen Gesang, dennoch hört er sich sogar in meinen unmusikalischen Ohren ziemlich falsch an.

Zack, und schon ist die nächste Flasche auf. „Weg mit dem Dreck!", proste ich mir selber zu und gackere über meinen lustigen Trinkspruch. Plötzlich muss ich an meinen heutigen Lachflash denken und an Nicolas' Rüge. Ich presse die Flasche an meinen Leib und bin dankbar, dass sie mich trösten will.

Diese Weinsorte schmeckt anders. Ich würde jetzt gerne mit Fachbegriffen aufwarten, um den Geschmack zu beschreiben. Nicolas wirft ständig mit Fremdwörtern um sich. Er wird heute Abend bestimmt mächtig von Weinkennerin Yvonne beeindruckt sein. Yvonne macht nämlich immer ein großes Theater um jeden winzigen Schluck, vor allem um den Abgang.

Ich drehe die Flasche in meinen Händen und entziffere mit zusammengekniffenen Augen das Etikett. „Cuvée Spéciale Cacher". Was mag das bedeuten? Französisch war noch nie mein Ding.

Morgen werde ich Nicolas komplett von den Socken hauen, jawohl! Er soll nie wieder an meiner Kompetenz zweifeln. In der Früh werde ich Kaffee für ihn kochen, und das wird der beste Kaffee sein, den er jemals getrunken hat. Ich werde ihm die Köstlichkeit gekonnt auf einem Tablett servieren, mit Milch, ohne Zucker. Auf dem Unterteller werde ich liebevoll eine kleine Leckerei platzieren, vielleicht einen Keks oder eine Praline.

Ich lehne meinen Hintern an die Küchenzeile, setze den Flaschenhals an und lasse den französischen Was-auch-immer durch meine Speiseröhre gluckern. In meiner Phantasie schreite ich souverän lächelnd durch Nicolas' Büro, das Tablett auf den Fingerspitzen balancierend, und entdecke einen freudigen Schimmer in seinen blauen Augen. Hach, ich werde ganz gefühlsduselig bei dieser Vorstellung.

Wie ich, glaube ich, schon erwähnt habe, bin ich pragmatisch veranlagt. Deswegen denke ich jetzt sofort darüber nach, was ich brauche, um diese schöne Phantasie Wirklichkeit werden zu lassen. Kaffee, Milch, Tablett? Alles vorhanden! Praline ist auch kein Problem. Souverän lächeln - uh, ich kann mir vorher nicht die Zähne putzen, das ist übel! In diesem Moment wird mir klar, dass ich weder die Möglichkeit habe, mich frisch zu machen, noch mich umzuziehen.

Ach du Scheiße! Das bedeutet ja, dass ich morgen wieder im türkisfarbenen Overall vor Nicolas stehe! Zwei Tage dieselbe Klamotte? Na ja, vielleicht okay - wenn nicht das Hinterteil pottendreckig wäre. Ausgeschlossen! Was soll Nicolas von mir denken? Er wird annehmen, dass ich nur ein einziges Büro-Outfit besitze und zu faul zum Wäschewaschen bin!

„Lovesong" ist gelaufen, jetzt ist Metallica dran. „Nothing else matters". Von wegen, zu faul zum Wäschewaschen! Ich stelle die Flasche beiseite, knöpfe den Overall auf und lasse ihn an meinem Körper hinuntergleiten. Um mit den Füßen rauszusteigen, muss ich mich gut an der Arbeitsplatte festhalten. Mein Gleichgewicht war schon mal besser.

So, her mit dem schmutzigen Ding und flugs ins Spülbecken damit. Ich drehe den Wasserhahn auf und gebe reichlich Pril dazu. Eine ganze Weile bin ich mit Waschen und Rubbeln beschäftigt und begutachte schließlich das Ergebnis mithilfe meiner Handybeleuchtung. Scheint einigermaßen sauber zu sein. Nun kräftig auswringen und ab auf den Heizkörper. Ich drehe den Thermostat bis zum Anschlag auf und habe mein Problem gelöst.

Nun stehe ich in BH, Baumwollunterhose und Socken da. Ich trinke einen großzügigen Schluck vom süffigen Franzosen und nehme meine nächste Aufgabe in Angriff: Ich brauche ein Lager für die Nacht. Wenn ich nicht ausgeschlafen bin, kriege ich nichts auf die Reihe. Und das wäre an einem Tag wie morgen natürlich fatal.

Nicolas' Büro soll mein Schlafzimmer werden. Da kann ich die Tür zumachen und bin ganz für mich. Auf dem Fußboden im Empfangsraum, wo tagsüber jeder Hans und Franz durch latscht, käme ich mir vor wie eine Streunerin.

Ich trage ein paar Aktenmappen herbei, lege sie auf dem Teppich vorm Heizkörper ab und drapiere die Kunstfelljacke obenauf. Schon ist mein Kopfkissen fertig. Nun brauche ich eine Zudecke. Wenn ich mich nicht zudecken kann, kriege ich kein Auge zu. Das ist sogar im Hochsommer so. Ein Psychologe würde diesen Umstand wahrscheinlich analysieren wollen. Vielleicht würde er daraus schließen, dass ich als Kind nicht genug Nestwärme bekommen habe. Oder er würde meinen, ich bräuchte eine schützende Hülle, um mich im Schlaf vor vermeintlichen Angriffen abzuschirmen. Wie dem auch sei, ich hab's halt gerne kuschelig. Ah! Die Anwaltsrobe. Perfekt! Ich tappe zum Schrank und nehme die Robe heraus. Der Kleiderbügel poltert auf den Schrankboden.

Ich bohre meine Nase in den Kragen und inhaliere den wunderbar maskulinen Duft. Auf einmal ist mir ziemlich schwummerig zuwege. Daran ist nicht Nicolas' Kragenduft Schuld, sondern die Tatsache, dass ich heute definitiv zu wenig gegessen habe. Das geht bei mir immer sofort auf den Kreislauf.

Ich stelle die Flasche ab und befreie die Pralinen vom Verpackungsmüll. Mit Pralinen kenne ich mich bestens aus, da bin ich Expertin. Nummer eins wandert in meinen Mund, mmh! Diese Pralinen sind absolute Spitzenklasse, da gibts nichts.

Ein fröstelnder Schauer krabbelt über meine nackte Haut. Zeit, ins Bett zu gehen, würde ich mal sagen. Bewaffnet mit der Pralinenpackung, der Robe und der Flasche torkele ich zu meinem Nachtlager vor der Heizung und lasse mich ächzend auf dem Teppich nieder. Die Akten im Nacken und eingerollt in die Robe, mache ich es mir so bequem wie möglich.

Ich futtere die Packung leer bis auf eine Praline. Die will ich Nicolas morgen früh neben die Kaffeetasse legen, da wird er sich bestimmt freuen. Ich spüle mit dem Rest Wein nach, da wabert durch mein benebeltes Hirn der Erinnerungsfetzen an den angekündigten Besuch des Herrn Brunetti. Das scheint ein wichtiger Mandant zu sein. Es wird ein bisschen seltsam aussehen, wenn Nicolas eine Praline auf seiner Untertasse vorfindet und Herr Brunetti nicht. Herr Brunetti würde sich zu Recht benachteiligt fühlen und Nicolas wäre das sicher unangenehm. Nein, ich möchte Nicolas nicht in Verlegenheit bringen und Herr Brunetti soll sich nicht zurückgesetzt fühlen. Um der Gerechtigkeit willen stopfe ich mir auch die letzte Praline in den Mund.

Matt sinke ich zurück auf das Aktenberg-Felljacke-Kopfkissen. Der Mappenstapel ist zu hoch, da kriege ich einen steifen Nacken. Unbeholfen ziehe ich den obersten Hefter heraus, er ist ziemlich dick, und lege den Kopf wieder ab. Jetzt ist's besser, so wird ein Schuh draus.

Mein Handy piept, Sprachnachricht von Yvonne. „Hallo Jessica! Wo steckst du denn, kommst du heute nicht nach Hause? Hey, ich hab eins deiner Bilder verkauft. Cool, was? Den Preis musst du selber verhandeln. Der Käufer will dich unbedingt kennenlernen! Bis morgen, ich geh jetzt ins Bett."

Saurer Magensaft steigt in meiner Speiseröhre auf, bäh!, gleichzeitig ziehen sich meine Eingeweide zusammen. Boah, ist mir schlecht! Alles dreht sich. Silberne Punkte flimmern vor meinen Augen und formieren sich zu blinkenden, seltsamen Gebilden. Gleichzeitig sausen unzusammenhängende Wortfetzen durch mein Gehirn. Humpfbabba. Äppi. Rixodynamo. Zirzensikolasko. Geili.

Ich muss ganz schnell einschlafen. Schlaf ist die beste Medizin und hilft eigentlich immer. Ich mache die Augen zu und prompt wird so dermaßen schlecht, dass ich mich problemlos übergeben könnte. Uh, das würde auf Nicolas' Teppich landen und darüber wäre er sicherlich sehr ärgerlich.

Lesen. Lesen hilft mir daheim immer sehr gut beim Einschlafen. Durch die Vertikaljalousien fällt das schwache Licht der Straßenlaterne und außerdem habe ich die Handybeleuchtung. Für gewöhnlich lese ich abends ein paar Seiten in einem Liebesroman. Einen Roman habe ich nicht zur Hand, aber Lesestoff ist genug da.

Was war das eigentlich für eine Nachricht von Yvonne? Ich hätte ihr schreiben müssen, dass ich heute woanders schlafe. Womöglich macht sie sich Sorgen. Und was hat das mit dem Bild auf sich? Das muss sie mir morgen erklären.

Ächzend ziehe ich die dicke Mappe heran und schlage sie auf. Ich kann die Buchstaben kaum entziffern, sie tanzen verschwommen vor meiner Nase herum. Das hab ich nun davon, dass ich mich hartnäckig weigere, meine Sehstärke überprüfen zu lassen! Zumindest verschwinden die silbernen Punkte und die merkwürdigen Figuren, das ist ja schon mal was. Unter Aufbietung meiner gesamten Konzentration entziffere ich Folgendes: Antonio Brunetti und seine Ehefrau Angelina (aha, Axels Neue ist also verheiratet!) streiten sich mit einem Unternehmer namens Peter Kracher um schlappe sieben Millionen Euro. Peanuts.

Sieben Millionen! Angelina Brunetti ist ja sogar noch reicher, als ich dachte. Und warum hat sie die Möbel für ihre Segelyacht dann knallhart bis auf den allerletzten Cent verhandelt, hä? Geizige Tussi! Geizige, reiche, brünette, langbeinige, wunderschöne, erfolgreiche, perfekt gestylte, verheiratete Tussi!

Jemand rüttelt an meiner Schulter. Die Deckenlampe leuchtet mir wie ein fieser Scheinwerfer ins Gesicht, ich kneife die Augen zusammen und gebe ein muffeliges Knurren von mir. Wer wagt es, meinen holden Prinzessinnenschlaf mitten in der Nacht zu stören?

„Emma! Um Himmels willen, was machst *du* denn hier?"

Die Stimme kenn ich doch! Das ist ...

„Nicolasch", nuschele ich, und lächle so glücklich wie ein sattes Baby. Ich drehe mich auf die Seite, ziehe die Beine an den Bauch und gebe ein zufriedenes Schmatzen von mir.

„Emma!", ruft die Stimme. „Steh sofort auf!"

„Ischschon morgensch?", murmele ich träge.

„Es ist drei Uhr in der Nacht! Bist du etwa betrunken?"

„Awasch."

Urplötzlich wird mir die Zudecke weggerissen.

„He!", motze ich.

„Großer Gott!", ruft Nicolas erschrocken und lässt die Robe sofort wieder fallen. „Wieso bist du denn fast nackt?" Ich höre, wie er tief durchatmet.

Mühsam öffne ich das linke Auge. Das rechte schläft noch. Verschwommen sehe ich Nicolas wie einen Wolkenkratzer über mir aufragen. Ich drehe langsam den Kopf zur Seite. Mein Auge erspäht eine Szenerie aus einer geplünderten Schachtel Pralinen, Schokoladenpapier, Weinflasche und einer aufgeschlagenen Mappe, aus der zwei Seiten herausgerissen sind. Allmählich dämmert mir, wo ich mich befinde und was geschehen ist. Oha!

„Wie bist du denn bloß hier reingekommen?"

„Du haschmich eingeschperrt", beschwere ich mich.

„Aber ...", macht er, und fährt sich verwirrt durch die Haare. „Du warst doch weg!"

„Nee, schonscht wär ischa nich hier." Der Fußboden schwankt wie Schiffsplanken auf hoher See. Ich kichere amüsiert.

Nicolas mustert mich besorgt. „Du gehörst ins Bett", sagt er entschieden und zerrt an meinem Arm. Er will mich partout nicht in seinem Büro schlafen lassen.

Gehorsam öffne ich auch das rechte Auge und komme wankend zum Sitzen hoch. Oh, ich habe nicht viel an! Der BH hat zum Glück eine schöne Spitze. Mein Schlüpfer ist aber alles andere als ein Hingucker. Ein altbackenes, verwaschenes Modell aus hundert Prozent Baumwolle, mit blassen Herzchen bedruckt.

Nicolas dreht mir schnell den Rücken zu. Wie rücksichtsvoll von ihm! Ein Gentleman, wie er im Buche steht.

Ich schlüpfe in die Robe und breche mir fast die Finger an den blöden Knöpfen. Ich habe gerade mal anderthalb geschafft, als Nicolas sich wieder umdreht. Mit schief gelegtem Kopf und unergründlichem Blick schaut er mich an. Ich möchte lieber nicht wissen, was er jetzt gerade denkt.

Einen Schwindelanfall und die aufsteigende Übelkeit ignorierend, rapple ich mich vom Fußboden auf. Es gibt ein knirschendes Geräusch, als ich aus Versehen in die Pralinenschachtel trete. Und schon im nächsten Moment wäre ich der Länge nach hingeknallt, wenn Nicolas mich nicht geistesgegenwärtig aufgefangen hätte.

Ich hänge wie ein nasser Sack in seinen Armen, meine Nase bohrt sich in seine Halsbeuge. Mir ist saumäßig schlecht, aber zugleich bin ich sehr glücklich. Ich möchte für immer so nah bei ihm sein, er soll mich bitte nie, nie wieder loslassen!

Irgendwie schafft er es, mich zum Schreibtischsessel zu befördern und dort abzuladen. Schade ... Dumpf stiere ich auf die bekleckerte Tischplatte und fühle mich plötzlich sehr einsam. So einsam, dass mir vor lauter Selbstmitleid die Tränen in die Augen schießen. Unter Alkoholeinfluss bin ich äußerst sensibel und hochemotional. Ein theatralisches Schluchzen entringt sich meiner Kehle.

„Was mache ich denn jetzt mit dir?", stöhnt er.

„Heiradn", nuschele ich in den Kragen der Robe.

„Ob ich einen Krankenwagen rufen soll? Womöglich hast du eine Alkoholvergiftung", überlegt er laut.

„Äh-äh!" Ich schüttle langsam, aber energisch, den Kopf. „Bloßnich schowieder insch Krangnhaus! Isch bin nich giftich, isch brauch nur'n Bett schum Schlafen, schonst nix."

Er scheint erleichtert zu sein. „Ich rufe ein Taxi, und das bringt dich nach Hause!", frohlockt er. Schon greift er zum Telefon, tippt darauf herum und hält es ans Ohr. Sein Blick streift mich. Blitzschnell lässt er das Handy sinken und schaltet es aus.

„So kannst du nicht nach Hause! Du hast meine Robe an und darunter trägst du nur deine Unterwäsche!

Verdammt, wo hast du deine Kleidung gelassen?"

„Küsche", presse ich hervor und schließe die Augen. Mir ist so verdammt übel wie noch nie zuvor in meinem Leben.

***

Nicolas' Wohnung ist riesengroß. Sie nimmt das gesamte Stockwerk über der Kanzlei ein. Irgendwie hat er meinen schlaffen Kadaver nach draußen und bis zum Hintereingang und dann die Treppe nach oben befördert.

Ich erreiche gerade noch rechtzeitig das Bad, sonst hätte ich ihm wohl in den Jackettkragen gekotzt. Seine WC-Brille umklammernd lasse ich mir den heutigen Abend noch einmal durch den Kopf gehen. Anschließend gehts mir besser. Mein Magen ist leer und mein Hirn einigermaßen klar. Mir ist nur noch ein bisschen schwummerig und ich bin furchtbar müde.

Gähnend drehe ich den Hahn am Waschbecken auf, schaufle mir kaltes Wasser ins Gesicht, spüle meinen Mund aus und gurgle mit dem Mundwasser, das neben Nicolas' elektrischer Zahnbürste steht. Aus dem Spiegel blickt mir eine Irre entgegen. Ihr Gesicht ist mit roten Flecken übersät und ihre Haare stehen steif vom Kopf ab, als hätte sie in eine Steckdose gefasst. Aus ihren Augen spricht der Wahnsinn.

Ich sehe an mir hinab, die Robe ist glücklicherweise sauber geblieben. Na, wenigstens etwas.

Nicolas ist nebenan im Wohnzimmer, er hat das Jackett abgelegt und läuft nervös auf und ab. Er wirkt erleichtert, als er mich erblickt.

„Wie fühlst du sich?", erkundigt er sich. Seine blauen Augen schauen besorgt drein.

Hach, ich könnte ihn knuddeln! Er sieht so umwerfend gut aus und sein Grübchen ist einfach zu süß.

„Supi!" Ich nicke glücklich.

„Dein Overall ist im Wäschetrockner. Sobald er fertig ist, fahre ich dich nach Hause", verspricht er.

Hilfe, bloß das nicht! Mir bricht der Schweiß aus. Mit einem Schlag bin ich stocknüchtern.

„Oh, äh, das geht nicht. Ich ... äh ... wohne bei meiner Großmutter. Bei meiner *kranken* Großmutter. Sie ist wirklich sehr krank", plappere ich. „Ich möchte sie nicht stören, das wäre wirklich gar nicht gut, sie schläft jetzt tief und fest. Abends nimmt sie immer diese Tabletten ein, weißt du? Das sind richtig starke Tabletten und ..."

Er hebt die Hand, um meinen Redefluss zu stoppen. „Okay, okay. Du kannst in meinem Gästezimmer schlafen, wenn es dir recht ist."

Sein Schlafzimmer wäre mir tausendmal lieber. Aber wer wäre ich, wenn ich mit der Tür ins Haus fallen würde? Er hätte einen völlig falschen Eindruck von mir! Nun, den hat er sowieso schon, da brauchen wir uns nichts vorzumachen. Aber trotzdem: Nicolas ist ein Mann, und ein Mann will seine Angebetete erobern. O-Ton Yvonne und Doreen, und die müssen's schließlich wissen! Ich schenke Nicolas ein sprödes Rührmichnichtan-Lächeln, das hoffentlich den Eroberer in ihm weckt.

Mit gespieltem Gleichmut lasse ich meinen Blick schweifen. Sein Wohnzimmer hat bodentiefe Fenster und ist erstaunlich gemütlich eingerichtet. Kein Vergleich zu seinem tristen Büro! An den Wänden hängen anstelle von hässlichen Kupferstichen zwei hochkarätige abstrakte Gemälde. Auf dem Tisch entdecke ich ein weiteres Bild, das muss er wohl noch aufhängen. Der Hintergrund ist dunkel, fast drückend, in der Perspektive wird es immer heller, sogar ein Stich rosa ist dabei, und nach oben hin endet es in einem unglaublichen Blau. So blau wie Nicolas' Augen. Das Tor zur Seele.

Plötzlich durchzuckt mich ein Stromschlag. Das gibt's doch nicht! Habe ich Halluzinationen? Ich schleiche zum Tisch und glotze die Leinwand an. Zum Beweis, dass ich träume, kneife ich mir kräftig in die Nase. Kein Zweifel, ich bin wach und vor mir liegt mein Bild. Mir bleibt die Spucke weg.

„Wo ... äh ... hast du das denn her?", stammle ich, und im selben Moment fällt mir Yvonnes Nachricht ein: „Ich habe ein Bild verkauft!"

Noch nie hat sich irgendjemand außer Emma für meine Malerei interessiert, und plötzlich verkauft meine Schwester eines meiner Bilder! Vielleicht hätte ich mich sogar ein bisschen über ihren Geschäftssinn gefreut, denn schließlich kann ich ein kleines Taschengeld gut gebrauchen. Aber warum musste es ausgerechnet *dieses* Bild sein ...?

Ein dicker Kloß sitzt in meiner Kehle, ich will ihn runterschlucken, aber er bleibt hartnäckig sitzen. Nicolas hat Yvonne nach Hause gebracht, sie haben hemmungslos vor der Wohnungstür rumgeknutscht. Dabei sind sie gegen die Staffelei gestoßen und die ist krachend umgefallen, woraufhin Nicolas sogleich sein Portemonnaie gezückt hat, um den Schaden zu begleichen. Vielleicht hat Yvonne ihm auch von ihrer bedauernswerten Schwester erzählt und er hat das Bild aus Mitleid gekauft. Jede Wette, dass er es spätestens morgen früh auf den Dachboden verbannt oder in den Müll schmeißt.

Nicolas' Augen strahlen wie leuchtend blaue Sterne. Vermutlich denkt er an den gelungenen Abend mit der schlauen Yvonne und die heiße Knutscherei vor ihrer

Wohnungstür zurück. Auf einmal fühle ich mich ganz klein. Mein Kinn fällt auf die Brust, meine Schultern sacken nach vorn.

„Es ist noch nicht trocken", murmele ich dumpf. Ölfarben brauchen Wochen, um vollständig durchzutrocknen.

„Verstehst du was von Malerei?", erkundigt er sich.

Ich verneine. Nicolas darf niemals von meinem Hobby erfahren. Er will keine spleenige Künstlerin, er will eine taffe, erfolgreiche Frau. Eine Frau wie Yvonne. Aber wie soll ich es bloß mit ihr aufnehmen? Ich habe nicht den Hauch einer Chance. Ich hatte noch nie eine Chance gegen sie. Yvonne ist einfach in allem besser als ich.

„Schade", bedauert er.

Verzweifelt greife ich nach einem Hoffnungsstrohhalm, um mir selbst Mut zu machen. Immerhin bin jetzt *ich* in Nicolas' Wohnung und nicht Yvonne! Das ist doch schon mal ein kleiner Etappensieg, oder? Ich werde diese Gelegenheit optimal nutzen. Um mein Gemälde werde ich mich zu einem späteren Zeitpunkt kümmern.

Er räuspert sich. „Komm, ich zeig dir das Gästezimmer. Ich gebe dir ein T-Shirt, dann musst du nicht in meiner Robe schlafen."

Ich bin so durcheinander, dass ich über meine eigenen Füße stolpere, und ich wäre hingefallen, wenn Nicolas mich nicht schon wieder aufgefangen hätte. Seufzend legt er seinen Arm um meine Taille und führt mich den Flur entlang.

„Du bist anstrengend, Emma", stöhnt er. Seine Finger liegen auf meinem Hüftknochen. Hummeln sausen durch meinen Bauch. Ich kichere.

„Was ist so lustig?", fragt er.

„Du", entgegne ich prustend.

Ich bin mir nicht sicher, aber es ist durchaus möglich, dass ein leises Lächeln seine Mundwinkel kräuselt.

Im Gästezimmer erwartet mich ein breites Bett mit hellen Satinbezügen, zwei moderne Ledersessel und ein niedriger massiver Tisch mit Intarsien. Vorm Fenster hängen bodenlange, vanillefarbene Vorhänge. Sehr geschmackvoll. Erneut stelle ich mir die Frage, warum Nicolas in einer Kanzlei arbeitet, die den Charme eines Bestattungsinstituts versprüht.

Ich lasse mich rücklings auf das Federbett fallen und gluckse vor Lachen. Nicolas trägt das versprochene Schlafshirt heran und wünscht mir eine gute Nacht. Er klingt reserviert.

Ich nehme ihm das T-Shirt ab und dabei berühren sich für einen kleinen Moment unsere Fingerspitzen. Prompt steht mein ganzer Körper unter Strom und ich bin mir sicher, dass es ihm ganz genauso geht.

Nicolas macht einen großen Schritt rückwärts und fährt sich mit den Händen durch den dunklen Kurzhaarschnitt. „Gute Nacht", wiederholt er und verlässt eilig das Zimmer.

Ich schaue ihm bedauernd hinterher und überlege fieberhaft, welches Märchen ich ihm auftischen könnte, um die Nacht gemeinsam mit ihm in seinem Bett zu verbringen. Schüttelfrost? Böse Träume? Angst im Dunkeln? Poltergeist?

Dummerweise komme ich mit meinen Überlegungen nicht zu Ende, denn mittendrin schlafe ich ein.

Feierliches Gelöbnis

Mein Schädel brummt und meine Zunge ist von einer Pelzschicht überzogen. Die unvermeidbaren Folgen von zu viel Alkohol und fehlender Zahnbürste. Von diesen Kleinigkeiten abgesehen bin ich wieder voll auf dem Damm. Ich bin hochmotiviert und ganz kribbelig vor lauter Tatendrang.

Heute ist Freitag, und heute ist definitiv mein letzter Auftritt als Emma Meier! Spätestens zu Feierabend werde ich Nicolas die Sache erklären. Bis dahin wird er meine Anwesenheit und Arbeitsleistung sehr schätzen. Was für eine Wohltat wird es sein, endlich die Wahrheit zu sagen und nicht mehr schwindeln zu müssen! Auf die Dauer ist das furchtbar anstrengend, und man muss ein monstermäßig gutes Gedächtnis haben, damit man mit all den Lügengeschichten nicht durcheinander kommt.

Abends werde ich mich mit Emma im Eulenspiegel treffen und ihr beichten, dass ich mich in Nicolas verliebt habe. Ich hoffe und bete, dass sie mich versteht und dass sie mir verzeiht. Wir sind schließlich die allerbesten Freundinnen! Wie als Antwort auf meine Überlegungen breitet sich ein unangenehm bohrendes Gefühl in meiner Magengegend aus. Ich beschließe, mir davon den guten Start in diesen wundervollen Morgen nicht vermiesen zu lassen.

Mir bleibt also noch ein ganzer Arbeitstag, um Nicolas nachhaltig zu beeindrucken. Und dieser Tag beginnt, wie könnte es besser sein, in seiner Wohnung! Ich liege in seinem Bett, Pardon, Gästebett, trage sein T-Shirt und räkle mich genüsslich, während draußen hinter den zartgelben Vorhängen der Morgen dämmert. Voller Elan werfe ich die Zudecke beiseite und schwinge meine

Beine über die Bettkante.

Das T-Shirt reicht mir bis zu den Oberschenkeln. Ich schlüpfe in die Socken, tappe zur Tür und spähe den Flur entlang. Vom anderen Ende weht köstlicher Kaffeeduft herüber. Ich stelle mir vor, wie Nicolas in der Küche hantiert, und lächle glücklich. Bevor ich mich zu ihm an den Frühstückstisch setze, werde ich rasch unter die Dusche springen.

Ich flitze rüber ins Bad und schlüpfe hinein.

Nicolas schnellt im Bett hoch. „Emma!"

Habe ich ihn etwa aus dem Schlaf gerissen? Die Bettdecke geht ihm nur bis zur Hüfte, sein Oberkörper ist nackt. Wow, du meine Güte, was für ein Body! Meine Knie geben nach, ich muss mich an der Türklinke festhalten, sonst fall ich um. Wieso bin ich überhaupt in seinem Schlafzimmer? War hier nicht gestern noch das Bad?

Er schaut mich unverwandt aus seinen unglaublich blauen Augen an. Ich würde mir gern einbilden, dass er mich mit seinem Blick auszieht, ja, dass er geradezu verrückt nach mir ist, aber leider scheint das Gegenteil der Fall zu sein. Nicolas ist gar nicht begeistert, dass ich ihn so unsanft geweckt habe.

„Ich habe mich in der Tür geirrt", erkläre ich ihm. „Außerdem konnte ich ja nicht ahnen, dass du noch im Bett liegst, wo es doch schon nach Kaffee duftet und ..." Ich reiße erschreckt die Augen auf, meine Stimme überschlägt sich. „Nicolas! In deiner Küche ist jemand!" Also doch ein Poltergeist! Oder seine Ehefrau? Verlobte? Freundin? Seine Mutter?

Er verdreht die Augen. „Meine Kaffeemaschine läuft über Zeitschaltuhr. Und nun verschwinde bitte aus meinem Schlafzimmer! Das Bad ist eine Tür weiter."

Ich lächle ihn treuherzig an und ziehe mich dezent

und absolut geräuschlos zurück. Dummerweise rutscht mir die Klinke so unglücklich aus der Hand, dass die Tür mit einem lauten Rumms zuschlägt. Das tut mir wirklich leid. Oh Mann, Nicolas hat sich bestimmt erschrocken.

Ich öffne die Tür erneut, aber nur einen Spalt, stecke meinen Kopf hinein und will mich für den Lärm entschuldigen. Da entdecke ich Nicolas, der nun aufgestanden ist und vorm Fenster eine sportliche Dehnübung macht.

Er trägt nur einen knappen Slip am Leib. Sonst nichts. Mir stockt der Atem, meine Knie sind butterweich. Ein warmes Kribbeln strömt durch meinen Unterbauch. Ich würde mich gerne bitte jetzt und sofort von ihm erobern lassen!

„Ich ... äh ... Entschuldige bitte, das wollte ich nicht", stottere ich. „Ich meine, das mit der Tür eben, ich wollte nicht ..."

Seine blauen Augen scheinen mich zu durchbohren, er zeigt mit dem ausgestreckten Finger auf mich. „Das Bad ist nebenan!"

Diesmal gelingt es mir, die Tür ganz leise zu zuzumachen. Ich muss mich für einen Moment an die Wand lehnen, um tief durchzuatmen und folgende Tatsachen zu verdauen: Nicolas hat einen absolut perfekten Body und seine Kaffeemaschine wird von einer Zeitschaltuhr in Gang gesetzt.

Mein Overall hängt sauber und faltenfrei auf einem Bügel im Bad. Ich stelle mich ans Waschbecken, gebe einen Streifen Zahnpasta auf meinen Zeigefinger, putze mir die Zähne und spüle meinen Mund gründlich aus. Einen Blick in den Spiegel werde ich erst nach dem Duschen wagen. Nicolas' T-Shirt landet samt Unterwäsche auf den Fliesen.

Donnerwetter, diese Dusche ist so groß, dass eine ganze Fußballmannschaft darin Platz hätte! Sie ist mit unzähligen verschiedenen Duschköpfen und Sprudeldüsen ausgestattet. Ich betätige einen der vielen Knöpfe und weil nichts passiert, lege ich einen Hebel um und drücke einen anderen Knopf. Auf einmal spritzt kochend heißes Wasser von oben und unten und von allen Seiten aus den Düsen. Hilfe!

Ich rette mich mit einem Hechtsprung aus der Dusche, im Nu wird das Badezimmer zur Dampfsauna. Die Belüftungsanlage springt an.

So ein Mist! Von überall spritzt heißes Wasser und ich komme nicht an die verdammten Regler ran. Was ist das bloß für ein dummes Patent? Ich gucke dem heißen Wasser beim Verdampfen zu, kaue eine Weile ratlos auf meinen Fingernägeln herum und komme zu dem Ergebnis, dass ich Nicolas um Hilfe bitten muss.

Ich schnappe mir das erstbeste Handtuch vom Haken, hülle mich darin ein und sause aus dem Bad in den Flur. Hoppla! Wir haben Besuch, besser gesagt, Nicolas hat Besuch.

„Wochenlang bettle ich hinter dir her, nie hast du Zeit für mich!", schnauzt eine aufgebrezelte Barbie am anderen Ende des Korridors. Ihre Haare sind bis zum Äußersten aufgeplustert. Sie trägt ein mit feinen Nadelstreifen durchwirktes Kostüm und schwarze Highheels. Eine püppchenhafte Schönheit mit riesigen Kuhaugen.

Sie hat eine rote Ledertasche dabei, über deren Rand ein kleiner weiß gelockter Hundekopf herausschaut. Er hat niedliche braune Knopfaugen.

Nicolas ist mit einer schicken Trainingshose und einem perfekt sitzenden T-Shirt bekleidet. Er hat pralle, aber nicht übertrieben ausgeprägte Muskeln an den Oberarmen, seine Füße sind nackt und leicht gebräunt.

Oh Mann, er sieht so verdammt gut aus!

„Du weißt doch, dass ich viel zu tun habe! Deswegen habe ich dir ja auch den Hund geschenkt."

Sie presst die Tasche an sich und gibt dem Hund einen Kuss auf die Schnauze. „Ach, mein geliebter Pupsibär, wenn ich dich nicht hätte", sagt sie zu dem Hund, dann stellt sie die Tasche auf den Boden. „Was ist, mein Liebling, willst du spielen gehen? Mami wartet hier auf dich, hab keine Angst."

Das Hündchen hopst aus der Tasche.

Nun wendet sie sich wieder Nicolas zu. Sie stemmt die Hände in die Wespentaille und fixiert ihn aus ihren Kuhaugen. „Glaubst du, ich lass mich von dir verarschen? Ich weiß aus zuverlässiger Quelle, dass du gestern Abend mit deiner neuen Freundin beim Italiener warst!"

Nicolas hebt beschwichtigend die Hände. „Marie, bitte lass uns wie erwachsene Menschen miteinander reden!"

Pupsibär schnüffelt an seinem Hosenbein.

Ah, das ist also Marie von Großkotz, oder wie heißt sie noch gleich? Eine Frechheit, in aller Herrgottsfrühe bei Nicolas aufzukreuzen und ihn zusammenzustauchen! Für wen hält sie sich eigentlich?

Doreen würde diese Situation zu nutzen wissen. Sie würde die Nebenbuhlerin ausschalten, indem sie nackte Tatsachen schafft. Ich will mich gerade mit diesem Gedanken auseinandersetzen, da wird Marie auf mich aufmerksam. Ihr Kopf fliegt zu mir herum, ihre Miene gefriert zu Eis, ihre Pupillen glühen wie schwarze Kohlen. Ich kriege eine Gänsehaut.

„Scheiße, du gehst nicht nur mit ihr essen, du *schläfst* mit ihr!?", stößt sie hervor.

Die Luft scheint sich elektrisch aufzuladen. Das Unheil naht, es ist geradezu körperlich spürbar.

„Wie bitte?" Verwirrt fährt sich Nicolas durch die Haare und folgt Maries Blick. Seine Kinnlade klappt runter, ihm fallen fast die Augen aus dem Kopf.

Pupsibär steigt an seinem Schienbein empor, umklammert es mit den Pfoten und rammelt, was das Zeug hält. Nicolas' Aufmerksamkeit gilt jetzt dem Hund. Er will ihn abschütteln, aber der Kleine hat sich mit Tentakeln an ihm festgehakt.

„Hast du ihm wieder Rind gegeben? Du weißt doch, dass er dann durchdreht", schimpft er.

Marie reagiert nicht. Sie steht da wie festgefroren und stiert mich an. Plötzlich stößt sie einen markerschütternden Schrei aus. Allmächtiger, da platzt einem ja das Trommelfell! Ich würde mir am liebsten die Ohren zuhalten, aber dazu müsste ich das Handtuch loslassen.

Es ist der Schrei einer Kriegerin, die auf Blutrache sinnt. Sie stürmt auf mich los, lange rote Fingernägel blitzen auf, ihr Gesicht ist vor Schmach und Zorn zu einer Grimasse verzerrt. Ganz offensichtlich brennt bei ihr gerade die Sicherung durch.

Pupsibär jault vor Schreck auf, lässt von Nicolas' Bein ab, klemmt den Schwanz ein und flieht mit angelegten Ohren ins Wohnzimmer.

Scheiß auf Doreen und ihre schlauen Mannfang-Tipps, hier geht's um Leben und Tod! Ich wirble herum und hechte Richtung Badezimmer. Bloß weg hier! Marie von Großkotz ist zu allem fähig, das seh ich ihr an.

„Ich bring sie um!", kreischt sie.

Was habe ich gesagt?!

Meine Flucht wäre geglückt, wenn meine Füße nicht nackt und feucht wären. Ich rutsche über den glatten Fußboden wie über eine Schlittschuhbahn, strauchle und habe mich fast wieder aufgerappelt, da erwischt mich Marie am Handtuch und stürzt sich auf mich drauf. Das Handtuch segelt zu Boden. So viel zum Thema nackte Tatsachen schaffen.

„Hallo, was für eine stürmische Begrüßung! Dabei wurden wir einander noch gar nicht vorgestellt", versuche ich, der Situation die Brisanz zu nehmen.

Ihr Gesicht ist hochrot, ihre Augen sind wie diese funkelnden, teuflischen Glupscher in alten Horrorfilmen. Fehlt nur noch, dass sich ihr Kopf um die eigene Achse dreht. Ihre Fingernägel rammen sich wie Dolche in mein Fleisch.

Glücklicherweise greift Nicolas ein. Er zerrt sie von mir runter und umfängt ihre Handgelenke. „Marie, bitte beruhige dich!", beschwört er sie.

„Sie ist FETT!", schreit Marie. „Scheiße, Nicolas, du schläfst mit einer *FETTEN*!"

Ich richte mich auf und sammle das Handtuch vom Fußboden. „Ich könnte schwören, dass es hier nach Schwefel riecht", sage ich zu Nicolas. „Als wäre der Teufel persönlich zu Besuch."

Nicolas geht darauf nicht ein. „Ich bitte dich, Marie, das ist nur meine Mitarbeiterin, zwischen uns läuft rein gar nichts. Sie hat im Gästezimmer übernachtet!"

Ich wünschte, er hätte diese unbedeutenden Details unerwähnt gelassen. Und ich wünschte, er würde Marie von Großkotz in die Wüste schicken.

Schlagartig entspannt sich ihre Miene, sie klimpert ihn mit ihren Kuhaugen an. „Ts-ts-ts. Hat deine Angestellte etwa kein Zuhause?"

„Sie hat sich dummerweise gestern Abend in der Kanzlei eingesperrt."

„Ach, Hasipupsi, warum sagst du das denn nicht gleich?"

Hat sie Nicolas gerade *Hasipupsi* genannt?

Sie schüttelt ihre blonde Mähne, stellt sich wie eine Ballerina auf die Zehenspitzen und haucht ihm einen Kuss auf die Wange. Dabei streckt sie ihren wohlgeformten Hintern und ihre ebenso wohlgeformten Brüste raus. Keine Frage, Marie stellt sogar Doreen in den Schatten.

Ich schlinge das Handtuch fest um meine Speckröllchen. Heute ist Tag eins meiner Diät, so viel steht fest. Ab sofort werde ich sämtlichen Lebensmitteln eisenhart und unnachgiebig widerstehen und in Windeseile so viel abnehmen, dass Marie neben mir wie ein Doppeldeckerbus aussieht!

Mit gesenktem Kopf tappe ich zurück ins Bad, das sich inzwischen in eine Tropfsteinhöhle verwandelt hat. Stimmt, da war ja noch was ...

Notgedrungen drehe ich mich im Türrahmen um. „Nicolas?", rufe ich den Flur hinunter. „Kannst du mir bitte helfen? Deine Dusche spielt verrückt."

Er verspricht der Barbie, sie später anzurufen.

„Pupsibär, wo bist du denn?", flötet sie.

Der kleine Hund trabt heran, er zerrt ein Sofakissen hinter sich her, das recht lädiert aussieht.

Marie gackert. „Schau mal, ist er nicht süß?"

Unwirsch nimmt Nicolas dem Hund das Kissen weg, wirft es beiseite und schiebt die beiden zur Wohnungstür hinaus. Dann eilt er ins Badezimmer, kämpft sich durch den Nebel und stellt das Wasser aus.

„Ich muss mich für meine Freundin entschuldigen. Sie ist ausgesprochen eifersüchtig", murmelt er und tippt auf eine Taste. „Sind sechsunddreißig Grad okay?"

Ich nicke stumm. Ich fühle ich mich so klein und dick und pottenhässlich wie noch nie zuvor in meinem Leben. Nicht genug, dass Nicolas mich letzte Nacht in Unterwäsche gesehen hat, nein! Gerade eben lag ich splitternackt und ungekämmt vor seinen Füßen und war seinen Blicken und denen seiner schönen Barbie-Freundin hilflos ausgeliefert. Ich würde mich am liebsten in ein dunkles Erdloch verkriechen und nie wieder rauskommen. Was für ein absurder Gedanke, dass Nicolas sich jemals in mich verlieben würde!

Er stellt die Duschbrause an und schlägt einen übertrieben großen Bogen um mich, so als hätte ich eine ansteckende Krankheit. Dann zieht er die Tür energisch hinter sich zu.

Nicolas ist also mit Marie *und* mit Yvonne zusammen. Er hat *zwei* Freundinnen. Mindestens. Womöglich hat er noch mehr Frauen am Start. So ein Schuft! Diese Erkenntnis ist wie ein Schlag in die Magengrube. Wie konnte ich mich nur so sehr in ihm täuschen? Ich dachte, er wäre mein Traumprinz, dabei ist er ein hundsgemeiner, hinterhältiger Typ, der mindestens zwei Frauen gleichzeitig am Start hat! Insofern passt er super zu meiner Schwester, die scheint es mit der Treue ja auch nicht so genau zu nehmen. Nicolas ist einer von der ganz miesen Sorte!

Pfft! Für so einen Mann bin ich mir viel zu schade. Den würde ich nicht mal geschenkt nehmen! Nicolas ist keinen Deut besser als Axel. Mit Nicolas käme ich vom Regen geradewegs in die Traufe.

Ich wische über den beschlagenen Spiegel, bis ich mich darin sehen kann, hebe zwei Finger in die Luft und setze eine feierliche Miene auf. „Ich, Jessica Schulz, schwöre hiermit hoch und heilig, dass mir Nicolas Herzog ab sofort schnurzpiepegal ist. Er ist mein Arbeitgeber und mehr nicht! Basta!", verkünde ich laut.

Dann lasse ich das Handtuch fallen und stelle mich unter den Wasserstrahl. Ah, was für eine Wohltat! Ich schäume meine Haut großzügig mit einem maskulin duftenden Duschgel ein und benutze ein Shampoo, das das Label einer Friseurkette trägt.

Nach der Luxusreinigung fühle ich mich wie neugeboren. Ich trockne mich mit einem weichen Badetuch ab und schlüpfe in meine Klamotten. Die Betonfrisur kriege ich ohne Yvonne und ohne Haarspray sowieso nicht hin, also lasse ich die Haare einfach offen. Jetzt, da Nicolas nicht mehr mein Traumprinz ist, brauche ich mir seinetwegen keine übermäßige Mühe mehr mit meinem Äußeren zu geben.

Ich treffe meinen Arbeitgeber im Wohnzimmer an. Er ist mit Kehrschaufel, Sprühreiniger und Wisch-und-weg-Tüchern zugange.

„Pupsibär hat auf meinen Sessel gekackt!", motzt er.

Haha, das geschieht ihm recht! Warum lässt er sich auch mit einer gehirnamputierten Barbie ein? Und schenkt ihr obendrein einen Hund? Marie weiß doch selber nicht, was Benehmen ist, wie soll sie's dann ihrem Hund beibringen? Ich verbeiße mir das Lachen.

Mein Blick fällt auf das Gemälde, das auf seinem Couchtisch liegt, und schlagartig vergeht mir der Humor. Der Hintergrund ist dunkel, fast drückend, in der Perspektive wird es immer heller, sogar ein Stich rosa ist dabei, und nach oben hin endet es in einem unglaublichen Blau. Das *Tor zur Seele*. Ich bin noch nicht ganz dahinter, was mir dieses Bild sagen will, aber es trägt eine wichtige Botschaft in sich, das spüre ich. Die Erkenntnis wird sich mir bald offenbaren. Sie stellt sich nie während des Malens ein, sondern immer erst ein paar Tage später.

Was fällt Yvonne ein, einfach mein Bild wegzugeben? Die spinnt wohl! Und was fällt Nicolas ein, sich einfach mein Eigentum einzuverleiben? Das lasse ich mir nicht gefallen.

„Du musst das Bild zurückgeben. Es gehört dir nicht!"

Nicolas lässt die Schaufel sinken und dreht sich zu mir um. „Wie bitte?"

„Das ist ein ganz persönliches Werk. Die Frau, die das gemalt hat, will das bestimmt behalten."

„Woher weißt du, dass das Bild von einer Frau gemalt wurde?" Er blickt mich forschend an.

„Nun, ob Frau oder Mann, das ist doch ganz egal. Auf jeden Fall will diese Person sich gewiss nicht von ihrem Bild trennen."

„So ein Unsinn! Wie kommst du nur darauf?" Er setzt seine Arbeit fort, dann sprüht er den Sessel mit einem Spray ein, entsorgt die Tücher und trägt die Reinigungsmittel in die Küche.

Wenn eine Strategie nicht funktioniert, probiere eine andere. „Ich an deiner Stelle würde das Bild zurückbringen. Es ist doch sowieso nichts wert!", behaupte ich.

Nicolas schüttelt den Kopf und schaut mich mit nachsichtigem Blick an, als wäre ich Kleinkind, das gerade etwas besonders Dämliches von sich gegeben hat. „Du verstehst leider nichts von Kunst."

Verdammt nochmal, was soll ich denn jetzt machen? Nachts bei ihm einbrechen und ihm das Bild klauen?

Sein Blick ist auf das Gemälde geheftet und ich beobachte erstaunt, wie sich seine Gesichtszüge verändern. Sie wechseln zwischen Faszination und Betroffenheit und werden schließlich ganz weich. Seltsam. Was ist mit dem kühlen, emotionslosen Nicolas los?

„Dieses Bild hat etwas an sich", sagt er kaum hörbar. „Es ist, als hätte die Künstlerin es für mich gemalt."

Plötzlich scheint die Luft zu vibrieren, so als wäre der ganze Raum von einem magischen Zauber erfüllt. Du lieber Himmel, was ist das denn? Was passiert hier?

Ein Zittern geht über meine Haut, mir wird ein bisschen schwindelig. Ich kann mich nicht vom Anblick seines Gesichtes lösen. Es scheint den Schmerz und die Trauer eines Menschen widerzuspiegeln, der einen großen Verlust erlitten hat.

Jessica, reiß dich zusammen! Deine Phantasie geht mit dir durch und wenn du nicht aufpasst, verlierst du auch noch den letzten kümmerlichen Rest deiner Selbstachtung!

Nicolas ist ein Ladykiller und er ist mein Chef. Und was das Bild angeht, da irrt sich, und zwar komplett. Es ist typisch für ihn, zu glauben, dass das Gemälde irgendetwas mit ihm zu tun hat. Leute aus seiner Liga meinen immer, die Welt drehe sich nur um sie. Ich habe das Bild für *mich* gemalt, für mich ganz allein.

Ich atme tief durch. Im selben Moment wendet Nicolas seinen Blick vom Gemälde ab und schaut zur Uhr. „In der Küche ist Kaffee, bedien' dich. Ich gehe duschen."

Nicolas' Küche ist ein moderner Komplex aus Edelstahl-Kochinsel und ockerfarbenen Hochglanzschränken. Neben der überdimensionalen Dunstabzugshaube baumelt gusseisernes Kochzubehör von der Decke. Becher in verschiedenen Pastelltönen sind auf einem Regal neben dem Kaffeeautomaten aufgereiht. Ich wähle einen Rosafarbenen, schenke ein und wandere mit dem Becher in der Hand umher. Natürlich könnte ich mich still hinsetzen und abwarten, bis Nicolas fertig geduscht hat, aber meine Neugier siegt. Man will schließlich wissen, für wen man seine kostbare Arbeitskraft hergibt.

Logischerweise gehe ich als erstes ins Schlafzimmer. Das Fenster ist weit geöffnet, kalte Morgenluft strömt in den Raum. Draußen bricht das Tageslicht durch eine dunkle Wolkenwand, ein einzelner, trüber Sonnenstrahl trifft auf die akkurat zusammengefaltete Bettdecke. Nichts in diesem Raum deutet auf eine Frau in Nicolas' Leben hin. Kein gerahmtes Foto auf dem Nachtschrank, keine herumliegende Haarspange, kein mit Herzchen verzierter Liebesbrief. Ich nippe am Kaffee, hake mit dem Zeigefinger hinter die Schranktür und entdecke eine akkurate Reihe dunkler Anzüge, einen Stapel gebügelter Hemden und Sportklamotten aus atmungsaktivem Material.

Zurück im Flur bleibe ich an der Badezimmertür stehen und höre das Wasser rauschen. Schräg gegenüber führt eine schmale Treppe eine halbe Etage höher. Ich steige die mit Teppich belegten Stufen hoch und drücke eine gusseiserne Klinke hinunter. Die Tür öffnet sich mit leisem Quietschen. Als Erstes nehme ich den typischen Muff eines verwaisten Raumes wahr. Der Raum ist ringsum von hohen Fenstern umgeben. Das mittlere ist ein kunstvoll in Blei gefasstes Buntglasfenster. Mir stockt der Atem. Wie wunderschön dieser Raum ist - und was für eine traumhafte Aussicht! Links die Stadt mit ihrem geschäftigen Treiben und rechts der Fluss mit seiner angelegten Uferpromenade. Noch herrscht trübe Morgendämmerung, aber bald wird dieser Raum von Licht durchflutet sein. Dies muss das Turmzimmer mit dem hübschen Zinntürmchen sein, das ich schon von draußen bewundert habe!

Nicolas benutzt diesen Raum offenbar als Abstellkammer. Was für eine Verschwendung! Rundherum stapeln sich Kisten und Kartons. Ich entdecke eine Modelleisenbahn-Landschaft, Skateboard, Kickertisch und andere Relikte aus Kindheit und Jugend. Ich hocke mich hin, stelle den Becher ab und öffne einen Karton. Er ist bis zum Rand gefüllt mit Lego und Playmobil.

Im nächsten Karton befinden sich Fotoalben. Ich schlage das zuoberst Liegende auf und blicke in das Gesicht eines niedlichen kleinen Jungen mit strahlend blauen Augen. Auf der nächsten Seite sind auch seine Eltern zu sehen: Ein streng wirkender, hochgewachsener Mann im Trenchcoat und eine gertenschlanke Frau mit hochtoupiertem blondem Haar.

„Würdest du mir bitte verraten, was du hier oben zu suchen hast?"

Überrascht springe ich auf und stoße dabei aus Versehen mit dem Fuß gegen den Kaffeebecher. Nicolas! Er steht im Türrahmen. Seine Haare sind noch feucht vom Duschen, er ist perfekt rasiert und trägt ein schneeweißes Hemd mit offenem Kragen. An seinem Kiefer pulsiert eine Ader.

Ich klappe schnell das Fotoalbum zu und schließe den Karton. „Oh, sorry, mir war langweilig, und da bin ich ein bisschen herumgewandert." Euphorisch breite ich die Arme aus. „Ich habe noch nie so einen wunderbaren Raum gesehen!" Mit ausgebreiteten Armen drehe ich mich einmal um die eigene Achse. „Ein Traum ist das!"

Am liebsten würde ich hier und jetzt meine Staffelei aufstellen und malen. Mich juckt es in den Fingern. Das Licht, die Aussicht und die Atmosphäre wären phantastisch.

„Komm jetzt! Es ist gleich halb neun!", sagt er in barschem Ton.

Bedauernd folge ich ihm die Treppe hinunter und den Flur entlang bis zur Küche.

„Setz dich!"

Der Tisch ist gedeckt. Es gibt Aufbackbrötchen, verschiedene Wurstsorten, Käse und Rührei. Wie hat Nicolas das denn so schnell hingekriegt? Kann er zaubern?

Der Duft der leckeren Sachen steigt in meine Nasenlöcher und prompt knurrt mein Magen. Dummerweise hat er noch nicht kapiert, dass er auf Nulldiät ist. Ich hocke mich hin. Nicolas schenkt Kaffee ein und setzt sich ebenfalls.

„Greif zu!"

Mit gewohnt kühler, distanzierter Miene schaufelt er Rührei auf seinen Teller und nimmt sich ein Brötchen aus dem Korb. Ich rutsche unglücklich auf meinem Stuhl herum.

„Was ist? Hast du keinen Hunger?", fragt er und beißt in sein Brötchen. Er kaut so schnell, als säße jemand mit der Stoppuhr neben ihm. Im Nu hat er das Brötchen vertilgt.

Ich schüttle mein holdes Haupt und mime die Bescheidene. „Nein danke, so früh mag ich noch nichts essen."

„Und warum knurrt dein Magen?"

„Nun ..."

Er schiebt die Schüssel Rührei neben meinen Teller und hält mir den Brötchenkorb vor die Nase.

Es wäre sehr unhöflich, abzulehnen. Ich möchte meinen Chef ungern vor den Kopf stoßen. Also greife ich zu, bediene mich reichlich und lege außerdem eine dieser köstlichen Käseecken auf meinen Teller. Mein Bauch gluckert begeistert.

Nicolas trinkt einen Schluck Kaffee, stellt den Becher ab und sagt: „Ich will ehrlich zu dir sein, Emma. Ich bin mir nicht sicher, ob du die richtige Mitarbeiterin für meine Kanzlei bist."

Ich schlucke das Rührei unzerkaut runter. Der Traum vom üppigen Gehalt und meiner eigenen Wohnung zerplatzt wie eine Seifenblase.

„Gestern war ich drauf und dran, dich nach Hause

zu schicken und mir schnellstmöglich jemand Neues zu suchen. Aber dann habe ich gesehen, wie sehr du dich bemüht hast, und da dachte ich mir, ich gebe dir noch eine Chance."

„Hm-hm", mache ich. Er hat mich auf die Abschussliste gesetzt. Das sollte mich eigentlich nicht wundern, aber es trifft mich mitten ins Herz.

Er räuspert sich. „Zudem habe ich auf Empfehlung von Torben Hubschmidt bereits drei weitere hochkarätige Mandanten hinzugewonnen. Es werden vermutlich noch weitere folgen, Hubschmidt ist ein erfolgreicher Unternehmer mit entsprechenden Kontakten."

Hubschmidt? Wer ist das und warum hat er meinen Beinah-Rauswurf verhindert?

Nicolas sieht offenbar das Fragezeichen in meinen Augen. „Unsere Kanzlei hat angeblich Hubschmidts Ehe gerettet." Er räuspert sich erneut. „Um genau zu sein, warst *du* das."

Jetzt fällt der Groschen. „Ach, du meinst das Paar, das vergessen hat, dass es sich liebt!"

Er gräbt die Schneidezähne in die Unterlippe und fixiert mich aus dunkelblauen Augen. Plötzlich poltert er los: „Schön und gut, das war der Stand gestern Abend. Aber was passierte dann? Mitten in der Nacht finde ich dich auf dem Fußboden schlafend in meinem Büro vor! Halb nackt und betrunken inmitten von Schokoladenpapier und zerfledderten Akten! Mal abgesehen davon, dass ich solch ein Verhalten unmöglich billigen kann, hätte ich in Teufels Küche kommen können! Wenn das irgendjemand gesehen hätte! Herzogs Mitarbeiterin trägt nachts seine Robe mit fast nichts darunter! Weißt du überhaupt, was du mir damit angetan hast?"

Er redet sich regelrecht in Rage und wenn ich nicht sofort eingreife, bin ich auf der Stelle meinen Job los.

Das ist so sicher wie die Sahne auf der Torte.

Ich gehe zum Gegenangriff über. „Du hast mich eingesperrt, was kann ich denn dafür? Es war nichts zu essen da außer Schokolade und Pralinen und zu trinken gab es nur Wein", beschwere ich mich.

Von Wasser, Milch und Kaffee brauchen wir ja jetzt nicht zu reden.

Nicolas fährt sich durch die Haare. „Dein Schreibtisch sah aus wie nach einem Bombenangriff, der Computer war ausgeschaltet und deine Jacke war weg. Wo warst du denn, verdammt nochmal? Hast du dich vorübergehend in Luft aufgelöst?"

„Ich war auf der Toilette", antworte ich liebenswürdig.

„Da war niemand, das Licht war aus", motzt er.

„Ich gehe immer im Dunkeln aufs Klo", behaupte ich.

Er glotzt mich an. Es hat ihm offenbar die Sprache verschlagen.

„Das spart Strom", füge ich erklärend hinzu. Soll er von mir denken, was er will. Hauptsache, er schmeißt mich nicht raus.

„Ich hatte deine Handynummer nicht. Und ich mochte weder den PC einschalten noch das Fenster aufmachen, weil ich Angst hatte, dass die Alarmanlage losgehen könnte."

„Du hättest die Polizei anrufen können, oder die Feuerwehr."

„Stimmt. Aber dann hättest du den Einsatz bezahlen müssen. Und da dachte ich mir, du wirst sicher heilfroh sein, wenn dich die Angelegenheit nur die Weihnachtspräsente kostet!" Ich bin gleichermaßen stolz und entsetzt. Stolz, weil ich Nicolas ganz offensichtlich aus dem Konzept gebracht habe, und entsetzt, weil ich schon fast genauso perfekt lüge wie Yvonne.

Er atmet geräuschvoll ein und wieder aus. „Dann muss ich mich wohl bei dir entschuldigen", murmelt er und reicht mir über den Frühstückstisch hinweg die Hand. Sie fühlt sich angenehm warm und fest an. Seine unglaublichen Augen verhaken sich in meinen, ein kaum wahrnehmbares Lächeln kräuselt seine Mundwinkel.

Mein Magen flattert wie sonst was und mein Herz schlägt Purzelbäume. Stopp!!! Nicolas ist ein Weiberheld und ich bin nur seine Angestellte. Ich habe null Ambitionen, eine weitere Trophäe in seiner Sammlung zu werden.

„Heißt das, ich darf weiter für dich arbeiten?", erkundige ich mich zaghaft.

Er nickt. „Wir probieren es heute nochmal, in Ordnung?" Seine Stimme klingt ein bisschen sanfter als gewöhnlich, oder bilde ich mir das nur ein?

Gott! Sei! Dank! Mir fällt ein Steinbrocken vom Herzen.

Ich strahle ihn an, als hätte er mich soeben aus einem brennenden Haus gerettet. Am liebsten würde ich ihm um den Hals fallen.

Er wendet seinen Blick ab, räuspert sich nachdrücklich und steht vom Tisch auf.

Zwei lästige Schnüffler

Einträchtig beseitigen Nicolas und ich die Spuren meiner Soloparty aus seinem Büro. Dann greift er zum Telefonhörer und ruft bei einem Schlosserbetrieb an, der das Schließsystem der Eingangstür reparieren soll.

Ich verschwinde in der Küche und fülle die Kaffeemaschine. Sieben Löffel auf acht Tassen. Ich richte das Tablett mit zwei Gedecken, Milchkännchen und einem Schälchen Würfelzucker her. Ich bin fest entschlossen, heute die beste Angestellte zu sein, die die Welt je gesehen hat. Spätestens zu Feierabend wird Nicolas seine Meinung über mich grundlegend geändert haben, und dann kann ich ihn und mich endlich aus dem Lügennetz befreien.

Vorm Tresen steht ein hochgewachsener Herr in hellem Mantel und italienischen Lederschuhen. Er hat einen leichten weißen Schal um seinen Hals geschlungen. Mit seinen schütteren graumelierten Haaren und den ausgeprägten Tränensäcken schätze ich ihn auf Mitte bis Ende fünfzig.

Ein Lächeln breitet sich auf seinen vollen Lippen aus und gräbt einen Kranz von Falten rund um seine hellen Augen. „Ein Blümchen erhellt diesen finsteren Ort! Wie ist Ihr Name, schönes Kind?", ruft er theatralisch.

Ich werfe einen Blick über meine Schulter, aber hinter mir ist niemand. Er scheint tatsächlich mich zu meinen.

„Emma Meier", antworte ich artig.

Er legt den Kopf schief. „Tatsächlich? Der Name passt gar nicht zu Ihnen."

„Nun, da beschweren Sie sich am besten bei meinen Eltern."

Der Mann bricht in schallendes Gelächter aus. „Göttlich!", prustet er, und als er wieder zu Atem kommt, fragt er: „Wo haben Sie denn die graue Schachtel gelassen?"

„Ähem, welche graue Schachtel?" Ich nehme meinen Platz hinterm Tresen ein, ganz die emsige, allzeit bereite Anwaltsgehilfin.

„Na die Heinken, das Urgestein der Kanzlei! Die kann einem mit ihrer ewig sauertöpfischen Miene glatt den ganzen Tag versauen. Jeder Bestatter hat mehr Charme als die."

„Frau Heinkens Mann ist schwerkrank. Sie kümmert sich um ihn", erkläre ich.

„Der Ärmste! Da wird er mit 'ner Krankheit bestraft und obendrein muss er sich von der Schachtel pflegen lassen", gackert er.

„Haben Sie einen Termin bei Herrn Herzog?", lenke ich ab.

„Na logisch, wär ich sonst hier? Obwohl ..." Er grinst mich an. „Ihretwegen würd' ich glatt auf den Termin verzichten. Wollen wir einen Kaffee trinken gehen?"

Ich muss lachen. Diesen Mann kann man einfach nicht ernst nehmen. Wer er wohl ist? Der Neun-Uhr-Termin? *Herr Brunetti?* Ich habe mir Angelinas Ehemann ganz anders vorgestellt. Eher wie ein als Yuppie getarnter Mafiosi. Drahtig und glattrasiert mit einem Geldkoffer am Handgelenk. Mal abgesehen davon, dass Brunetti wie ein Theaterregisseur aussieht, ist er mindestens fünfundzwanzig Jahre älter als Angelina.

Er reicht mir über den Tresen hinweg die Hand. „Ich bin Antonio Brunetti. Wir werden uns zukünftig öfter sehen, ich bin gerade dabei, diverse Außenstände einzutreiben."

„Freut mich", entgegne ich und füge hinzu: „Und Nicolas freut's bestimmt auch."

Er gackert wieder, dann wird er auf einmal ernst: „Ich muss Ihnen leider gestehen, dass ich verheiratet bin. Ich sag's Ihnen lieber gleich, nicht, dass Sie sich falsche Hoffnungen machen. Ich liebe meine Frau heiß und innig." Seine Augen funkeln belustigt, und obwohl er den Schwerenöter mimt, ahne ich, dass er niemals über einen Flirt hinausgehen würde. Er scheint seine Angelina geradezu zu vergöttern.

Mitleid steigt in mir auf. Hoffentlich kommt er niemals dahinter, dass sie ihn betrügt! Oder sollte ich ihm lieber wünschen, dass er davon erfährt, damit er nicht länger an der Nase herumgeführt wird? Ich bin mir nicht sicher.

Was wäre *mir* denn lieber gewesen, wenn ich die Wahl gehabt hätte? Hätte ich es vorgezogen, nichts von Axels Affäre zu ahnen, um weiterhin sorglos mit ihm zusammenzuleben? Oder hätte ich lieber die Wahrheit erfahren?

Antonio Brunetti nickt zur geschlossenen Bürotür hin. „Ist da jemand drin? Außer dem Chef natürlich."

„Nein, aber nehmen Sie bitte einen Moment im Wartezimmer Platz. Es ist noch nicht ganz neun Uhr, ich werde Herrn Herzog fragen ..."

„Papperlapapp!" Er donnert zweimal mit der Faust gegen die Bürotür und reißt sie mit solchem Schwung auf, dass sie gegen die Wand knallt. „Hallihallo, Nicolas, mein Bester!", poltert er und marschiert hinein. „Ein entzückendes Blümchen hast du dir da ins Vorzimmer gesetzt. Das hast du genau richtig gemacht. Benimm dich bloß anständig, damit sie dir nicht abhaut." Er lacht scheppernd.

Ich sprinte in die Küche, fülle den Kaffee in die

Thermoskanne und schnappe mir das Tablett. Nicolas wird sehr angetan sein, dass ich ihn und seinen millionenschweren Mandanten so zuvorkommend bediene! Ich werde quasi unsichtbar sein, um die beiden bei ihrem wichtigen Gespräch nicht zu stören.

Leichtfüßig wie eine Elfe schwebe ich über den Teppich und balanciere das Tablett gekonnt vor mir her.

Brunetti sitzt entspannt zurückgelehnt auf dem Stuhl, die Beine übereinandergeschlagen. Nicolas hat sein nüchternes Anwaltsgesicht aufgesetzt, obwohl sie noch gar nicht beim Geschäftlichen angekommen sind. Sie reden über Brunettis neueste Segelyacht, die angeblich keine Wünsche offenlässt. Antonio gerät ins Schwärmen.

„Du glaubst nicht, wie Angelina sich gefreut hat!", sagt er. „Ist es nicht wunderbar, der geliebten Frau mit einem Geschenk zu zeigen, wie viel sie einem bedeutet?" Er strahlt übers ganze Gesicht.

Nicolas brummt etwas Unverständliches in seinen nicht vorhandenen Bart. Vielleicht hadert er gerade mit der Tatsache, dass *sein* Geschenk an *seine* Liebste vorhin auf seinen Sessel geschissen hat.

Armer Antonio Brunetti! Er liebt seine Angelina so sehr. Und sie treibt es nebenbei mit dem Möbeltischler.

Die leicht lädierte Brunetti-Akte sieht wieder aus wie neu, Nicolas ist halt ein ordentlicher Mensch. Offensichtlich hat er die zerfledderten Seiten kopiert und die Mappe gegen eine neue ausgetauscht.

Anmutig stelle ich das Tablett neben meinen Chef auf den Schreibtisch, schraube geräuschlos die Kanne auf und schenke Kaffee ein. Erst dem Gast und dann dem Gastgeber, so wie sich das gehört. Perfekt! Und weil ich es besonders gut meine, gebe ich ein Schlückchen Milch in Nicolas' Kaffee. Als tüchtige Mitarbeiterin weiß ich nämlich über die Vorlieben und Gewohnheiten meines Chefs bestens Bescheid.

Ich rieche seinen maskulinen Duft noch über den Kaffee hinweg. Seine Nähe jagt mir einen wohligen Schauer über die Haut und ich spüre, wie sich die Härchen an meinen Unterarmen aufrichten. Es ist, als ob ich mich in einem elektrisch aufgeladenen Feld befinde.

Nein, nein und nochmals nein! Nicolas ist nur mein Chef, zwischen unseren Körpern besteht keinerlei Anziehungskraft! Null, nichts, Zero! Dieser Mann lässt mich völlig kalt, so sieht's aus!

Ich schiele unauffällig zu ihm rüber, begegne dem tiefen Blau seiner Augen, greife zum Milchkännchen - und da passiert es. Das Kännchen rutscht mir aus der Hand und die Milch ergießt sich etwa zu gleichen Teilen auf der Brunetti-Akte und auf Nicolas' Hose. Oh nein!

Nicolas saust vor Schreck mit seinem Stuhl rückwärts und stößt einen bösen Fluch aus. Die Akte schwimmt in einem weißen See und in seinem Schoß prangt ein nasser Fleck. Uh wie unangenehm, dass das ausgerechnet mit Milch passieren musste, die wird schnell sauer und stinkt. Dass das *überhaupt* passieren musste, wo doch heute mein Bewährungstag ist!

Brunetti bricht in wieherndes Gelächter aus.

„Nicht bewegen! Ich hab alles im Griff!", rufe ich und will in die Küche rennen, um Tücher zu holen, aber Brunetti hält mir ein gebügeltes, akkurat gefaltetes Herrentaschentuch hin.

Er will sich ausschütten vor Lachen. „Hahaha, wie köstlich! Blümchen, Sie sorgen für Action in dieser verstaubten Spießerbude! Das wurde auch allerhöchste Zeit!"

Ich falte schnell das Taschentuch auseinander, hocke mich hin und mache mich über Nicolas' Hose her, um den Schaden so gut es geht zu beheben.

„Lass das!", knurrt er.

Nein, Nicolas, das kommt nicht in Frage! Wenn ich einen Fehler gemacht habe, dann stehe ich dafür gerade! Ich reibe und rubble wie eine Besessene auf seinem Oberschenkel herum. Huch! Was ist das denn? Etwas Hartes. Knapp unterhalb seines Schritts. Oh ...

Mir schießt eine brennend heiße Röte ins Gesicht, ich lasse vor Schreck das Tuch fallen. Argh! Wie oberpeinlich! Ich habe Nicolas' bestes Stück erwischt ...

Antonio Brunetti, der sich das Schauspiel über den Schreibtisch gebeugt anguckt, johlt und haut sich begeistert auf die Schenkel. Ich mache mich, eine Entschuldigung murmelnd, auf den Weg zur Küche, um einen Wischlappen für den Schreibtisch zu holen.

***

Nicolas und Antonio sind verschwunden. Soviel ich mitbekommen habe, ist Antonio Kunstkenner, und Nicolas will ihm sein neues Gemälde zeigen. Na großartig! Gut, dass ich mir Brunettis Spott nicht anhören muss. Er wird Nicolas sicherlich klarmachen, dass dieses Bild keinen Cent wert ist - und das ist wiederum sehr gut für mich. Damit steigt die Chance beträchtlich, dass Nicolas das Bild an Yvonne zurückgibt. Er will sich ganz sicher keine wertlose Kleckserei an die Wand hängen.

Der nächste Mandant ist für zehn Uhr dreißig eingetragen. Nicolas kreuzt um kurz vor halb in einer frischen Hose und mit einem Grinsen im Gesicht auf. Er grinst! Was ist mit dem denn los?

„Schöne Blumen", sagt er zu mir und zeigt auf den Strauß, der ja schon seit gestern auf dem Tresen steht.

Offenbar fällt er ihm erst jetzt auf. „Macht den Raum irgendwie ..." Er scheint nach dem richtigen Wort zu suchen.

„Bunter?", helfe ich ihm auf die Sprünge.

„Fröhlicher." Er zwinkert mir zu, schnappt sich die oberste Akte vom Tresen und verzieht sich nach nebenan.

Du liebe Güte! Er hat mir zugezwinkert! Was hat das zu bedeuten? Nichts. Das war das harmlose Zwinkern eines Chefs, der ausnahmsweise einmal gute Laune hat.

Ich tippe den Antrag auf Fristverlängerung ans Amtsgericht zu Ende, schaue in meinen Notizen nach, lese, dass ich ihn fünfmal ausdrucken muss, und lege den Papierstapel in die Unterschriftenmappe. Dann atme ich tief durch und klopfe an Nicolas' Tür. Ich muss dieses peinliche Missgeschick von vorhin aus der Welt räumen.

„Du kannst Herrn Obenstroh reinbitten", sagt er, ohne von seiner Akte aufzusehen.

„Okay, mach ich", murmele ich und bewege mich nicht vom Fleck.

Er schaut auf und hebt fragend eine Augenbraue.

„Nicolas, es tut mir sehr leid, dass mir das Milchkännchen aus der Hand gerutscht ist", krieche ich zu Kreuze. „Ich meine, das hätte wirklich nicht passieren dürfen! Aber es ist leider passiert. Ich habe eine neue Akte für Herrn Brunetti angelegt, ein paar Blätter liegen noch auf der Heizung, und ..."

Nicolas winkt ungeduldig ab. „Rede nicht so viel, schick mir lieber Herrn Obenstroh rein", entgegnet er knapp.

Ah ja, er ist wieder ganz der alte Muffelpott. Ich brauche mir also keine Gedanken zu machen, dass er plötzlich zum Spaßvogel mutiert sein könnte.

Ich öffne die Tür zum Wartezimmer und sage dem nächsten Mandanten Bescheid. Otto Obenstroh ist ein tatteriger Mann um die neunzig mit Leberflecken auf der Glatze. Er kommt kaum vom Stuhl hoch. Ich beeile mich, ihm aufzuhelfen, hake ihn fest unter und schlurfe mit ihm rüber ins Büro.

Er linst in meinen Ausschnitt und kichert wie Rumpelstilzchen. An Nicolas gewandt verkündet er: „Manchmal ist's echt von Vorteil, ein bisschen wacklig auf den Beinen zu sein. Da wirst du von lauter hübschen Mädchen in den Arm genommen."

Ich lade ihn auf dem Stuhl ab und er bedankt sich mit einem breiten Grinsen. Nicolas steht auf und schüttelt ihm die Hand, und ich sause zurück an den Schreibtisch, weil das Telefon wie verrückt klingelt.

Gerade habe ich das Gespräch beendet und den nächsten Schriftsatz angefangen, da kommt ein Mann in blauer Latzhose um die Ecke.

„Fiedemann Walter, Schlosserei!", trompetet er. „Watt ham Se denn auf'm Herzen, junge Frau?"

Ich erkläre ihm das Problem: Klingel und Taster für Türöffner funktionieren nicht, Haustür lässt sich von außen aufdrücken, anstatt sich selbständig zu verschließen.

„Na dat ischa watt", meint er und kratzt sich am Bauch.

Ich nehme mir die nächste Akte vor, werde nicht schlau daraus und lege sie auf den stetig wachsenden Haufen, den ich im Geiste mit einem großen Fragezeichen versehen habe.

Der Postbote kommt und wirft einen Armvoll Briefe auf den Tresen, und schon wieder klingelt das Telefon. Mannomann, hier tobt echt der Bär! Der Handwerker schiebt ab, und kaum ist er draußen, betritt ein Paar den

Empfangsraum. Beide sind um die sechzig, sonnengebräunt und elegant gekleidet. Der Mann ist groß und breitschultrig, er riecht nach Macht und Geld. Seine Kiefermuskeln sind angespannt, sein Mund eine schmale, harte Linie. Seine Augen sind blau. Nicht so unglaublich blau wie Nicolas', aber die Ähnlichkeit zwischen den beiden ist unverkennbar. Das ist Nicolas' Vater, eine ältere Ausgabe des Mannes auf dem Foto, das ich vorhin im Turmzimmer gefunden habe. Und die Frau ist Nicolas' Mutter. Hochtoupierte Haare, glatte Haut, feine Züge, gertenschlank.

„Befindet sich mein Sohn im Mandantengespräch?", bellt er und zeigt auf die geschlossene Tür.

Ich nicke unterwürfig. „Jawohl. Möchten Sie so lange warten?"

Er nimmt den Kalender vom Tresen, schlägt ihn auf und fährt mit dem Finger die Spalte hinunter. „Aha, Otto Obenstroh", sagt er.

Ludmilla hatte mir ja schon angekündigt, dass Nicolas' Eltern öfter mal in der Kanzlei nach dem Rechten sehen. Ich muss unbedingt einen guten Eindruck auf sie machen. Wenn mich seine Eltern mögen, dann habe ich bei Nicolas bestimmt so gut wie gewonnen.

Wohlerzogen stelle ich mich ihnen vor und will ihnen aus den Jacken helfen, aber das kriegen sie alleine hin. Sie lehnen auch den angebotenen Kaffee ab mit der Anmerkung, dass sie einen guten Tee zu schätzen wüssten. Also schalte ich schnell den Wasserkocher ein und fahnde in der Küche nach einer Teekanne, arrangiere zwei Tassen, Zucker und Milchkännchen (oh-oh) auf dem Tablett und trage alles nach nebenan. Mir bleibt die Luft weg, mein freundliches Lächeln gefriert.

Die beiden hocken doch tatsächlich hinter meinem Schreibtisch und blättern in den Akten herum! Wie dreist ist das denn? Nun schaut Nicolas' Mutter mit hochgezogenen Brauen die Post durch und sein Vater wirft einen Blick in den Mülleimer. Ob die das immer so machen? Ludmilla hat leider nicht erwähnt, wie diese Inspektionen für gewöhnlich ablaufen. Eine Welle der Empörung erfasst mich. Nicolas ist doch jetzt der Boss in der Kanzlei!

Ich stelle das Tablett demonstrativ im Wartezimmer ab. „Ähem, entschuldigen Sie, ich würde jetzt gerne weiterarbeiten. Setzen Sie sich doch bitte nach nebenan und genießen dort Ihren Tee", sage ich höflich, aber bestimmt, und trete nah vor sie hin.

„Was für eine furchtbare Unordnung! Das geht so nicht!", bellt Nicolas' Vater und zeigt auf das Durcheinander auf dem Schreibtisch. „Sieht es bei Ihnen zu Hause genauso aus?"

Das geht dich gar nichts an, du arroganter Affe, denke ich bei mir. So langsam gehen mir die beiden echt auf den Keks. Mit liebenswürdigem Lächeln zitiere ich Albert Einstein: „Jede Ordnung ist der erste Schritt auf dem Weg in neuerliches Chaos."

„Wann kommt Frau Heinken wieder?" Er klingt, als hätte er Sehnsucht nach ihr.

„Am Montag, aber nur halbtags. Sie kümmert sich um ihren Mann."

„Warum engagiert sie nicht einfach einen Pflegedienst?", rätselt Nicolas' Mutter und klickt sich durch die Computerdateien.

Was soll ich machen? Die beiden von den Stühlen schubsen?

Ihre Hand verharrt über der Maus, ihr Blick geht vom Bildschirm zu mir. „Hauptsächlich sind wir hergekommen, um unseren Sohn an unser Kostümfest morgen Abend zu erinnern. In solchen Dingen neigt er zuweilen zur Vergesslichkeit", sagt sie im Plauderton. „Wir veranstalten dieses Event jedes Jahr auf unserem Landgut, es ist *das* Highlight des Jahres und steht immer unter einem besonderen Motto ..."

Ich höre ihr nur noch mit halbem Ohr zu, weil ich mir Nicolas als Cowboy oder Batman vorstelle, und mir das Lachen verbeißen muss. Beim Stichwort „Verlobung" werde ich jedoch wieder hellhörig.

„Unser Sohn und die liebe Marie sind nun schon eine ganze Weile ein Paar. Da ist es an der Zeit, ihre Verlobung bekannt zu geben. Maries Eltern sind genau derselben Meinung wie wir. Und so haben wir für morgen Abend geplant ..."

Ich schalte schon wieder ab, weil ich auf einmal einen Knoten im Magen habe. Nicolas wird sich morgen mit Marie von Großkotz verloben! Alles in mir schreit „Nein! Das darf nicht sein!", gleichzeitig ärgere ich mich maßlos über mich selbst. Es sollte mir piepegal sein, mit wem und wann sich mein Chef verlobt.

Das Telefonklingeln reißt mich aus meinen trüben Gedanken. Ganz die freundliche, zuvorkommende Rechtsanwaltsgehilfin sage ich mein Sprüchlein auf und lausche dem Anliegen meiner Gesprächspartnerin Helga Titte, die einen Termin in einer laufenden Sache wünscht. Frau Titte hat sich mit dem Reiseveranstalter ihres Vertrauens überworfen, weil während ihrer sechswöchigen Südsee-Kreuzfahrt einiges schief lief: Die Betten wurden nur alle zwei Tage frisch bezogen, die Frühstückssalami war zu trocken und auf einem der Pools schwamm ein undefinierbarer brauner Klumpen. Ich hatte den Schriftverkehr gestern auf dem Tisch. Der Fall ist mir in lebhafter Erinnerung.

Friedhelm Herzog und seine Gattin fahren ihre Lauscher aus, sie kriechen förmlich in den Hörer hinein. Ich mache einen energischen Schritt seitwärts, die Telefonschnur spannt sich wie eine Wäscheleine über ihre Köpfe. Der Kalender ist nun leider in unerreichbarer Ferne, ich vereinbare einfach auf gut Glück einen Termin am Donnerstag kommender Woche und lege auf.

„Herr und Frau Herzog, ich möchte Sie jetzt wirklich inständig bitten ...", setze ich an, da geht die Glastür auf.

Der Handwerker schlurft heran. „Ich fah mal eben nache Firma hin, muss'n Ersatzteil holen", informiert er mich.

Nicolas Mutter schüttelt sich. „Bah, was für ein ungebildeter Klotz! Dass so einer auf Kundendienst geschickt wird!"

„Ein Armutszeugnis für die Firma Fiedemann", kommentiert ihr Gatte. „Wir sollten darüber nachdenken, zukünftig eine andere Schlosserei zu beauftragen."

Ich zwinge mich zu Nachsicht und Geduld. Nicht jeder Mensch ist tolerant und manche neigen dazu, sich vorschnell ein Urteil zu bilden. Aber wenn die beiden nicht bald die Biege machen, kriege ich einen ANFALL!

Mit zusammengebissenen Zähnen will ich den Titte-Termin für Donnerstag um fünfzehn Uhr in den Kalender eintragen, doch da steht schon ein anderer Name. Mist! Weil Nicolas' Vater einen langen Hals macht und mit Argusaugen jede meiner Regungen beobachtet, trage ich Frau Titte einfach für sechzehn Uhr ein.

Die Tür geht schon wieder auf. Wo bin ich hier, auf dem Hauptbahnhof? Ich hätte jetzt gerne zehn Minuten absolute Ruhe und die Schweizer Schokolade aus dem Küchenschrank, um die Sache mit Nicolas' morgiger Verlobung zu verarbeiten.

Der Neuankömmling trägt einen alten Bundeswehrparka und eine rote Skihose. Schulterlange graue Haare quellen unter einer Wollmütze hervor. Er lächelt freundlich in die Runde. Ihm fehlt ein Schneidezahn.

„Großer Gott!", keucht Nicolas' Mutter entsetzt.

Wie peinlich! Hoffentlich hat der Mann das nicht mitbekommen! „Guten Tag. Sie wünschen bitte?", wende ich mich ihm zu.

„Ich möchte bitte einen Termin bei Herrn Herzog vereinbaren. Mein Name ist Klaus Rübezahl."

„Worum geht es denn?", frage ich in professioneller Ludmilla-Manier. Bloß alles richtig machen, die Kontrollbehörde guckt zu!

„Mein Haus ist abgebrannt und die Versicherung zahlt nicht. Ich hab die Faxen dicke und nehm mir jetzt einen Anwalt. Ihr Chef soll der Beste der ganzen Stadt sein, hab ich gehört."

„Nun, Herr Rübezahl, dann wollen wir mal schauen", sage ich und schnappe mir den Terminkalender. Zwei Meter weiter saugt Nicolas' Vater scharf die Luft ein.

„PKH!", zischt er mir zu. Das klingt wie die Warnung vor einer bösen Verschwörung.

Ich habe keinen Schimmer, worauf er hinauswill und tu so, als hätte ich ihn nicht gehört.

„Mittwoch um sechzehn Uhr hätten wir den nächsten Termin frei. Passt Ihnen das?"

Rübezahl nickt. „Das sollte hinhauen."

Ich trage seinen Namen in das Buch ein. Dann ziehe ich einen Vordruck aus dem entsprechenden Ablagefach, befestige das Papier an einem Klemmbrett und bitte ihn, seine Personalien einzutragen, damit ich die Akte zum Termin vorbereiten kann. Ich öffne die Tür zum Wartezimmer, er geht hinein, setzt sich und füllt das Blatt aus.

Alles richtig gemacht!, denke ich stolz, kehre zurück

zum Schreibtisch und schaue in die bleichen Gesichter des Seniorchefs und seiner Gattin.

„Das ist ein PKH!", zischt Friedhelm Herzog. „Sowas nehmen wir nicht!"

„Wie bitte?"

„Junge Frau, das müssen Sie doch *sehen*! Der kriegt PKH!"

Was bedeutet bloß PKH? Aus dem Mund des Herrn Herzog Senior klingt es wie eine ganz üble Sache. Penetranter Klumpfuß-Herpes? Pilzinfektion in Kombination mit Harninkontinenz?

„Sagen Sie bloß, das hat Ihnen niemand gesagt?!", ruft Nicolas' Mutter aufgebracht.

„Was denn, bitte?", hake ich vorsichtig nach.

Die beiden sehen sich wie vom Donner gerührt an. Schließlich fasst sich der alte Friedhelm ein Herz. „Dass wir keine Mandanten annehmen, die Prozesskostenhilfe bekommen", sagt er tonlos. „Ich kann nicht fassen, dass Ludmilla Ihnen das nicht mitgeteilt hat!"

„Nun, sie macht sich halt Sorgen um ihren Ehemann, da ist doch nur zu verständlich, dass ...", plappere ich, während die Information in meinem Kopf herumkreist.

„Dann hätte Nicolas Sie aufklären müssen!" Er kneift die Augen zu Schlitzen zusammen. „Oder nimmt er jetzt etwa solche Fälle an?"

Seine Frau schlägt sich die Hände vor die Brust. „Das wäre ein fataler Imageverlust!"

Herr Rübezahl kommt aus dem Wartezimmer.

„Streichen Sie den Termin!", befiehlt mir der Senior im harschen Flüsterton.

Rübezahl überreicht mir das Klemmbrett. Ich spüre die Blicke der beiden Herzogs wie Messer in meinem Rücken.

„Danke, dass Sie mir helfen", sagt der Mandant und schaut mich ernst aus braunen Augen an. „Erst in Notsituationen weiß man Mitmenschlichkeit und Hilfe wirklich zu schätzen."

Ich habe einen dicken Kloß im Hals. „Bis Mittwoch, Herr Rübezahl. Alles Gute für Sie."

Er marschiert hinaus und kaum, dass die Glastür geschlossen ist, wettern die beiden los.

Mir reicht's! Ich hab die Nase gestrichen voll von ihrem blasierten Getue. Sollen sie ihre blöden Imagefragen doch mit ihrem Sohn ausdiskutieren. Ich bin nur eine kleine Angestellte und mache hier meine Arbeit, basta! Und ich schicke niemanden weg, nur weil er nicht zu den oberen Zehntausend gehört.

Zum Glück geht in diesem Augenblick die Bürotür auf. Nicolas tritt mit Otto Obenstroh am Arm heraus, führt ihn bis zur Garderobe, hilft ihm in Hut und Mantel und überreicht ihm den Handstock. Dann hält er ihm die Glastür auf und der alte Mann verlässt auf seinen Stock gestützt die Kanzlei.

Nicolas' Blick verfinstert sich um eine kaum wahrnehmbare Nuance, als er seine Eltern hinterm Schreibtisch entdeckt. Glücklicherweise verziehen sich die drei nun in sein Büro, so dass ich mich endlich wieder hinter den Schreibtisch setzen kann.

In der Mittagspause flitze ich zur Bibliothek und leihe mir ein dickes Handbuch und einen Fragenkatalog zur Prüfungsvorbereitung für Rechtsanwaltsfachangestellte aus. Für fünfzig Cent bekomme ich einen Leinenbeutel, verstaue die Bücher und trete den Rückweg an.

Es ist Mittagszeit. Ich mache eine Null-Diät. Zwei Umstände, die irgendwie nicht zusammenpassen wollen. Ich genehmige mir einen Junior-Hamburger. Normalerweise esse ich mindestens drei von den Dingern, wobei ich niemals diese winzige Junior-Variante wähle, sondern immer den Großen mit doppelt Käse. Somit habe ich allen Grund, mächtig stolz auf mich zu sein.

Ich sause zurück, umrunde den Schlosser, der immer noch an der Eingangstür herumbastelt, und klemme mich wieder hinter den Schreibtisch. Nicolas' Eltern sind abgedampft und er ist auf dem Sprung zu einem Gerichtstermin.

Er wirft einen schnellen Blick ins Wartezimmer, um sicherzugehen, dass es leer ist. Dann sagt er mit eisiger Miene: „Ich bearbeite keine PKH-Fälle. Achte zukünftig darauf, das entsprechend abzuchecken, bevor du einen neuen Mandanten annimmst."

„Würdest du mir das bitte erklären?", frage ich höflich.

„Da gibt's nichts zu erklären. Sag dem Mann ab und fertig."

Ich suche seinen Blick, aber er blättert in einer Akte herum.

„Das versteh ich nicht. Du unterstützt heimlich einen Obdachlosen-Fonds, aber Leuten mit geringem Einkommen willst du nicht helfen?"

Er wirft die Akte in seine Tasche. „Wer hat dir das mit dem Fonds gesteckt? Ludmilla?", braust er auf. „Erzähl das bloß nicht meinen Eltern!" Er fixiert mich aus schmalen Schlitzen.

„Nee, das mach ich bestimmt nicht", versichere ich. „Trotzdem würde ich gerne wissen ..."

„Halt dich an meine Anweisungen, capito?", schnauzt er und rauscht hinaus.

Seufzend ziehe ich den Vordruck heran, den Herr Rübezahl vorhin ausgefüllt hat, und wähle seine Handynummer. Ich bemühe mich, ihm die Sache klarzumachen, ohne ihm auf den Schlips zu treten. Kein einfaches Unterfangen.

„Habe ich Sie richtig verstanden? Ihr Chef vertritt nur Bonzen?"

„Nun, so habe ich das nicht gesagt ..."

„Das ist echt erbärmlich. Ich meine, der soll doch nicht umsonst für mich arbeiten! Er kriegt das doch bezahlt!"

„Ähem, darum geht's nicht. Wir haben momentan keine Kapazitäten mehr frei", winde ich mich.

„Nee, so einfach lass ich mich nicht abspeisen! Ich werd Ihrem Chef mal ein paar Takte erzählen! Das ist doch'n Unding, sowas!"

Er legt grußlos auf. Ein unangenehmes Ziehen breitet sich in meiner Magengegend aus. Im nächsten Moment fällt mir ein, dass sich Emma für heute Nachmittag angekündigt hat, und das Ziehen wird zu einem scheußlichen Magenkrampf.

Der Handwerker taucht auf. „So, ich bin feddich!", verkündet er. „Wir machen ne Probe. Ich klingel gleich und Sie drücken aufe Taste." Er verschwindet in der Eingangshalle.

Gesagt, getan.

Schon kehrt er zurück. „Funkschoniert! Jetzt kommt hier keener mehr ohne zu klingeln rein", ruft er triumphierend. „Hey, ich hab das richtich jut hingekricht! Watt sagen Se nu? Da sind Se platt, richtich?" Er strahlt übers ganze Gesicht.

Ich wünschte, wir hätten nicht nur eine Klingel, sondern auch eine Kamera im Hauseingang. Das würde die Sache mit Emma vereinfachen. Ich würde einfach nicht öffnen, wenn sie auf meinem Monitor erschiene.

Der Schlosser legt mir einen Zettel hin, ich quittiere ihm seinen Arbeitseinsatz, dann tippt er sich an die imaginäre Mütze und wünscht mir ein schönes Wochenende. Ich wünsche ihm dasselbe, schaue zur Uhr und kriege einen mittelschweren Panikanfall. Es ist schon Nachmittag, ich muss Nicolas unbedingt von meiner Kompetenz und meinem Arbeitseifer überzeugen, und ich habe noch so gut wie nichts auf die Reihe gekriegt.

Während der nächsten Stunde haue ich wie eine Bescheuerte in die Computertasten. Das Telefon lasse ich einfach klingeln. Ich brauche sichtbare Ergebnisse. Nicolas soll vor Begeisterung „Hurra!" brüllen, wenn ich ihm die zum Bersten gefüllte Unterschriftenmappe zu Feierabend auf den Schreibtisch lege.

Das wird dann auch der Moment der Wahrheit sein. Ich mag noch gar nicht daran denken. In meiner Phantasie war alles super einfach, die Realität sieht leider ganz anders aus. Eine Anwaltskanzlei schmeißt man nicht mal eben so aus dem Handgelenk. Vor allem dann nicht, wenn man noch nicht mal eine entsprechende Berufsausbildung hat. Das hätte mir eigentlich vorher klar sein müssen.

Wegen der verschütteten Milch, der PKH-Sache und überhaupt: Ich bin mir ziemlich sicher, dass Nicolas mich rauswerfen will. Zumindest, wenn man ihn in diesem Augenblick fragen würde. Nun, mir bleiben noch ein paar Stunden, um das Ruder herumzureißen!

**

Nicolas ist nebenan im Mandantengespräch mit einer aufgetakelten Trulla, die offenbar unter Geschmacksverirrung leidet. Laut Akte wird sie verdächtigt, eine sechsstellige Summe Steuern hinterzogen zu haben. Was sie wohl mit der vielen Kohle gemacht hat? Auf jeden

Fall hat sie sie nicht in Klamotten investiert. Sie trägt Schwedenclogs, Spandex-Hosen mit aufgedruckten pinkfarbenen Katzen und eine weit aufgeknöpfte Lurex-Bluse. Außerdem ist sie viel zu stark geschminkt, hat eine violette Betonfrisur und riecht nach billigem Parfum.

Ich schaue auf die Uhr und ziehe das Papier aus dem Ausgabefach des Druckers. HEUTE GESCHLOSSEN steht darauf zu lesen. Ich befestige an jeder Ecke einen Streifen Tesafilm, sprinte nach draußen und klebe den Zettel an die Eingangstür. Emma wird etwa in einer Viertelstunde hier sein und wenn sie das Schild sieht, wird sie unverrichteter Dinge nach Hause fahren. Zumindest hoffe ich das.

Um auf Nummer sicher zu gehen, schreibe ich ihr eine kurze Handy-Nachricht. „Na, schon Feierabend?" Ich füge einen Smiley hinzu und tippe auf Senden. Mir ist speiübel. Ich komme mir dermaßen hinterhältig vor, dass ich mir problemlos auf die Schuhe kotzen könnte.

Bald ist Schluss mit der Lügerei! Ich werde Emma, Nicolas, Yvonne, meinen Eltern, Ludmilla und allen anderen, die ich belogen habe, die Wahrheit sagen. Bald!

Ich versuche, mich auf den ellenlangen Widerspruch eines Unternehmers zu konzentrieren, der seine Kunden geprellt haben soll. Alle zwei Sekunden schaue ich auf mein Handy. Warum antwortet Emma nicht?

Nicolas' Bürotür geht auf, die seltsame Lady legt ihre Oberweite auf dem Tresen ab. „Ein Termin in drei Wochen", ordert sie mit rauchiger Stimme, als würde sie einen doppelten Whiskey bestellen.

Ich blättere im Terminkalender, während sich Nicolas eilig von der Mandantin verabschiedet, weil er angeblich ein dringendes Telefonat führen muss. Schon zieht er die Bürotür hinter sich zu. Einen Augenblick später weiß ich auch, warum: Das Parfum der Dame riecht so grässlich, das kann man nicht länger als eine Minute aushalten, ohne Kopfschmerzen davon zu kriegen. Ich beeile mich mit der Terminvergabe und komplimentiere sie mit guten Wünschen fürs Wochenende hinaus. Anschließend reiße ich die Fenster auf.

Nicolas kehrt zurück in den Empfangsraum, die Tür knallt hinter ihm zu. Durchzug, er hat ebenfalls die Fenster geöffnet.

„Hast du die Akte Rothermund bei dir auf dem Schreibtisch?", erkundigt er sich.

„Jawohl!", entgegne ich dienstbeflissen und greife zielstrebig nach der Drittuntersten im Stapel. „Der Schriftsatz liegt in der Mappe", füge ich hinzu.

„Prima", sagt er.

Strike!

Es klingelt. Mir bleibt vor Schreck das Herz stehen. Wie dreist ist das denn, bitteschön? Da hängt groß und breit ein Schild an der Tür! Was soll man denn noch unternehmen, um sich vor ungeliebten Besuchern zu schützen?

Ich werfe einen hektischen Blick aufs Handy. Keine Nachricht von Emma. Es klingelt nochmal.

Nicolas schaut von der Akte auf. „Was ist, willst du nicht aufmachen?", erkundigt er sich.

„Ich glaube, der Summer haut schon wieder nicht hin", sage ich, um Zeit zu schinden.

Verdammte Axt, was soll ich jetzt bloß machen?

Er kommt um den Tresen herum. „Das kann doch wohl nicht wahr sein! Der Mechaniker hat drei Stunden für die Reparatur gebraucht!" Er drückt auf die Taste und das typisch sirrende Geräusch an der Haustür ist zu hören.

Sie wird geöffnet und fällt kurz danach ins Schloss.

Ich springe vom Stuhl auf und mache die Fenster zu. Ich kann nicht untätig herumsitzen, ich muss irgendetwas tun.

Gleich ist sie da. Es kann sich nur noch um wenige Sekunden handeln. Absätze klackern über den Steinboden der Eingangshalle. Jetzt wird die Glastür geöffnet.

Ich mag mich nicht umdrehen. Ich kann Emma nicht ins Gesicht sehen. Was habe ich nur getan? Sie wird mir das niemals verzeihen! Sie hat ja so recht.

Ich bin geliefert. Jetzt ist alles aus.

„Aha, der Herr Anwalt höchstpersönlich! Sie sind's doch, nicht wahr? Nicolas Herzog, der Bonzen-Advokat?"

Ich fliege herum. Da steht Klaus Rübezahl, der „PKH-Fall". Er hat eine Frau und vier Kinder mitgebracht.

„Darf ich vorstellen, das ist meine Familie", sagt er. „Meine Frau Annelie, und unsere Kinder Max, Till, Rosa und Pauline." Die Frau und die Kinder stehen stumm und bewegungslos da. Sie wirken auf eine anrührende Art verschreckt und hilflos.

Nicolas hebt die Hände wie ein Pastor. Ich wette, jetzt wünscht *er* sich, wir hätten eine Kamera an der Tür. Vermutlich wird er noch heute eine entsprechende Firma anrufen und den Auftrag erteilen. „Klären Sie Ihr Anliegen bitte mit meiner Mitarbeiterin. Ich bin sehr beschäftigt", erklärt er, marschiert in sein Büro und zieht die Tür hinter sich zu.

Feigling!

Rübezahl scheint dasselbe zu denken. Entschlossen stiefelt er hinterdrein, seine Familie folgt ihm auf dem Fuße. Sie spazieren in Nicolas' Büro und stellen sich wie Orgelpfeifen nebeneinander.

„Nur zwei Minuten!", sagt Rübezahl ruhig. „Hören

Sie mir nur zwei Minuten zu, dann sind wir verschwunden. Ehrenwort."

„Was wollen Sie?", höre ich Nicolas knurren.

„Zwei Minuten Ihrer Zeit", wiederholt Rübezahl. „Mehr wollen wir nicht."

„Für den Fall, dass Sie sich daneben benehmen: Sie sollten wissen, dass der Sicherheitsdienst schneller hier ist, als Sie laufen können."

Klaus Rübezahl bleibt gelassen. „Sie brauchen unseretwegen keinen Sicherheitsdienst und wir brauchen nicht wegzulaufen."

„Also gut", sagt Nicolas.

In knappen Sätzen erzählt der Familienvater, dass ihr Zuhause abgebrannt ist. Die beiden kleinsten Kinder haben Verbrennungen davongetragen und mussten im Krankenhaus behandelt werden. Die Familie kam mit dem Leben davon, aber das Haus brannte bis auf die Grundmauern nieder. „Wir haben *nichts* mehr, verstehen Sie? Wir wohnen bei meiner Großtante, mit fünf Personen auf zwölf Quadratmetern. Nachbarn schenken uns Klamotten und Schulsachen für die Kinder. Unser Haus war gut versichert. Aber die Versicherung stellt sich quer. Sie schicken immer wieder Formulare und Sachverständige, das Ganze zieht sich schon seit acht Wochen hin. Ich bin gestürzt, als ich die Kleine aus den Flammen holen wollte, und dabei ist mir ein Schneidezahn abgebrochen. Ich habe noch nicht mal das Geld, um zum Zahnarzt zu gehen."

Großer Gott, diese Familie kann einem wirklich leidtun. Hoffentlich hat Nicolas ein Einsehen. Er wird doch wohl *einmal* über seinen Schatten springen können!

„Um welche Versicherung geht es denn?"

Rübezahl sagt einen Namen, den ich noch nie gehört habe.

„Per Internet abgeschlossen, richtig?"

„Ja, die waren im Vergleich die Günstigsten. Die *müssen* doch bezahlen!"

„Haben Sie keine Arbeit?"

„Doch, im Straßenbau, aber wir haben momentan Schlechtwetter, da kriegen wir entsprechend weniger Lohn. Meine Frau hat kurz vorm Brand die Kündigung gekriegt, weil ihr Chef Insolvenz angemeldet hat."

„Wie sieht's mit Hypotheken aus? Haben Sie Ihr Haus finanziert?"

„Das ist es ja! Die Bank bucht weiter fleißig ab, obwohl wir gar kein Haus mehr haben."

Die Frau und die Kinder geben keinen Pieps von sich.

„Herr ...?"

„Rübezahl", sagt der Mann. „Die zwei Minuten sind jetzt um. Danke, Herr Herzog, dass Sie sich die Zeit genommen haben. Ich dachte mir, wenn Sie unsere Geschichte hören, schauen Sie vielleicht zukünftig anders auf Leute, die nicht so privilegiert sind wie Sie. Auf Wiedersehen." Er dreht sich auf dem Absatz um, seine Familie schließt sich hintenan und sie marschieren zur Tür hinaus.

„Herr Rübezahl!" Nicolas kommt im Eilschritt aus seinem Büro.

Irgendwas ist anders an ihm. Ich studiere seine Züge, aber ich weiß nicht, was genau es ist.

„Lassen Sie sich von Frau Meier einen Termin geben. Am besten gleich für Montag, sofern wir da noch was frei haben. Ich übernehme Ihren Fall."

Die Familie stoppt mitten in der Bewegung.

„Nee!", macht der Vater völlig perplex. „Das glaub ich jetzt nicht! Ist das Ihr Ernst? Habt ihr das gehört? Annelie, Max, Till, Rosa, Pauline? Herr Herzog will sich darum kümmern, dass wir unser Geld bekommen! Er ist der beste Anwalt der ganzen Stadt! Oh Himmel, jetzt geht's endlich bergauf mit uns!" Tränen schimmern in seinen Augen, er wischt sie schnell mit dem Handrücken fort.

Ich habe einen salzigen Kloß im Hals. Es fehlt nicht viel, und ich fange auch an zu weinen.

Die Frau und die Kinder brechen in Jubelrufe aus und fallen sich in die Arme. Einer der Jungs hüpft wie verrückt auf einem Bein durch den Empfangsraum und klatscht dabei in die Hände. Wir müssen alle lachen, sogar Nicolas, und das will ja nun wirklich was heißen!

Mein Herz wird plötzlich ganz leicht. Für eine kleine Weile vergesse ich das Lügennetz und meine Sorgen wegen Emma, und genieße diesen schönen Moment.

Dann klappe ich das Terminbuch auf und trage Rübezahl wieder für Mittwoch ein, denn vorher haben wir leider nichts mehr frei. Die Familie verabschiedet sich und geht zur Tür hinaus.

Nicolas lehnt am Tresen. Er fährt sich mit der Hand durch die Haare. „Wenn das mein Vater hört, ist die Hölle los", stöhnt er.

Ich hake nicht nach. Vielleicht erklärt er mir irgendwann einmal die Hintergründe. Im Augenblick ist viel wichtiger, dass er auf sein Herz gehört und als Mensch gehandelt hat. Jetzt plötzlich wird mir auch klar, welche Veränderung ich an ihm wahrgenommen habe.

„Zum ersten Mal, seitdem ich dich kenne, hast du Mitgefühl gezeigt", platzt es aus mir heraus.

Nicolas wendet den Kopf und schaut mich aus seinen blauen Augen an. „Das hört sich an, als würden wir uns schon jahrelang kennen. Dabei sind das gerade mal zwei Tage", erinnert er mich. Ein Lächeln kräuselt seine Mundwinkel.

„Wie auch immer. Danke, dass du dich um den Fall kümmerst. Deinem Vater werde ich nichts davon erzählen."

Er winkt ab. „Das kriegt der sowieso raus. Er weiß alles, was in diesen Räumen vor sich geht", sagt er bedrückt.

„Das ist ja gruselig!", rufe ich aus. „Hat er Wanzen installiert?" Ich hebe den Telefonapparat an und schaue ihn mir von unten an. Das habe ich mal in irgendeinem Spionagefilm gesehen.

„Seine erste Informationsquelle ist Ludmilla. Sie ist meinem Vater sehr verbunden."

Ich schlage mir die Hand vor die Stirn. „Da hätte ich auch von allein drauf kommen können."

Nicolas guckt auf die Uhr. „Was ist mit dem Sechzehn-Uhr-Termin? Frau Meise-Pieps? Hat sie abgesagt?"

Ich hebe die Schultern. „Nein, abgesagt hat sie nicht. Vielleicht ist ihr ja was dazwischengekommen." Schon nagt sich wieder das schlechte Gewissen durch meine Eingeweide.

Nicolas beschließt, den Leerlauf sinnvoll zu nutzen, indem er Schriftsätze aufs Band diktiert. Er geht nach nebenan und kaum, dass er um die Ecke ist, greife ich nach dem Handy. Endlich! Endlich! Endlich! Emma hat geschrieben!

„Pechtag! Stand vor verschlossener Tür! Bleibt es bei heute Abend?"

Ich antworte mit einem großen JA! Und vielen Herzchen, bedauere, dass sie einen Pechtag hat, und versichere ihr, wie sehr ich mich auf unseren gemeinsamen Abend im Eulenspiegel freue. Und zack - Nachricht gesendet! Ich bin so erleichtert wie noch nie zuvor in meinem Leben.

Schon sause ich durch die Glastür und die Eingangshalle zur Vordertür und reiße das Schild ab. Ich knülle es zusammen, flitze wieder zurück und werfe es in den Papierkorb unter meinem Schreibtisch. Alles ist gut, ich habe alles im Griff.

***

Länger kann ich den Feierabend nicht mehr hinauszögern. Ich habe bergeweise Briefe getippt, meinen Schreibtisch aufgeräumt, die Tassen abgewaschen und die Zeitschriften im Wartezimmer ordentlich gestapelt. Sicherlich könnte ich mir die Zeit noch weiter vertreiben, in dem ich mich beispielsweise über die Ablage hermache oder die Kaffeemaschine entkalke. Aber Emma sitzt bestimmt schon im Eulenspiegel und wartet auf mich. Sie ist ja immer superpünktlich.

Raus mit der Wahrheit! Das kann nicht länger so weitergehen.

Wie Nicolas wohl auf mein Geständnis reagieren wird?

Er wird stocksauer sein.

Er wird sich verarscht vorkommen.

Er wird mich feuern.

Die Erkenntnis überrollt mich wie ein Bulldozer.

In meiner total realitätsfernen Phantasie war Nicolas so geflasht von mir und meiner Arbeitsleistung, dass er meine kleine Notlüge locker wegsteckte, ja, sogar mit mir darüber schmunzelte. Das wird keinesfalls passieren. Tatsache ist nämlich, dass ich zwar schnell tippen kann, aber die Hälfte des Schriftverkehrs liegen geblieben ist, weil ich keinen Schimmer habe, was ich damit anfangen soll. Zu allem Überfluss habe ich ihm Ärger mit seinem strengen Vater beschert, ihn indirekt zu einem PKH-

Fall genötigt und ihm kalte Milch in den Schoß gegossen.

Vermutlich wird er mich sowieso feuern, auch ohne Geständnis. Also, bringen wir's hinter uns!

Ich schalte den PC aus, streiche ein letztes Mal über die Schreibtischplatte und gehe an der Vase mit dem bunten Blumenstrauß vorbei. Zwei spannende, aufregende und erfahrungsreiche Tage liegen hinter mir. Eine turbulente Zeit, die sich viel länger anfühlt als nur zwei Tage. Ich wäre so gerne geblieben. Es ist wirklich ein Jammer!

Ich zwänge mich in die weiße Kunstfelljacke, nehme den Tragebeutel mit den Büchern zur Hand, atme tief durch und klopfe bei Nicolas an.

Er schaut von der Akte auf und lässt seine Hand, die das Diktiergerät hält, sinken. Seine unglaublichen Augen begegnen meinen und prompt kriege ich heftiges Magenflattern.

So fing es an, schießt es mir durch den Kopf. Mit dem Blick in seine blauen Augen. Ich habe mich in ihn verliebt und wenn ich jetzt mal ausnahmsweise ganz ehrlich bin, dann hat sich an meinen Gefühlen für ihn rein gar nichts geändert.

Dabei würde ich ihn wirklich gerne blöd finden! Ich meine, dieser Mann hat einen Stock verschluckt, er setzt sich nicht gegen seine ekelhaft versnobten Eltern durch und er macht mit mindestens zwei Frauen gleichzeitig rum. Warum, bitteschön, verknalle ich mich in so einen Typen? Kann mir das mal jemand erklären?

„Emma", sagt er mit seiner warmen Stimme. Der Name klingt aus seinem Mund wie eine Liebkosung. Das muss an den weichen „M"s liegen.

Mir wird ein bisschen schwummerig und ich lehne mich unauffällig an den Türrahmen. Ich bin wie von

Sinnen. Oh mein Gott, ich will, dass Nicolas mich küsst und hält und nie wieder loslässt!

„Du hast ja schon wieder drei Stunden länger gemacht. Ich bin sicher, du hast sehr viel geschafft."

„Die Unterschriftenmappe ist voll", krächze ich.

„Das soll aber nicht zur Gewohnheit werden", mahnt er. „Dein Arbeitstag hat acht Stunden. Danach kannst du ruhigen Gewissens Feierabend machen."

„Aber du arbeitest doch auch immer viel länger", murmele ich.

Er lässt ein freudloses Lachen hören. „Das ist was anderes. Ich sitze oftmals noch bis spät in der Nacht hier. Manchmal liege ich im Bett, kann nicht schlafen, und gehe wieder runter an den Schreibtisch", gesteht er. „Das ist meine Sache und meine Entscheidung, damit hast du nichts zu tun."

Nicolas ist ehrgeizig und verbissen und erfolgreich. Aber es scheint so, als fühle er sich gezwungen, diese Arbeit tun, als hätte sie ihm jemand aufdiktiert. Offenbar sitzt er nicht nachts noch am Schreibtisch, weil ihn seine Arbeit erfüllt, sondern weil er glaubt, sich noch mehr anstrengen zu müssen. Vielleicht würde er lieber einen anderen Beruf ausüben, aber auf diesen Gedanken kommt er vermutlich gar nicht.

Wenn man mit Begeisterung arbeitet, weil man seine Tätigkeit liebt, dann guckt man nicht zur Uhr. Dann ist das auch keine Arbeit im herkömmlichen Sinne. Man ist einfach glücklich, weil man das tut, was man von Herzen gerne tut. So geht es mir beim Malen. Wobei das Malen ja nur ein Hobby ist und deswegen als Vergleich nicht so wirklich taugt. Aber Axel zum Beispiel: Für den ist die Arbeit keine Last, sondern das wahre Vergnügen. Er liebt es, Möbel aus Holz zu bauen. Wenn er nicht arbeiten dürfte, wäre das für ihn die schlimmste Strafe, weil er dann nicht seiner Lieblingsbeschäftigung nachgehen könnte. Oder Yvonne: Die liebt es, Redakteurin zu sein, abstruse Klatschgeschichten aufzutun und über Lifestyle-Themen zu berichten.

Wie dem auch sei, Nicolas muss tun, was er tun muss, oder eben auch nicht. Viel wichtiger ist, dass ich mir Gedanken um meinen eigenen Werdegang mache. Ich brauche ganz dringend einen Job, bei dem ich genug Geld verdiene. Und vielleicht finde ich irgendwann ja auch einen Beruf, der mir richtig viel Spaß macht.

„Schönes Wochenende, Emma! Wir sehen uns dann am Montag."

Ich zucke zusammen, als würde ich im Traum eine Leiter runterfallen und plötzlich aufwachen. „W-W-Was hast du gesagt?"

„Ich sagte, bis Montag, Emma!"

„Du meinst, ich soll Montag wiederkommen?", stammele ich und kralle mich am Türrahmen fest. Mein Zeigefingernagel bricht ab.

Er nickt. Ein kaum wahrnehmbares Funkeln tritt in seine Augen. „Ich glaube, es ist gut, dass du hier bist", sagt er.

„... dass ich ...?"

„Montagvormittag ist Ludmilla da. Sie wird mit dir den Arbeitsvertrag durchgehen. Bring dazu bitte deine Papiere mit."

„Ja, das mach ich", hauche ich.

„Also dann." Er senkt den Kopf und vertieft sich wieder in die Akte. Seine Hand, die das Diktiergerät festhält, hebt sich vor seinen Mund. „... weise ich auf den Umstand hin, dass die Gläubigerin am ..."

Ich verlasse das Büro wie eine Betrunkene. Mit schwankendem Gang, Ohrensausen und Nebel vor den Augen. Erst draußen vor der Eingangsstufe, als ein kalter Ostwind um meine Hosenbeine fegt, wird mir klar, was da gerade passiert ist. Beziehungsweise, was nicht passiert ist. Nicolas gibt mir den Job. Und ich habe ihm immer noch nicht die Wahrheit gesagt.

Bauchklatscher

Das Eulenspiegel ist eine Mischung aus moderner Kneipe und Bistro. Es ist in warmen Erdtönen mit viel Holz und weinroten Stoffen eingerichtet. Die Sessel sind bequem, die Musik ist gut und nicht zu laut. Und zum Futtern gibt es köstliche Snacks. Ganz im Gegensatz zu dem chinesischen Restaurant, das direkt nebenan liegt. Da isst man nur einmal und dann nie wieder, weil man nämlich anschließend volle zwei Tage auf dem Klo verbringt. Trotzdem hält sich der Chinese schon seit einigen Jahren. Es geht das Gerücht, die würden da Meerschweinchenfleisch frittieren. Ich weiß nicht, ob an dem Gerücht was dran ist, aber wundern würd's mich nicht.

Emma sitzt an unserem Lieblingstisch im hinteren Eck. Von hier aus kann man das bunte Treiben im Lokal beobachten und ist dennoch ungestört. Im vorderen Bereich ist es abends ziemlich unruhig, weil etliche Leute Baguettes, Burger, Nudelgerichte oder Salate außer Haus bestellen und abholen.

Wir begrüßen uns mit der üblichen Umarmung. Ich drücke Emma ein wenig länger an mich, als könnte ich damit die Schuld mindern, die mich schier zu Boden drücken will. Ich habe sie so lieb. Sie bedeutet mir so viel.

Natürlich spürt sie sofort, dass irgendwas mit mir nicht stimmt. „Alles gut bei dir?", fragt sie und mustert mich besorgt. „Du siehst blass aus. Und sehr ungewohnt in Yvonnes Klamotten", fügt sie hinzu.

Ich behalte die Jacke an, obwohl sie mich einzwängt. Ich brauche einen Schutzpanzer. „Alles bestens. Ich hab mich ganz furchtbar beeilt, und trotzdem bin ich mal wieder unpünktlich", erwidere ich zerknirscht.

Ich plumpse ihr gegenüber in den Sessel, stelle den Leinenbeutel daneben und lasse die Luft aus meinen Lungen entweichen.

Sie winkt ab. „Jetzt bist du ja da."

Das ist typisch Emma: Sie macht einem niemals Vorhaltungen, sie ist nicht eingeschnappt und nachtragend ist sie auch nicht. Sie ist einfach die allerbeste Freundin, die sich ein Mensch nur wünschen kann.

Die Bedienung kommt an unseren Tisch. Ich bestelle einen Münchhausen, das ist ein Cocktail aus Brandy, Pernod, Pfirsichsirup und Champagner. Der knallt rein und lecker ist er auch. Emma entscheidet sich für einen Smoothie aus lauter Grünzeug. Ich wünschte, sie würde sich mit mir die Kante geben. Das würde einiges vereinfachen.

„Du musst mir unbedingt erzählen, wie's dir bei deiner Arbeitsstelle gefällt! Ich bin ja so gespannt! Was war eigentlich gestern Abend mit dir los? Du warst so merkwürdig, so kenne ich dich gar nicht!"

„Hu, so viele Fragen auf einmal", sage ich bemüht leichthin. „Da weiß ich ja gar nicht, wo ich anfangen soll."

Sie beugt sich ein Stück vor. „Nun mach schon, leg los! Was ist das für ein Laden, wie sind die Kollegen, wie ist der Chef, welche Aufgaben hast du, und und und."

Ich weiche ihrem Blick aus und rutsche auf dem Sessel herum. Ich knete meine Finger und presse die Handflächen aneinander. Ich muss es ihr sagen. Jetzt! Ich kann sie nicht länger belügen. Ich kann es nicht.

Sie beugt sich noch weiter vor. „Jessy, wenn das nicht der richtige Job für dich ist, dann ist das nicht schlimm. Dann findest du einen anderen!", will sie mich aufmuntern. „Du kannst alle möglichen Jobs machen, du hast dir schon so viel selbst beigebracht! Denk doch nur mal zurück an damals, als Axel seine Firma gegründet hat und du keinen Schimmer von Büroarbeit hattest!"

Ich schaue von meinem Schoß auf und öffne den Mund.

„Entschuldige, ich wollte dich nicht verletzen! Es war nicht richtig von mir, gerade jetzt über Axel zu sprechen. Ich wollte dir nur Mut machen, damit du nicht so schwarz siehst."

Mein Herz wummert in meinen Ohren. Ich will Luft holen, aber mein Hals ist wie zugeschnürt. „Emma, ich habe etwas getan, das ich sehr bereue", stoße ich hervor. „Es ist einfach passiert, ich bin da im wahrsten Sinne des Wortes reingeschlittert."

„Na, nun machst du mich aber neugierig!", sagt sie und lächelt mich an.

„Ich hätte nie gedacht, dass ich dazu fähig bin! Aber ich hab's gemacht. Ich hab die Dinge laufen lassen und nicht versucht, sie aufzuhalten. Und nun ..." Ich will schlucken, aber noch nicht einmal das funktioniert. Ich kriege keine Luft, ich kann nicht schlucken, ich ersticke. Die Atemnot treibt mir die Tränen in die Augen.

„Ach Jessy!" Sie fasst über den Tisch hinweg nach meiner Hand. „Was immer es ist, das dich so bedrückt, ich bin für dich da. Das weißt du doch hoffentlich, oder?"

„Ja, das weiß ich", schluchze ich. „Und das ist ja gerade das Schlimme!"

Sie lächelt so mitfühlend wie eine Mutter, die sich aufmerksam die Sorgen ihres Kindes anhört.

„Ich habe ..."

„Wer von euch bekommt den Wichtelmann?" Die Bedienung steht mit einem Tablett und zwei großen

Gläsern neben uns.

Emma lässt meine Hand los und zeigt vor sich auf den Tisch. „Zu mir bitte."

Der Münchhausen steht vor meiner Nase. Eiswürfel schwimmen an seiner Oberfläche, ein bunter Strohhalm ragt aus seinen dunklen Tiefen.

„Lass uns erstmal anstoßen", schlägt Emma vor und hebt ihr Glas.

Ich tippe mit meinem dagegen, stärker als gewollt, die Gläser klirren.

„Prost!", sagt sie kichernd.

Ich lege den Strohhalm beiseite und trinke drei, vier Schlucke, dann setze ich das Glas ab. Die kalte Flüssigkeit rauscht durch meine Speiseröhre, zieht eine Feuerspur hinter sich her und setzt meinen Magen in Brand. Meine verkrampften Muskeln entspannen sich.

Mein Blick schweift über die Gäste an den anderen Tischen und auf den Barhockern am Tresen. Der übliche Andrang an einem Freitagabend. Es ist wie immer.

Vielleicht steckt außer mir noch jemand der hier Anwesenden gerade tief in der Klemme, vielleicht hat auch dieser Jemand einen geliebten Menschen verletzt. Das Leben geht weiter. Es geht weiter, gleichgültig, wer was getan hat. Auch wenn du glaubst, es wäre hier und jetzt zu Ende, das Leben geht weiter.

Ich seufze, greife zum Glas und trinke noch einen Schluck. Diesmal lasse ich ihn für einen Moment im Mundraum, schmecke die Schärfe des Alkohols auf meiner Zunge, die Süße der Pfirsiche, die samtige Note des Brandys und die Lakritze des Pernods. Dann schlucke ich langsam.

Irgendetwas in meinem Augenwinkel lenkt meine Aufmerksamkeit auf sich. Ich wende den Kopf und erblicke das gewohnte Treiben an einem Freitagabend.

Doch plötzlich schießt es wie ein Blitz durch meinen Körper. Großer Gott, Nicolas ist zur Tür hereingekommen! Das darf doch nicht wahr sein! Ich kneife die Augen zusammen, schaue nochmal hin - er ist es wirklich! Mir bricht der Schweiß aus allen Poren. Was soll ich denn jetzt bloß machen?

Er schiebt sich durch die Gäste und steuert den Tresen an. Wie gut er aussieht in seinem dunklen Mantel, dem modernen Schal und den kurz geschnittenen Haaren! Zwei Frauen am vorderen Tisch starren ihn an und als er an ihnen vorbeigeht, stecken sie tuschelnd die Köpfe zusammen.

Emma winkt mit ihrem Arm vor meinen Augen herum. „*Hallo*? Jemand zu Hause? Was ist los, hast du ein Gespenst gesehen?"

Nein, aber meinen Chef. Der eigentlich dein Chef wäre, wenn ich nicht diese abscheulich fiese Nummer abgezogen hätte! Ich habe dich ausgebootet, Emma, und zwar auf die ganz miese Tour.

„Sorry, ich bin gerade nicht so ganz bei der Sache", murmele ich und rutsche tief in meinen Sessel hinein. Im Fernsehen habe ich mal einen Mann gesehen, der sich unsichtbar machen konnte. Wie hieß er noch gleich? Und wie zum Teufel hat er das gemacht?

„Ach wirklich? Da wär ich von alleine nie drauf gekommen! Was muss ich tun, damit du wieder bei der Sache bist? Dich durchkitzeln? Einen versauten Witz erzählen? Dir einen Hamburger spendieren? Ich will nämlich wissen, was dich so bedrückt!"

Nicolas findet einen freien Platz am Tresen und nimmt Blickkontakt mit der Bedienung auf. Sie beugt sich zu ihm rüber und er sagt etwas. Dann nimmt er auf einem der Barhocker Platz.

„Weder noch, du musst gar nichts tun", keuche ich.

Tausend Gedanken jagen gleichzeitig durch meinen Kopf, mir ist speiübel. Ich schiebe meine schweißnassen Hände unter die Oberschenkel, damit sie aufhören zu zittern.

Diese Sache geht nicht gut aus. Sie kann nur schiefgehen.

Ich habe ihn im Profil vor mir. Er braucht den Kopf nur ein wenig zur Seite zu drehen, dann sieht er mich. Keine Chance, dass er mich vielleicht *über*sehen könnte. Der türkise Overall und die Felljacke werden ihm sofort ins Auge stechen.

So wie ich ihn einschätze, wird er herkommen. Er ist schließlich ein höflicher Mensch, der sich zu benehmen weiß. Er wird Emma und mir die Hand schütteln und ein bisschen Smalltalk betreiben. Selbstverständlich wird dabei zur Sprache kommen, wer er ist, und dass ich neuerdings für ihn arbeite. Wenn er an unseren Tisch kommt, habe ich keine Chance, Emma die ganze Sache schonend und mit wohlüberlegten Worten beizubringen.

Nein, das darf nicht geschehen! Unter gar keinen Umständen! Das wäre das Aus für unsere Freundschaft. Für immer und ewig und für alle Zeiten.

„Ich muss ganz dringend zum Klo", flüstere ich Emma zu. „Bin gleich wieder da." Ich rutsche vom Sessel und husche gebückt an ihr vorbei bis zum nächsten Pfeiler. Ich verstecke mich hinterm Pfeiler und peile die nächste Etappe bis zur Klotür an. Ein Schwall Adrenalin rauscht durch meine Adern.

„Jessy!", ruft Emma. „Soll ich mitkommen? Brauchst du Hilfe? Was hast du bloß?"

Ich bedeute ihr, an unserem Tisch auf mich zu warten. Alles gut, keine Sorge.

Ich schiele um die Ecke des Pfeilers und sehe Nicolas mit überschlagenen Beinen auf dem Barhocker sitzen. Er tippt auf seinem Handy herum.

Jetzt oder nie! Ich lege einen Sprint bis zum Klo hin, remple dabei versehentlich einen Gast an und bin in der nächsten Sekunde verschwunden. Boah, Schwein gehabt! Ich stürze in die mittlere der drei Kabinen, lehne mich von innen an die Tür und höre das Blut in meinen Ohren rauschen.

Ich komme mir vor wie ein Doppelagent, der um sein Leben fürchten muss. So kann das nicht weitergehen! Ich muss reinen Tisch machen, sonst werde ich demnächst an einem Herzanfall krepieren.

Okay, immer mit der Ruhe, eins nach dem anderen. Erstmal muss ich aus dieser vertrackten Situation rauskommen, und dann werde ich weitersehen.

Wie lange Nicolas wohl im Eulenspiegel abhängen will? Ob er nur ein Feierabendbierchen trinkt? Womöglich hat er sich mit jemandem verabredet und macht sich mit dieser Person einen geselligen Abend. Diese Möglichkeit erscheint mir wahrscheinlicher. Ich glaube nicht, dass er der Typ ist, der den Feierabend allein bei einem Bier verbringt.

Diese Erkenntnis legt den Schluss nahe, dass ich nicht ins Lokal zurückkehren kann. Ein Abend im Toilettenraum, na super! In spätestens zehn Minuten wird Emma kommen, um nach mir zu sehen. Vermutlich schon in fünf. Sie wird sich vor der Tür aufbauen und mich mit Fragen löchern. Ich werde mich mit akuten Bauchschmerzen rausreden müssen. Am besten mit Durchfall. Durchfall ist perfekt. Der fesselt einen an die Klobrille, da kann man nicht anders, da muss man sitzenbleiben.

Ein guter Plan. Aber ich kann nicht ewig hier sitzen bleiben. Emma wird sich nicht abwimmeln lassen. Sie wird sich Sorgen machen und einen Arzt rufen wollen. Also doch kein so guter Plan. Am liebsten würde ich einfach abhauen. Dann müsste ich keine Bauchschmerzen vorgaukeln und die Nicolas-Gefahr wäre auch gebannt.

Mein Blick schnellt hoch zum Fenster. Es ist das Einzige in der Dreierreihe Toilettenkabinen und es befindet sich knapp unter der Decke, etwa zwei Meter über meinem WC. Es ist recht breit, aber nicht besonders hoch. Kürzlich habe ich irgendwo aufgeschnappt, dass sich eine Maus durch ein bleistiftgroßes Loch zwängen kann. Wenn das stimmt, dann werde ich ganz sicher durch dieses Fenster passen.

Ich klettere auf den Toilettendeckel und kann von hier aus über die Trennwände rechts und links in die Kabinen sehen. Sie sind glücklicherweise unbesetzt. Ich öffne das Fenster. Kalter Wind pustet herein, begleitet von ekligem Gestank. Das Fenster schwingt herum bis an die Wand.

Ich glaube, ich habe schon erwähnt, dass ich keine Sportskanone bin. Deshalb wird diese Kletterpartie zu einer echten Herausforderung. Zumal ich diese enge Jacke anhabe. Aber die kann ich wohl kaum hier im Klo zurücklassen. Yvonne bringt mich um, wenn ich ihr gestehe, dass ich ihre Jacke verbummelt habe.

Ich ertaste Handy, Portemonnaie und Schlüsselbund, sie sind sicher in den Taschen verstaut. Einen Fuß auf den Spülkasten setzend greife ich mit beiden Händen an den Fensterrahmen und ziehe mich daran hoch. Was ist das nur für ein scheußlicher Geruch? Ich tippe auf tote Katze. Oder vollgeschissene Windeln. Oder eine Kombination aus beidem.

Mit dem anderen Fuß finde ich ebenfalls Halt auf dem Spülkasten, ich klammere mich am Fensterrahmen fest und kann nun über die Reling lugen. Heiliger Bimbam! Genau unter mir, beziehungsweise unter dem Fenster, steht ein großer Müllcontainer. Ich sehe vergammelte Salatköpfe, angebissene Hamburger, abgenagte Knochen und undefinierbare gräuliche Matschepampe, die aussieht wie Urschlamm. Huah!

Es gibt Situationen im Leben, in denen es klüger ist, nicht nachzudenken. Andernfalls würde ich jetzt nämlich das Fenster schließen und wäre genauso weit wie vorher. Ich bemühe mich, den Abfall möglichst neutral zu betrachten. Es ist ja nur Abfall. Der einzige Luxus, den ich mir zugestehe, ist, dass ich nach Ratten Ausschau halte. Bei Ratten hört der Spaß auf.

Ich spanne meine Arme und meine nicht vorhandenen Bauchmuskeln bis zum Äußersten an und ziehe mich an der Fensterlaibung hoch. Geschafft! Meine Füße ragen in den Toilettenraum, der Fensterrahmen bohrt sich in meinen Unterleib und mein Oberkörper hängt draußen. Jetzt nur noch ein kleines bisschen Schwung holen und eine gute Portion Mut und ...

In dem Moment, in dem ich falle, muss ich an den Schwimmunterricht in der dritten Klasse denken. Ich habe den Köpper nie hingekriegt. Stattdessen wurde es jedes Mal ein Bauchklatscher. Auf die Schwerkraft hat man eben nur bedingten Einfluss.

Mit einem satten Platsch lande ich im Morast. Es ist abscheulich, wie viel Essen weggeworfen wird. Fast genauso abscheulich wie der Gestank. Ich muss würgen, halte die Luft an und rapple mich hoch. Vermutlich teilen sich Eulenspiegel und der Chinese diesen Container. Der Geruch nach toter Katze kann ebenso von den sterblichen Überresten eines Meerschweinchens herrühren, ich will mich da nicht festlegen.

Ich wate durch den schlüpfrigen Brei, halte mich am

Rand des Containers fest, schwinge ein Bein rüber, schürfe mir zu allem Überfluss den Ellenbogen auf und lande mit dem Hintern auf dem Betonpflaster. Tränen stehen in meinen Augen. Ich kann sie nicht mal wegwischen, weil meine Hände mit Schleim bedeckt sind. Mir ist höllisch übel.

Vom Fluss weht eine Brise herüber. Sie ist kalt, aber herrlich frisch. Was für eine Wohltat für Nase, Mund und Rachen! Ich stelle mich auf die Füße und schaue an mir herunter. Der Overall ist mit Dressing, Sojasoße und undefinierbaren Flecken übersät, und die Kunstfelljacke sieht nicht besser aus.

Der Außenwasserhahn am Hintereingang des Chinesen macht mir neuen Mut. Ich spüle meine Schuhe sauber und anschließend meine Hände. In einer blauen Altpapiertonne finde ich einen Stapel Zeitungen, damit reinige ich, so gut es geht, meine Kleidung. Anschließend spüle ich mir nochmal die Hände ab. Ich kann mich selbst nicht mehr riechen, aber ich bin mir sicher, dass ich bestialisch stinke. Die anderen Fahrgäste im Bus werden sich bedanken.

Um möglichst wenigen Menschen auf dem Weg zur Haltestelle zu begegnen, nehme ich die Uferpromenade. Sie ist nicht so hell erleuchtet wie die Fußgängerzone. Außerdem ist die Luftzufuhr hier besser.

Ich bin gerade bei der zweiten Laterne angelangt, da höre ich hinter mir eine Stimme. Nee! Das ist jetzt nicht wahr, oder?

„Emma! Hey, bist du das? Warte mal!"

Nicolas! Ich fall vom Glauben ab. Was will der denn hier? Muss er mir ausgerechnet jetzt begegnen, wo ich Dressing an den Klamotten habe und nach totem Meerschweinchen stinke? Es ist wirklich wie verhext: Immer, wenn er in der Nähe ist, passiert mir ein Unglück. Womöglich lastet ein Fluch auf ihm oder auf mir oder auf uns beiden.

Er hat einen Plastikbeutel dabei, in dem sich etwas Längliches befindet, das in Alufolie eingewickelt ist. Rollo oder Baguette. Außer-Haus-Bestellung. Na großartig! Ich hätte einfach nur zehn Minuten auf Klo abwarten müssen, und die Gefahr wäre vorüber gewesen!

„Ui, wie siehst du denn aus? Warst du beim Schlammcatchen?", erkundigt er sich.

„Nicht ganz. Ich war in einem Müllcontainer." Wozu lügen? Er riecht es doch sowieso gleich.

Schon zieht er die Nase kraus. „Du liebe Güte. Bist du das, die so riecht?"

„Ich wünschte, es wäre nicht so."

Er gibt einen amüsierten Gluckser von sich. „Gibt es eigentlich auch Tage bei dir, an denen dir kein Missgeschick passiert?"

Donnerwetter, er hat gegluckst! Er hat also doch Humor. Nicht übermäßig viel, aber er hat welchen.

„Selten", gebe ich zu.

Er gluckst schon wieder. Junge, Junge, er scheint heute Abend extrem gute Laune zu haben!

„Darf ich fragen, warum du im Müllcontainer warst? Oder ist das eine persönliche Angelegenheit?"

„Mir ist aus Versehen das Handy reingefallen und dann musste ich hineinklettern, um es rauszuholen."

Jetzt fängt er tatsächlich an zu lachen. „Grundgütiger! Sowas kannst nur du fertigbringen!"

Sein Heiterkeitsausbruch geht auf meine Kosten, aber das ist mir ganz egal. Die Hauptsache ist, dass er endlich mal fröhlich ist. Mein Herz macht einen Purzelbaum vor Freude und ich stimme in sein Lachen mit ein.

„Ich bin gespannt, was ich noch so alles Lustiges mit

dir erlebe!", sagt er aufgeräumt. „Brunetti hat ganz recht: Du bringst Leben in die Kanzlei."

Über meine Arbeit möchte ich jetzt lieber nicht sprechen. „Was macht Herr Brunetti eigentlich beruflich? Er scheint sehr wohlhabend zu sein."

Wir spazieren wie selbstverständlich im Gleichschritt nebeneinander her. Wir haben dasselbe Tempo und dieselbe Schrittlänge. Es fühlt sich vertraut und sehr angenehm an, neben Nicolas zu gehen. Ein Spaziergang mit Axel war jedes Mal ein Krampf. Entweder bummelte er oder er legte einen Sprint hin.

„Brunetti macht das, wozu er gerade Lust hat", sagt Nicolas, und ich finde, er klingt ein bisschen sehnsüchtig. „Mal stürzt er sich ins Aktiengeschäft, dann in den Stahlhandel oder in die Immobilienbranche. Nebenbei ist er Kunsthändler. Er versteht eine Menge von Malerei."

Ich muss an mein Bild auf seinem Wohnzimmertisch denken, über das sie sich bestimmt köstlich amüsiert haben. Mir fährt ein schmerzhafter Stich in die Brust.

„Antonio und ich sind schon seit vielen Jahren befreundet. Seine Frau Angelina und äh ... meine Freundin Marie ..."

Warum stockt er, wenn er Marie erwähnt? Ah, ja! Er hat mindestens zwei Frauen am Start. Da muss man aufpassen, dass man nicht durcheinander kommt.

„... sind gute Freundinnen", beendet er den Satz.

„Das war ein unglückliches Missverständnis heute Morgen in deiner Wohnung", komme ich auf die denkwürdige Begegnung zu sprechen. „Tut mir wirklich leid, dass ich einen Streit zwischen euch beiden ausgelöst habe." Faustdicke Lüge. Tut mir nämlich überhaupt nicht leid.

„Ist schon vergessen. Marie freut sich unbändig auf

das Kostümfest, das meine Eltern morgen Abend veranstalten. Da soll es diesmal eine besondere Überraschung geben." Er seufzt. Offenbar teilt er Maries Vorfreude nicht.

Ich hoffe, dass das nicht die Überraschung sein wird, die ich annehme. Nicolas' Eltern werden morgen Abend doch nicht wirklich die Verlobung ihres Sohnes verkünden? Ohne das vorher mit ihm abzustimmen? Wie schräg wäre das denn? Dann könnten sie ihn ja gleich entmündigen!

Mal abgesehen davon, dass Marie von Großkotz sowieso nicht die Richtige für Nicolas ist. Da wäre sogar Yvonne dreitausend Mal die bessere Frau für ihn.

Wir sind auf Höhe der Kanzlei angelangt, Nicolas bleibt im Lichtkegel der Laterne stehen. „War schön, dich zu treffen", sagt er mit seiner warmen Stimme. „Komm gut nach Hause, Emma." Er klingt bedauernd, aber das bilde ich mir bestimmt nur ein.

War schön, dich zu treffen! Hat er das nur so dahergesagt? Oder hat er unseren kleinen Spaziergang tatsächlich genossen? Obwohl ich so unangenehm rieche? Das ist doch sehr unwahrscheinlich, oder?

Ich fand's jedenfalls wunderbar mit ihm. Auch wenn er ein Frauenheld ist und einen Stock verschluckt hat.

Auf einmal sprudele ich über vor guter Laune. Übermütig hopse ich den restlichen Weg bis zur Bushaltestelle und singe dabei laut den neuen Hit von Ellie Goulding: „Fire and ice, this love is like fire and ice!" Hops, hops. „This love is like rain and blue skies." Oh yes, Nicolas' Augen sind so blue wie der sky! Ich kichere albern. „His love is like sun on the rise." Keuch! Hopsen ist echt anstrengend. „Don't let me lose! Still falling for you. Still falling for you." Uh, das hört sich bestimmt schlimm an, aber das ist mir ganz egal. Ich singe und hopse und bin mega-happy.

An der Haltestelle bin ich total aus der Puste. Schnaufend fummle ich das Handy aus der Hosentasche. Fünf Anrufe und drei Nachrichten. Alle von Emma. Ich tippe auf Rückruf und höre mein Herz laut schlagen.

„JESSICA!", schreit sie in den Hörer. „Wo steckst du denn, zum Teufel!"

„Tut mir wirklich leid, Emma!", keuche ich. „Ich war auf Klo. Dann habe ich jemanden gesehen und musste abhauen." Nicht ganz die richtige Reihenfolge, aber ansonsten stimmt das.

„Du hast jemanden gesehen und musstest abhauen? Das hört sich ja an wie in einem Gangsterfilm! Was ist denn bloß los mit dir, Jessica? Du bist seit ein paar Tagen total verändert. Das muss mit deiner neuen Arbeit zusammenhängen! Hat dieser Russe was auf dem Kerbholz? Los, nun sag schon, raus mit der Sprache!"

„Nicht am Telefon", entgegne ich atemlos.

„Ich mach mir ganz furchtbare Sorgen um dich! Wie kann ich dir nur helfen?"

„Es ist alles gut, Emma, bitte beruhig dich. Wir treffen uns einfach morgen und dann ..."

„Morgen kann ich nicht, da besuche ich eine Fortbildung. Ich komme am Sonntag zu dir, in Ordnung?"

Ich atme erleichtert auf. Emma ist die Allerbeste. Sie ist nicht sauer, sondern nur besorgt.

„Dann bring ich auch deinen Beutel aus der Bücherei mit, den hast du vergessen."

Es ist typisch für Emma, dass sie nicht in den Beutel hineinschaut. Sie ist nicht neugierig und sie wahrt die Privatsphäre. Das ist mein Glück, denn die Titel der Fachbücher hätten sie gewiss sehr verwundert.

„Lieb von dir. Ich geb dir das Geld für den Cocktail

wieder. Du hast bestimmt für mich mit bezahlt."

„Was blieb mir anderes übrig?", versucht sie einen Scherz.

Wir verabschieden uns. Ich lasse das Telefon in der Hosentasche verschwinden und schaue dem Bus entgegen. Alles ist gut. Am Sonntag werde ich Emma die Wahrheit sagen. Daheim, im häuslichen Ambiente, geht das sowieso viel besser. Da gibt's keine Ablenkungen, da tauchen keine Chefs auf, da ist alles ganz entspannt.

Gleich am Montag werde ich dann reinen Tisch bei Nicolas machen. Es wird herrlich befreiend sein, nicht mehr lügen zu müssen. Dann kann ich endlich wieder ich selbst sein. Wobei ich natürlich nicht mehr die alte Jessica sein werde, sondern die neue Jessica, die erfolgreiche, sexy Wonderwoman-Jessica. Ich bin voll auf Kurs! Ich habe heute mindestens vier Pfund abgenommen.

Ich klettere in den Bus, die Türen schließen sich, er fährt los. Aus Rücksicht auf die anderen Fahrgäste bleibe ich an der Tür stehen. Zwei Jugendliche in coolen Rapper-Klamotten sitzen ein paar Meter weiter.

„Boah, was geht hier denn ab?", fragt der eine.

„Verfickte Scheiße!", stöhnt der andere und vergräbt seine Nase im überlangen Ärmel seiner Jacke.

Ich setze ein unbeteiligtes Gesicht auf.

Eine ältere Dame schaut sich mit verstörtem Blick nach allen Seiten um. „Igitt, hier stinkt's nach totem Tier!" Sie stößt ihrem Sitznachbarn den Ellenbogen in die Seite und zeigt mit dem Finger auf mich. Beide starren mich an.

„Ist mir auch schon aufgefallen. Muss von draußen reingekommen sein", murmele ich.

***

Brians Auto steht vor der Tür. Ich schlüpfe in den Hausflur, streife die Schuhe ab und ziehe mich bis auf die Unterwäsche aus. Dann flitze ich in die Wohnung, hole einen Müllsack aus der Küchenschublade, stopfe die Klamotten hinein und knote ihn fest zu. Anschließend sprinte ich ins Bad, stelle mich unter die Dusche und seife mich von Kopf bis Fuß ein. Nach dem Abtrocknen nehme ich eine großzügige Dosis von Yvonnes Lieblingsparfum, ziehe mir frische Sachen an, gehe ins Wohnzimmer und mache die Probe aufs Exempel.

Brian und Yvonne kuscheln auf dem Sofa. Aus den Lautsprechern ertönt gedämpfte Musik. Ein Mann singt mit rauchiger Stimme *Amour* und *je t'aime*. Yvonne hat ihren Kopf auf Brians Schoß gelegt und er krault zärtlich ihren Nacken.

„Hi", begrüße ich die beiden.

Yvonne rappelt sich auf und rümpft die Nase. „Bäh, was ist das denn für ein Gestank? Bist du das etwa? Du riechst wie eine Mülltonne!"

„Ich tippe auf Fisch", meint Brian. „Hast du heute Fisch zu Mittag gegessen?", fragt er mich.

Also alles nochmal. Ich schleiche zurück ins Bad, schrubbe meine Haut, bis sie feuerrot ist, und wasche mir dreimal die Haare.

Dann kehre ich ins Wohnzimmer zurück. „Jetzt besser?", erkundige ich mich zaghaft bei Yvonne und Brian.

Meine Schwester schnuppert prüfend. „Okay", sagt sie, und Brian reckt den Daumen.

Sie kuscheln sich wieder aneinander. Yvonne trägt bequeme Klamotten und dicke Wollsocken, und Brian einen robusten Norwegerpullover. Ein harmonisches Bild. Fehlt nur noch das knisternde Kaminfeuer. Und das Bärenfell.

Ich krieg die Krise, aber echt! Yvonne macht auf

mega-in-love mit Brian, dabei trifft sie sich heimlich mit Nicolas! Ich setze mich auf den Hocker und starre meine Schwester verachtungsvoll an. Wenn sie unbedingt einen anderen Mann als Brian haben will, dann soll sie wenigstens ehrlich zu ihm sein. Sie hat ja nicht mal die Spur eines schlechten Gewissens!

„Ist es nicht oberspitzenklasse, dass ich dein Bild verkauft habe?", fragt sie mich und lässt sich von Brian die Schultern massieren.

„Nee, das finde ich gar nicht. Ich will es nämlich nicht verkaufen", motze ich.

„Spinnst du? Nicki gibt dir einen Haufen Geld dafür! Er möchte dich unbedingt kennenlernen."

„Ich ihn aber nicht!", speie ich. „*Nicki*! Was ist das überhaupt für ein bekloppter Name? Ist das ein Kanarienvogel? Oder ein Zwergpony?"

„Nein, ein sehr sympathischer Mann."

„Der ist bestimmt nicht ganz dicht", sage ich böse.

„Sollte man eigentlich annehmen, wenn er auf deine Kleckserei steht", gibt sie zurück. „Stimmt aber in diesem Fall nicht. Er ist Rechtsanwalt, und zwar der erfolgreichste der ganzen Stadt."

Sie hat mir quasi den Teppich ausgerollt. Ich kann nicht anders. Ich tu's für Brian. Der hat es wirklich nicht verdient, verarscht zu werden. „Ach, ist das *der* Anwalt, mit dem du dich heimlich triffst?", frage ich süffisant.

Yvonne tippt sich an die Stirn. „Du hast sie ja nicht alle."

Brian fährt mit dem leichten Druck seiner Fingerspitzen über ihre Halswirbelsäule. „Sprecht ihr über Nicolas Herzog?"

Yvonne nickt. „Jessica hat zu viel Phantasie."

„Ah ja? Dann bilde ich mir wohl nur ein, dass du mit ihm ausgehst und ihr euch küsst."

Sie lacht auf. „Ich küsse ihn doch nur auf die Wange, du meine Güte! Was ist denn daran schlimm?"

Ha, jetzt hab ich sie! Mich wundert nur, dass Brian ganz seelenruhig weiter ihre Schultern massiert. Na, der muss ein Gottvertrauen haben!

„Du gibst also zu, dass du dich mit ihm triffst und ihr zusammen essen geht?"

Yvonne setzt sich auf. „Was soll das werden, ein Verhör?", spottet sie. „Na klar treffe ich mich mit ihm. Wenn du die *Allgemeine* lesen würdest, wüsstest du auch, warum."

„Yvonne interviewt Nicolas Herzog zu Rechtsfragen. Vorzugsweise geht's um Familiensachen wie Scheidung und Unterhalt und so was", informiert mich Brian.

„Ach." In meinem Kopf herrscht plötzlich gähnende Leere.

„Beim letzten Interview ging es um den Ehevertrag", erklärt Yvonne. „Wollen wir eigentlich auch einen machen, wenn wir mal heiraten?", wendet sie sich an Brian.

Er schmunzelt. „Das können wir uns ja überlegen, wenn's so weit ist."

„Nicki wird sich morgen mit Marie von Großhoff verloben, habe ich gehört", sagt sie und macht sich's wieder in seinem Schoß gemütlich. „Auf dem Kostümfest, das seine Eltern traditionell auf ihrem Landgut veranstalten."

„Das ist bestimmt nur wieder eine dieser dummen Klatschgeschichten", erwidert Brian. „Ich bin mir sicher, dass er mir davon erzählt hätte."

Ich glotze ihn an. „Woher kennst *du* denn diesen Nicolas?", frage ich überrascht.

Brian grinst. „Er trainiert in meinem Studio. Netter Typ."

„Apropos Fitness", hakt Yvonne ein. „Du würdest

doch bestimmt einen Trainingsplan für Jessica erstellen, nicht wahr, mein Schnuckel? Sie will nämlich zwölf Kilo abnehmen und Sport treiben."

Brian strahlt mich an. „Na logisch mach ich das für dich, Jessy. Wann willst du mit dem Training beginnen?"

Ich winde mich. Fitness-Studios sind mir ein Gräuel. Ich habe zwar noch nie eines von innen gesehen, aber allein die Vorstellung reicht mir schon. Pralle Muskeln und triefender Schweiß sind nicht mein Ding. Dann fällt mir ein, dass Nicolas ja auch bei Brian trainiert, und die Möglichkeit, dass ich ihn dort treffen könnte, lässt mein Herz höher schlagen.

„Am besten gleich morgen", schlägt Yvonne vor. „Gute Vorsätze sollte man nicht auf die lange Bank schieben."

„Das passt gut. Ich bin morgen den ganzen Tag im Studio. Komm einfach her, wann es dir passt", sagt er einladend.

Nein, Nicolas wird morgen bestimmt nicht ins Fitness-Studio gehen. Er ist doch zu dieser Kostümparty eingeladen!

„Was ist das eigentlich für ein Kostümfest?", frage ich Yvonne in unschuldigem Ton. „Kreuzt da nur die Highsociety auf, oder wie?"

„Und ob! Ausnahmslos geladene Gäste von Rang und Namen! Alles vom Feinsten, und das Ganze findet auf Herzogs Landgut statt." Yvonne ist voll in ihrem Element. „Was glaubst du, wie oft wir von der Presse schon versucht haben, da einen Fuß in die Tür zu kriegen?! Jedes Jahr aufs Neue. Ist total aussichtslos, die gestatten nicht mal ein klitzekleines Foto. Echt ärgerlich, da ließe sich ne schöne Story draus machen."

Zwischen Yvonne und Nicolas spielt sich nichts ab.

Sie sind nur miteinander bekannt. Somit ist er also höchstwahrscheinlich doch kein Weiberheld.

„Und wer ist die Glückliche, mit der sich euer Bekannter angeblich morgen verloben wird?", frage ich betont heiter.

Brian gibt ein verächtliches Schnauben von sich.

„Von Großhoff ist ein altes Adelsgeschlecht und Marie eine Tochter aus gutem Hause." Yvonne kichert. „Sie war auf einem Mädcheninternat in der Schweiz. Das hat aber nicht viel genützt. Marie schlägt nämlich gerne mal über die Stränge. Allerdings ist sie sehr clever. Nicolas hat nicht die geringste Ahnung, was sie so alles treibt."

„Da schau her. Die Klatschpresse ist besser informiert als der Zukünftige", meint Brian lakonisch.

Yvonne nickt eifrig. „Ich war wochenlang an ihr dran. Letztendlich durfte ich leider nichts davon veröffentlichen. Ihr Vater hat uns ne fette Klage angedroht, und mein Boss hat kalte Füße gekriegt."

„Was gäbe es denn Interessantes über diese Dame zu berichten?", will Brian wissen.

Yvonne grinst verschlagen. „Sie vertreibt sich die Zeit gerne in Spielhöllen, sie ist Stammkundin in einem Gangbang-Privatclub und sie säuft. Natürlich weiß keiner aus ihrer Familie davon, die gute Marie spielt immer schön das brave Unschuldslamm. Zum Beispiel trinkt sie nie in der Öffentlichkeit. Sie ist sehr clever, das habe ich ja schon erwähnt."

„Ist das nicht ein bisschen übertrieben? Es würde doch wohl niemand was sagen, wenn sie mal ein Glas Wein trinkt", wundert sich Brian.

Ich bin ganz seiner Meinung.

„Oh doch, das würden sie! Marie braucht nämlich nur einen kleinen Schluck Alkohol zu trinken, dann dreht sie völlig ab. Ihr Umfeld wäre total geschockt, das könnt ihr mir glauben."

„Hast du sie schon mal betrunken erlebt", fragt Brian lachend.

„Und ob", behauptet Yvonne.

Ich bin mir nicht sicher, ob sie über Nicolas' Freundin wirklich so gut Bescheid weiß, wie sie behauptet. Allerdings habe ich ja heute Morgen Maries Bekanntschaft gemacht und ich kann mir durchaus vorstellen, dass Yvonnes Geschichten zumindest teilweise der Realität entsprechen.

Und mit so einer Frau will sich Nicolas verloben? Falsch, korrigiere ich mich. Seine Eltern wollen, dass er sich mit Marie verlobt. Er selbst weiß noch gar nichts von seinem Glück. Die Verlobung soll eine Überraschung sein. Ob Marie davon weiß? Wie auch immer, sie wird sicherlich nichts dagegen einzuwenden haben. Oh je. Armer Nicolas!

Jemand muss ihm helfen und den Unglückszug stoppen!

„Wo ist denn dieses Landgut?", erkundige ich mich so ganz nebenbei.

Yvonne erklärt mir haargenau die Lage und Größe des Anwesens, dann nennt sie die Anzahl der Gebäude sowie den geschätzten Verkehrswert.

Aus den Boxen säuselt eine Stimme: „I always love you. I'll never give up."

Ein schöner Song. Ein Fingerzeig des Schicksals. Gegen das Schicksal kann man nichts machen. Also beschließe ich, am morgigen Kostümfest auf dem Landsitz der Familie Herzog teilzunehmen.

Das große Fest

Früh am nächsten Morgen tappe ich in Hausschuhen durch den Schnee zur Garage und kriege prompt nasse Füße. Wieso hat es eigentlich schon wieder geschneit? Will dieser Winter denn gar kein Ende nehmen? Ich lasse das automatische Tor per Knopfdruck hochfahren, schalte das Licht ein und mache mich über die Kartons her. Es ist kaum zu glauben: Yvonne lagert sage und schreibe vierzehn Umzugskartons voller ausgemusterter Kleidungsstücke in der Garage! Ich bin mir nicht sicher, ob ich mir ihretwegen Sorgen machen sollte. Vielleicht leidet sie unter Klamotten-Kaufsucht.

Neben den aussortierten Kleidern gibt es fünf weitere Kartons mit Bettwäsche, Vorhangstoffen, Tischdecken und Federbetten. Yvonne hat sich vorgenommen, die Sachen ans Diakonische Werk zu spenden, aber bislang ist es bei dem Vorhaben geblieben. Das ist mein Glück. Ich bediene mich reichlich aus den Vorräten, fürs Diakonische Werk bleibt trotzdem noch jede Menge übrig.

Während der nächsten Stunden nähe ich wie eine Besessene. Ich funktioniere Yvonnes Blusen, Hosen, Röcke, Shirts und Jacken mit Schere, Nadel und Faden um, sodass sie mir wie angegossen passen. Ich trenne Nähte auf, mache aus zwei Blusen eine, nähe einen knielangen engen Rock aus weinrotem Vorhangstoff und fertige eine ultraschicke Patchwork-Jacke aus Wildleder, Leinen und Teddyfell. Am frühen Nachmittag bin ich fertig und besitze nun eine kleine aber feine Auswahl an schicker, damenhafter Kleidung. Noch vor vier Wochen hätte ich mir nicht träumen lassen, dass ich sowas jemals anziehen würde. Nun, die Zeiten ändern sich. Ich bin jetzt ein neuer Mensch. Na ja, so gut wie.

Dank meines enormen Schaffensdrangs bin ich kaum zum Essen gekommen, was für meine Diät natürlich sehr förderlich ist. Mein Magen meldet sich zwar mit nachdrücklichem Knurren, aber ich speise ihn einfach mit drei oder vier Schokoriegeln ab, die ich ganz oben in Yvonnes Küchenschrank finde. Drei oder vier Schokoriegel sind so gut wie nichts.

Um meiner Typerneuerung quasi die Krone aufzusetzen, mache ich was? Ganz recht, ich gehe ins Fitness-Studio! Ich mach's gleich auf die harte Tour, und fahre statt mit dem Bus mit dem Fahrrad hin. Fitness von Anfang an sozusagen.

Zwei Beinahunfälle wegen Glatteis und die Schneematschdusche, die mir ein rücksichtsloser LKW-Fahrer beschert, machen die Fahrt zu einem unvergesslichen Outdoor-Erlebnis. Schweißgebadet, mit eingesauten Klamotten und am Rande eines Nervenzusammenbruchs treffe ich im Studio ein und werde von einer durchtrainierten Mitarbeiterin aufs Allerherzlichste begrüßt. Brian zückt sogleich den Anamnese-Block und steuert mit mir Crosstrainer und Co. an.

„Ich fürchte, ich habe den falschen BH angezogen", appelliere ich keuchend an sein Mitgefühl, aber er grast gnadenlos sämtliche Fitnessgeräte mit mir ab. Dann lässt er mich ein „leichtes" Zirkeltraining absolvieren und jagt mich zum Abschluss fünfzehn Minuten im Trab übers Laufband.

Ich bin reif für die Klinik.

Eine halbe Stunde und drei gesunde Eiweißshakes später raffe ich mich zur Heimfahrt auf. Schließlich habe ich heute Abend noch was vor.

Ich habe eine Mission zu erfüllen und dafür brauche ich ein Kostüm. Ich darf nicht auffallen, das ist kriegsentscheidend. Weder Nicolas noch seine Eltern noch seine Barbie dürfen mich erkennen. Um inkognito zu bleiben, ist eine Kostümparty natürlich ideal. Mit der richtigen Verkleidung erkennt einen nicht mal die eigene Mutter. Nach reiflicher Überlegung entscheide ich mich für Spongebob Schwammkopf. Die Vorteile liegen auf der Hand: Arme und Beine sind frei beweglich und der Rest des Körpers steckt unter einem riesigen gelben Schwamm. Mehr inkognito geht nicht.

Mit allerlei Tricks und Geschick und dank Yvonnes Stoffarsenal bastele ich in stundenlanger mühevoller Arbeit das Kostüm und bin schließlich sehr zufrieden mit dem Ergebnis. Einziger Nachteil: Im Schwammkopf ist es sehr warm. Das wird ein schweißtreibender Abend.

Schwarze Schuhe, braune Hose und weißes Hemd - fertig! Ich nehme den Autoschlüssel vom Haken, trage den sperrigen Schwammkopf nach draußen und schließe die Tür. Yvonne leiht mir netterweise ihren Wagen. Sie ist heute mit einer Freundin auf Shoppingtour und anschließend in der Wellnessoase. Ich habe ihr erzählt, dass ich eine alte Schulfreundin besuchen will, die mit ihrem Mann auf einem Bauernhof lebt. Das hatte ich schon so lange vor, und immer kam was dazwischen! Ja, ja.

Ich muss die Rückbank umklappen, um den Schwammkopf transportieren zu können. Ist er vielleicht doch ein bisschen zu groß geraten? Und wenn schon, jetzt ist es eh nicht mehr zu ändern.

Ich tippe die Adresse von Herzogs Landgut in Yvonnes Navi, rolle rückwärts aus der Einfahrt und mache mich energiegeladen und überschäumend vor Optimismus auf den Weg. Ich fühle mich wie eine Mischung aus Robin Hood und Lara Croft. Ich bin fest entschlossen, die Verlobungspläne zu durchkreuzen und Nicolas vor dem Verderben zu retten. Ganz kurz kommt mir der Gedanke, dass vielleicht irgendetwas schief gehen könnte. Aber nur ganz kurz.

***

Das hochherrschaftliche Anwesen der Familie Herzog erinnert mich an die Fernsehserie „Die Guldenburgs". Ein wuchtiges, dreistöckiges Gebäude mit Seitenflügeln und monumentalem Portal. Versteckte Scheinwerfer beleuchten die Gebäude und den Vorplatz, historische Laternen und Steinskulpturen säumen die Zufahrt.

Ein Mann mit rotgefrorener Nase steht mit ausgebreiteten Armen wie ein Verkehrspolizist da und weist den ankommenden Fahrzeugen den Weg zur Parkfläche. Ich folge einem dunklen Bentley auf eine große Wiese, die wie ein Fußballfeld ausgeleuchtet ist, stelle den Motor ab und steige aus. Dann öffne ich die Heckklappe und greife nach dem Schwammkopf.

Ein paar Meter weiter kämpft eine ältere Dame mit den Stofflagen ihres bodenlangen Kleides. Ihr Kleid hat sich in der Tür des Bentleys verfangen. Ein Mann in Chauffeur-Uniform eilt ihr zur Hilfe.

„Danke, James", krächzt sie. Ihr Atem umgibt sie wie feiner, hellgrauer Nebel.

„Lady Monrose, sind Sie wirklich sicher, dass es Ihnen gut geht?", fragt der Chauffeur gestelzt. „Bitte denken Sie daran, was der Arzt gesagt hat."

„Don't worry." Sie stützt sich auf seinen Arm. „Ich habe die gute Leona und den ehrenwerten Friedhelm seit Jahren nicht gesehen, you know? Es wäre eine Schande, wenn der weite Weg vergebens gewesen sein sollte." Ihre Stimme hat einen seltsam hohen Klang und einen englischen Akzent. Sie streckt ihre Hand aus. „Geben Sie mir bitte die Einladung, James."

Hihi, das ist ja lustig! Die haben sich schon voll mit ihren Rollen identifiziert. Vielleicht sollte ich auch schon mal üben, wie Spongebob zu sprechen.

Zögernd überreicht der Chauffeur der Dame einen Briefumschlag. „Sie waren lange krank, Lady Monrose. Ihre Verwandten hätten gewiss Verständnis, würden Sie sich noch eine Weile schonen."

„Hey, Sie machen das echt klasse!", rufe ich ihnen zu. „Total authentisch! Ich wünschte, ich würde das auch so gut hinkriegen! Ich meine, ich hab das Kostüm von Spongebob Schwammkopf, aber ehrlich gesagt, habe ich nur einzige Folge gesehen, und das ist schon ewig her. Ich steh nicht so auf Zeichentrick, wissen Sie? Und jetzt treff ich Sie beide hier und Sie *leben* Ihre Kostüme. Wie cool ist das denn, bitteschön? Ich komm mir gerade total unvorbereitet vor."

Die beiden gucken mich an wie ein Wesen aus einer anderen Welt. Dabei liegt der Schwammkopf noch im Auto.

Auf einmal sackt die Lady zusammen. Von jetzt auf gleich. Ihr Begleiter fängt sie so gekonnt auf, als hätte er das schon öfter gemacht. Sie liegt regungslos in seinen Armen. Gehört das jetzt auch zu ihrem Rollenspiel?

Der Brief fällt auf den gefrorenen Boden. Die beiden kümmern sich nicht darum, stattdessen trägt der Chauffeur die Lady zum Wagen zurück und setzt sie hinein. Das erscheint mir jetzt sehr real. „Sie haben sich zu viel zugemutet, Lady Monrose. Wir hätten nicht herkommen sollen, es war zu früh. Sie brauchen Ruhe und Erholung", sagt er.

Ich sause zu ihnen rüber. „Kann ich Ihnen helfen?",

erkundige ich mich besorgt. „Soll ich einen Arzt rufen?"

Die Augenlider der Dame vibrieren. Sie gibt ein leises Seufzen von sich.

„Es wäre sehr freundlich von Ihnen, wenn Sie Lady Monrose bei den Gastgebern entschuldigen würden", entgegnet der Chauffeur. „Wir fahren zurück zum Hotel. Lady Monrose muss sich ausruhen." Er schlägt die Wagentür zu, umrundet die Motorhaube und gleitet hinters Steuer. Zwei Sekunden später verlässt der Bentley den Parkplatz.

Hoppla, da liegt ja noch der Brief auf der Erde! Ich hebe ihn schnell auf und rufe und winke dem Wagen hinterher, aber er fährt schnurrend davon. Nun gut, ich soll die Dame ja sowieso bei den Herzogs entschuldigen, da kann ich den Brief genausogut ... He, halt stopp! Mit diesem Brief wird mir ganz offiziell Einlass ins Herzogsche Königreich gewährt! Dies ist meine Eintrittskarte! Da hätte ich mir ja gar keine Gedanken machen müssen, wie ich mich unauffällig unter die geladenen Gäste mogle. Glück muss der Mensch haben!

Ich klettere in den Spongebob-Kopf und komme mir vor wie ein Kampfpanzer. Meine Arme und Beine wirken vermutlich wie Streichhölzer. Die kleinen Löcher im Schwamm ermöglichen mir den Kontakt zur Außenwelt.

Ich wünsche dem Parkplatz-Einweiser einen guten Abend, stolpere die Allee entlang und krame im Geiste zusammen, was mir zu Spongebob einfällt. Hohe, heisere, nervtötende Stimme. Lebt unter Wasser in einer Ananas. Arbeitet in einem Schnell-Imbiss namens Krosse Krabbe. Das sind genug Details für meinen kurzen Auftritt beim Kostümfest. Ich werde Nicolas beiseitenehmen und ihm stecken, dass seine Eltern ihn heute verloben wollen. Dann ist er gewarnt, bläst die

Sache ab und ich fahre nach Hause.

Zwei Männer in Wams und Spitzenmanschetten stehen wie Wachtposten rechts und links des Portals. Sie gucken mich regungslos an. Musik und Stimmengewirr dringen aus dem Hausinnern. Ein Herr mit weißer Perücke und Uniformrock und eine Dame in weinrotem Brokatkleid treten nach draußen. Sie wirken wie ein glückliches Paar aus dem siebzehnten Jahrhundert. Sie scherzen und lachen und dann küssen sie sich. Ich bin ein bisschen neidisch. Ich würde auch gerne so ein schönes Kleid tragen.

Kaum habe ich die Stufen überwunden, tritt mir einer der beiden Wächter in den Weg.

„Ihre Einladung bitte!" Er nimmt mir den Brief weg und faltet ihn auseinander.

„Mrs. Violetta Monrose", sagt er zu seinem Kollegen. Der blättert eine Liste durch, nickt und macht einen schwungvollen Haken in der betreffenden Spalte.

Der Erste hüstelt. „Ähem, Ihnen ist das diesjährige Motto bekannt?"

Motto? Was denn für ein Motto? „Oh ja, selbstverständlich", entgegne ich, Spongebobs hohe Stimme imitierend.

„Verzeihen Sie bitte, ich wollte nur sichergehen. Haben Sie viel Vergnügen, Mrs. Monrose." Er deutet eine Verbeugung an und übergibt mich einem Kollegen in roter Uniform. Dieser führt mich durch ein hell erleuchtetes Foyer in den angrenzenden Ballsall, wo mich ein weiterer Uniformierter in Empfang nimmt. Er bedeutet mir, an der Tür zu warten. Ich schaue mich um. Oha!

Jetzt weiß ich, was das Motto dieses Kostümfests ist. Ich befinde mich im Zeitalter des Barocks. Okay, ich nicht, aber alle anderen. Die Frauen sehen sehr hübsch aus in ihren imposanten, weit ausgestellten Kleidern und den eng geschnürten Korsetts. Sie haben Schirmchen oder Fächer dabei. Die Herren tragen knielange, mit Spitzenmanschetten verzierte Hosen, Wams und breitkrempige Hüte. Ein Orchester spielt klassische Weisen. Der Türsteher gibt dem Kapellmeister ein Zeichen, die Musik verstummt.

Es ist genau wie in diesen alten Filmen. Alle schauen zur Tür.

„Mrs. Violetta Monrose", ruft der Türsteher mit durchdringender Stimme. Ein Raunen geht durch die Gästeschar. Einige Damen stecken tuschelnd die Köpfe zusammen, ich höre Gelächter und einen entsetzten Aufschrei.

Die Musik setzt mit einem Violinensolo ein. Ein Spinett schließt sich an.

Eine Dame kommt auf mich zu, ich erkenne sie erst auf den zweiten Blick: Es ist Leona Herzog, Nicolas' Mutter. Sie trägt ein Kleid aus grünem Baumwollsamt und schwarzem Brokat sowie eine Diademhaube mit Spitzen und eingestickten Perlen.

Gleichzeitig löst sich ein Mann aus der Gästeschar und nähert sich im Laufschritt. Er ist in ein dunkles Gewand gehüllt, das mit goldgelber Seidenspitze verziert ist. Eine buschige Feder schmückt seinen Hut. Er schaut mich an. Seine Augen sind blau, unglaublich blau. Er zieht eine Augenbraue hoch, ein leises Lächeln kräuselt seine Mundwinkel. Meine Knie geben nach.

Was für ein Glück, dass ich ihn jetzt schon erwische! Somit wird mein Auftrag in spätestens fünf Minuten erledigt sein.

„Großtante Violetta!", sagt er mit seiner warmen Stimme. „Wir haben uns so lange nicht gesehen. Wie schön, dass du wieder wohlauf bist!"

„Ja, mein Junge, ich freue mich auch sehr!", krähe

ich in Spongebob-Manier. Ich nutze sogleich die Chance für meine Intervention, indem ich ihn am Kragen fasse und zu mir heranziehe. „Ich muss dringend mit dir reden!"

Just in diesem Moment langt Leona bei uns an. Sie schaut entsetzt drein, ihre Stimme überschlägt sich. „Violetta, was soll denn das? Alle Gäste tragen barocke Kostüme, nur du tanzt mal wieder aus der Reihe!"

Nicolas macht einen Schritt auf sie zu. „Mutter!", mahnt er. „Das Kostüm ist doch ganz egal. Großtante Violetta ist wieder gesund, das ist die Hauptsache, findest du nicht auch?"

Sie beißt sich auf die Unterlippe und nickt widerstrebend. „Du hast recht, Nicolas." Sie wendet sich mir zu und ergreift meine Hand. „Das war unhöflich von mir, Violetta. Sieh's mir bitte nach, ich bin ein wenig nervös. Heute ist ein ganz besonderer Tag." Sie streift ihren Sohn mit einem geheimnisvollen Lächeln.

„Genau deswegen bin ich hier", quäke ich und streife Nicolas ebenfalls mit einem Blick, und zwar mit einem bedeutungsschweren, aber das nimmt er gar nicht wahr. Zum einen wegen meiner kleinen Gucklöcher und zum anderen, weil Marie sich in diesem Augenblick bei ihm einhängt. Sie trägt ein bis zum Bauchnabel ausgeschnittenes Kleid, das ihre Brüste perfekt in Szene setzt.

Ich schüttle missbilligend den Schwammkopf. „Das soll Barock sein?"

„Großtante Violetta, darf ich dir Marie von Großhoff vorstellen?", sagt Nicolas förmlich. „Marie, das ist Violetta Monrose, meine Großtante aus Sussex. Sie hat die letzten Monate in einem Sanatorium in Tübingen verbracht."

„Marie ist Nicolas' Zukünftige", ergänzt seine Mutter stolz.

Marie reicht mir ihre schmale Hand mit den langen Fingernägeln. „Was für eine originelle Kostümierung!", zirpt sie.

„Die liebe Violetta war schon immer für eine Überraschung gut, nicht wahr?" Leona gackert affektiert. „Sie schwimmt gerne mal gegen den Strom."

„Die Krankheit hat mich gezeichnet. Da kam mir dieses Kostüm gerade recht."

Betretenes Schweigen seitens der Damen.

„Ich freue mich riesig, dass du dabei bist, Großtante Violetta", versichert Nicolas. „Du glaubst gar nicht, wie gerne ich mich an die Sommerferien auf deinem Gut in Sussex erinnere."

Sussex? Das ist in England, oder? Ah, daher der Akzent der alten Dame! Ich muss mich bemühen, ebenfalls englisch zu klingen, sonst wird Nicolas womöglich misstrauisch.

„Darf ich dich mal kurz sprechen, my dear?", entgegne ich, warte seine Antwort gar nicht ab und zerre ihn beiseite. Hinter uns ertönt ein Quieken gefolgt von einem Aufschrei.

„Ich habe gehört, dass today deine Verlobung with Mary stattfinden soll!"

Er schaut mich amüsiert an. „Nein, Großtante Violetta, du irrst dich. Davon wüsste ich."

„Das ist es ja gerade, you know es eben nicht! Sie wollen dich über ..."

Marie stürzt herbei, sie trägt ihren Hund auf dem Arm. „Pupsibär ist verletzt. Er humpelt", jammert sie. „Dein dummer Onkel Harald ist ihm auf die Pfote getreten!" Sie zeigt auf einen untersetzten Mann im Narrenkostüm, der schuldbewusst die Augen niederschlägt.

Die Musik verstummt.

„Angelina und Antonio Brunetti!", vermeldet der Türsteher.

„Ah, da seid ihr ja!", ruft Nicolas. „Entschuldige, Großtante Violetta, wir unterhalten uns nachher weiter!", ruft er mir über die Schulter hinweg zu.

Antonio hat sich als Admiral verkleidet, mit schneeweißer Perücke unterm Dreispitz, Rüschenkragen, langem Jackett und hohen Stiefeln. Mit stolzem Lächeln geleitet er seine Frau in den Saal. Bei Angelinas Anblick verschlägt es mir glatt den Atem. Ich habe noch nie eine so schöne Frau gesehen. Sie trägt ein weißes Satinkleid mit langer Schleppe, es ist mit feinen Goldfäden durchwirkt. Ihr brünettes Haar ergießt sich wie eine seidige Flut über ihre Schultern, ein Reif aus glitzernden Edelsteinen betont die schlichte Eleganz.

Maries Hund ist offenbar wieder wohlauf. Sie setzt ihn auf den Fußboden und hat nun die Arme frei, um ihre Freundin Angelina und deren Mann zu begrüßen. Nicolas heißt die Neuankömmlinge ebenfalls mit freundschaftlichen Umarmungen willkommen. Sie lachen und scherzen. Eine fröhliche Runde.

Ich stehe da wie das hässliche Entlein inmitten schöner Schwäne. Ich bin so isoliert, wie man nur sein kann. Ich bin ganz allein mit meinem Schweiß, der mir in Bächen den Rücken hinunter läuft. Die echte Violetta Monrose würde sich jetzt vermutlich zu ihren Verwandten und Bekannten gesellen, aber ich bin schließlich nicht zum Spaß hier. Ich muss ganz dringend einen Schlachtplan entwerfen, und dafür brauche ich einen Geistesblitz.

Nicolas wird von seinen Freunden umringt, an den komme ich nicht ran. Seine Mutter läuft am kilometerlangen Büfett hin und her. Sie redet auf die Bediensteten ein, die offenbar letzte Hand an die Vorbereitungen legen. Ein unglaublich dicker Mann in der Hermelinrobe eines Königs schleicht am Büffet entlang, stibitzt ein Stück Braten und schiebt es in einem Rutsch in seinen Mund.

Friedhelm Herzog ragt neben dem Dirigenten auf, er gibt ihm Anweisungen, und zwar mit solch ausholenden Bewegungen, als sei er selbst ein Dirigent. Seine Instruktionen scheinen die Bühne zu betreffen. Der Dirigent und das Orchester müssen ein Stück zurückweichen, lese ich aus seinen Gesten. Großer Gott, soll die Verlobung etwa jetzt schon stattfinden? Quasi als Auftakt des Abends? Mein Verdacht wird zur Gewissheit, denn nun betritt auch Leona das Podest. Ihre Augen suchen den Saal ab und sie lächelt zufrieden, als sie ihren Sohn und ihre zukünftige Schwiegertochter erblickt.

Der dicke König nutzt die Gelegenheit und langt nochmal beim Braten zu. Eine als Königin ausstaffierte, ausgemergelte Blonde tritt an seine Seite. Sie sieht aus wie eine zwanzig Jahre ältere Ausgabe von Marie, was den Schluss nahelegt, dass es sich bei dem Königspaar um Maries Eltern handelt. Zumal die Königin ihren Gatten nun vom Büffet weg zur Bühne lotst.

Einer der Kellner trägt einen Stehtisch heran, wuchtet ihn unter Leonas strengem Blick auf das Podest und legt eine lange, schimmernde Tischdecke auf. Nun zieht Friedhelm ein kleines viereckiges Ding aus seiner Jacketttasche und legt es mit großem Gehabe in die Mitte des Tisches. Das wird das Schmuckkästchen mit den Ringen sein! Verdammte Axt!

Das Königspaar steigt ebenfalls auf die Bühne, wobei der Dicke zur Überwindung der Stufe die Hilfe des Kellners in Anspruch nimmt. Friedhelm greift zum Mikrofon. Mein Puls verdreifacht sich, ich höre meinen Herzschlag in den Ohren donnern. Ich muss etwas unternehmen, und zwar jetzt sofort.

„Feuer!", brülle ich, und renne wie ein aufgescheuchtes Huhn quer durch den Saal. „Feuer! Es brennt! Rette sich, wer kann!" Bei meinem Lauf remple ich aus Versehen ein paar Leute an, unter anderem einen Ober, der ein Tablett mit Sektkelchen vor sich herträgt. Das Tablett fällt runter, die Gläser zerschellen.

Das Chaos bricht aus. Ich höre eine Frau verzweifelt um Hilfe schreien und bemerke, dass es Angelina ist. Antonio ist mit einem Satz bei ihr, hebt sie hoch und bahnt sich rücksichtslos den Weg nach draußen. Alle Gäste stürmen zur Tür, aber Antonio verlässt mit seiner kostbaren Fracht als Erster den Saal. Die Musiker springen von ihren Stühlen und hechten von der Bühne. Die Bediensteten am Büffet lassen alles stehen und liegen, und bringen sich in Sicherheit. Ein Stapel Teller kippt um, panische Rufe sind zu hören, ohrenbetäubender Alarm ertönt, die Sprinkleranlage geht los.

Ich drücke mich an die Wand, um nicht niedergetrampelt zu werden, und warte ab, bis der Strom an mir vorübergezogen ist. Dann sprinte ich zur Bühne, das Schmuckkästchen, das gleich in meiner Hosentasche verschwinden wird, fest im Visier. Keine Ringe, keine Verlobung! Ha, so einfach ist das!

„Großtante!" Nicolas taucht wie aus dem Nichts auf, packt mich energisch am Arm und bringt mich schleunigst durch den Sprühregen nach draußen. Mist! Schon rennt er wieder zurück, um sich zu überzeugen, dass sich niemand mehr im Saal befindet.

Draußen auf dem Vorplatz stehen die Gäste frierend in Grüppchen beisammen. Sie plappern aufgeregt durcheinander, niemand weiß, warum und wo das Feuer ausgebrochen ist. Ein Herr im Seidenfrack bedauert, dass ihm die Perücke bei der Flucht verloren gegangen ist. Marie drückt ihr Hündchen an sich und wiegt es hin und her wie ein Baby. Antonio und Angelina sind nirgends zu sehen.

Dann kommt die erlösende Nachricht: Fehlalarm! Allgemeines Aufatmen, die Gäste strömen ins Foyer.

Während die Angestelltencrew den Ballsaal trockenwischt und die Scherben beseitigt, schenken Leona und die Königin im Foyer Sekt aus. Friedhelm geht mit Tabletts voller Häppchen durch die Reihen. Der König soll ihn offenbar unterstützen, aber daraus wird nichts, denn er ist selbst sein bester Kunde und futtert das Tablett ganz alleine leer. Junge, Junge, der hat wohl lange nichts mehr zwischen die Kiemen gekriegt.

Ich beobachte, wie Marie den angebotenen Sekt ablehnt. Sie klimpert Nicolas unschuldig mit ihren Kuhaugen an. Na warte, dich krieg ich! Ein Tropfen Alkohol, und sie benimmt sich total daneben, hat Yvonne gesagt. Hihi, was wohl passieren wird, wenn sie ein ganzes Glas austrinkt? Nicolas, du erlebst gleich dein blaues Wunder. Noch bevor der Ballsaal wieder geöffnet ist, wirst du Marie zum Mond schießen.

Ich dränge mich neben sie und schleime mich bei ihr ein, indem ich ihre umwerfende Schönheit und Eleganz lobpreise und ihr versichere, dass sie die bezauberndste junge Dame auf Gottes weiter Flur ist. Und der kleine Pupsibär ist überhaupt das „wonderfulste" Hündchen, das ich jemals gesehen habe. Ich oute mich als Nicolas' unangefochtene Lieblingsgroßtante, und Marie, die inzwischen voll auf mich abfährt, beteuert, dass ich von nun an auch ihre Lieblingsgroßtante bin. Na, wenn das kein Grund zum Anstoßen ist! Schwungvoll drücke ich ihr ein Glas Sekt in die Hand und ihr bleibt nichts anderes übrig, als zuzugreifen. Wenn sie sich gewehrt hätte, hätte sich der Sekt in ihren Ausschnitt oder auf den Hund ergossen.

„Nein danke, ich trinke nicht", beteuert sie und sucht nach einer Möglichkeit, das Glas wieder loszuwerden.

Nicolas muss sich um die Musiker kümmern. Die Instrumente wurden vom Wasser beschädigt und sind nun nicht mehr bespielbar. Friedhelm rechnet mit einer Klage, zumindest behauptet er das. Er macht ein Gesicht wie jemand, der in den Krieg ziehen will, und erläutert jedem Gast, der sich an seinem Häppchentablett bedient, seine Verteidigungsstrategie.

„Darling, nur einen einzigen Schluck mit deiner Lieblingsgroßtante!", beharre ich und stoße mit meinem Glas gegen Maries. Aber sie bleibt standhaft.

Antonio und Angelina erscheinen im Foyer. Antonio blickt sich kurz um und führt seine Gattin, die blass und verstört dreinblickt, zu uns herüber.

Marie hat nun nur noch Augen für ihre Freundin. „Wo wart ihr denn? Ich habe mir Sorgen gemacht, du hast so laut geschrien, als der Alarm losging!"

Antonio legt seiner Frau die Hand auf den Arm und erklärt in gedämpftem Ton: „Angelina hat panische Angst vor Feuer. Sie hat als Kind miterleben müssen, wie ihr Elternhaus abbrannte."

„Oh, das wusste ich nicht", murmelt Marie.

Angelinas Blick hängt an den Lippen ihres Mannes. Sie scheint unsere Anwesenheit ausgeblendet zu haben. „Du hast mich einfach mitten durch die Leute getragen. Wir waren als Erste draußen", sagt sie.

Er streichelt zärtlich ihren Arm. „Selbstverständlich, mein Engel. Ich würde mein Leben für dich hergeben."

„Das hast du schon oft gesagt, aber heute ist mir erst klargeworden, dass du das wirklich tätest."

Er lächelt sie liebevoll an. „Dann hat der Fehlalarm

ja einen guten Zweck erfüllt."

In ihren Wimpern hängt eine Träne. Sie schluckt und sagt mit heiserer Stimme: „Toni?"

„Ja, mein Engel."

Sie gräbt die Schneidezähne in ihre Unterlippe. „Ich war nicht ehrlich zu dir. Ich habe einen großen Fehler gemacht."

Marie reißt die Augen auf. „Bist du etwa fremdgegangen?", kreischt sie. Feinfühligkeit und Taktgefühl zählen offenkundig nicht zu ihren Stärken.

„Nun, jeder macht Fehler", sagt Antonio ungerührt zu seiner Frau. „Das ist menschlich."

„Aber Antonio! Was ich getan habe, ist wirklich gemein. Ich habe dich belogen und ich habe ... also ich bin ...", stammelt Angelina aufgebracht.

Er legt seinen Zeigefinger auf ihren Mund, als wolle er ihre Lippen verschließen. „Pscht, mein Engel. Wenn du möchtest, sprechen wir später darüber."

Sie schauen sich wortlos in die Augen und dann küssen sie sich. Lange und hingebungsvoll. Hach, ist das rührend! Unwillkürlich kriege ich eine Gänsehaut, und das, obwohl es so höllisch warm in dem Schwamm ist und ich Angelina eigentlich hassen müsste, weil sie der Grund für meine Trennung von Axel ist.

„Ich muss telefonieren", sagt Angelina, als der Kuss schließlich endet. Sie macht sich sanft von ihrem Ehemann los und verspricht, gleich wieder zurück zu sein. Dann eilt sie nach draußen vor die Tür. Ich habe eine leise Ahnung, wen sie jetzt anruft.

„Lasst uns anstoßen!", sagt Antonio, schnappt sich ein Sektglas und tippt gegen unsere Gläser. „Auf das Leben und die Liebe!"

„Auf das Leben und die Liebe!", wiederhole ich lauthals und schiele zu Marie rüber. Antonio stößt mit ihr an, Nicolas tippt mit seinem Glas gegen meines. Die Gläser klirren noch ein paarmal wechselweise, und dann - hebt Marie ihres tatsächlich an die Lippen und trinkt einen Schluck. Einen ganzen Schluck und nicht bloß einen Tropfen! Juppheidi, juppheida, gleich wird's lustig! Ich muss mich arg am Riemen reißen, um nicht in lautes Freudengeheul auszubrechen.

Sie setzt ihr Hündchen auf den Fußboden, dann berichtet sie mir von ihrem heutigen Friseurbesuch, der geschlagene vier Stunden dauerte, weil die Friseurin die falschen Lockenwickler verwendete. Ich nehme einen weiteren Schluck Sekt und gieße mir versehentlich die Hälfte davon in den Kragen, weil Trinken mit einem Schwammkopf echt schwierig ist. Marie hat ihr Glas geleert. Ungeduldig warte ich auf die Dinge, die nun außer Kontrolle geraten werden.

Angelina kehrt zurück und schmiegt sich an ihren Ehemann. Nun bin ich abgemeldet, denn Marie beginnt ihre Lockenwickler-Story noch einmal von vorn, und zwar exklusiv für ihre Freundin Angelina. Diese lauscht ihr mit höflichem Interesse, lässt Maries Gejammer über die mangelnde Kompetenz hochbezahlter Friseurinnen jedoch unkommentiert. Marie tauscht ihr leeres Glas gegen ein volles und stößt mit ihrer Freundin an.

Die Türen zum Ballsaal öffnen sich weit, das Kostümfest kann nun wie geplant seinen Lauf nehmen. Okay, nicht ganz wie geplant. Das Orchester ist abgezogen und Nicolas hat kurzerhand den Gärtner engagiert, der sich angeblich bestens mit Musik auskennen soll.

Die Gäste lassen sich nicht lange bitten und strömen in den Saal. Ich schließe mich an und behalte Marie im Auge. Leider Gottes benimmt sie sich kein bisschen daneben. Es passiert rein gar nichts, außer, dass ihre Wangen einen leichten rosa Schimmer bekommen. Verflixt nochmal, sie hat schon zwei Gläser Sekt intus! Von wegen, nach einem Tropfen benimmt sie sich wie die Axt im Walde! Da sind Klatschreporterin Yvonne wohl mal wieder die Pferde durchgegangen.

Ich werde nicht aufgeben. In der Hoffnung auf einen Geistesblitz streife ich am Büffet entlang. Der Anblick leckerer Speisen kann einen sehr inspirierenden Einfluss auf die Kreativitätsabteilung des Gehirns haben.

Der König lungert an der Startlinie bei der Besteckausgabe herum. Er reibt sich mit der einen Hand den Bauch und mit der anderen wischt er sich den Schweiß von der Stirn. In diesem Moment wird das Büffet eröffnet, und nun spurtet er los und lädt sich als Erster den Teller voll. Er zieht eine lange Reihe Gäste hinter sich her, einschließlich des kleinen Hündchens. Letzteres hält sich natürlich nicht an die Reihenfolge, sondern baut sich direkt vorm Büffet auf und schielt sehnsüchtig hoch zu den unerreichbaren Köstlichkeiten. Und schon ist er da, mein ersehnter Geistesblitz.

Ich schnappe mir einen Teller und belade ihn reichlich mit Rindfleisch. Roastbeaf, Tafelspitz, Filet, Medaillons und jede Menge Carpaccio. Unbemerkt von den anderen Gästen ködere ich Pupsibär mit einem Filetstück. Er schlingt es gierig runter und ist ab jetzt mein bester Freund. Wir verkrümeln uns ins menschenleere Foyer und es ist nur eine Sache von höchstens zwei Minuten, da ist der Teller blitzblank.

Auf einmal erscheint ein seltsamer Glanz in Pupsibärs Knopfaugen. Er lässt einen langen Furz und schießt wie ein Kugelblitz in den Saal. Ich folge ihm unauffällig.

Er dreht völlig ab. Hei, das ist ein Fest! Der kleine Hund pest übers Parkett und rammelt alles, was ihm in die Quere kommt. Er taucht unter den Kleidern der Damen ab, tobt sich an den bestrumpften Waden der Herren aus und begattet sogar leblose Objekte wie Stuhl- und Tischbeine. Marie bemüht sich verzweifelt, ihren Hund einzufangen, aber sobald sie sich ihm nähert, ist er weg. Auch die anderen Gäste, die ihr zur Hilfe eilen, haben keine Chance.

Ein bisschen besorgt beobachte ich, wie Pupsibärs Zunge immer länger wird. Ich hoffe, er hält noch eine Weile durch, denn solange er den Saal aufmischt, denkt hier niemand an eine Verlobung. Kaum habe ich den Gedanken zu Ende gedacht, hockt sich der Hund mitten aufs Parkett und macht einen Haufen. Nun kann er nicht weg, nun schnappt die Falle zu. Oh nein, wie ärgerlich! Marie presst das hechelnde Hündchen an ihren Busen und verspricht, ihn den Rest des Abends im Zaum zu halten. Einer der Kellner macht schnell den Haufen weg und der Spuk ist vorbei.

Die Gästeschar entspannt sich bei Dessert und Verdauungsschnaps, während ich verzweifelt auf eine neue Eingebung hoffe. Und dann passiert das Unglück: Leona, Friedhelm und das Königspaar gruppieren sich um den Stehtisch auf der Bühne, Friedhelm nimmt das Mikrofon zur Hand. Zeitgleich schieben zwei Angestellte in Bäckerkluft einen Rollwagen heran, auf dem eine fünfstöckige Torte thront. Das Meisterstück ist mit zahllosen Marzipanrosen verziert. Die Gäste lassen bewundernde „Ah!"- und „Oh!"-Rufe hören. Der Gärtner reißt seine Musikanlage auf. „So ein Tag, so wunderschön wie heute" dröhnt es aus den Boxen.

Hilflos muss ich zuschauen, wie der Rollwagen vor der Bühne geparkt wird, und Nicolas und Marie samt Pupsibär auf Leonas Anweisung hin vor der Verlobungstorte Aufstellung nehmen. Nicolas schaut ein wenig verwundert drein. Meine Güte, hat der Mann eine lange Leitung! Er muss doch ahnen, was ihm gleich blüht! Aber nein, er wendet sich seelenruhig den Bäckern zu und spricht ihnen ein Lob für die Torte aus. Jedenfalls vermute ich das, denn die Bäcker lächeln geschmeichelt.

Tu was, Jessica, tu endlich was!

Die Musik verstummt, die Gäste applaudieren und dann wird es mucksmäuschenstill im Saal. Alle warten gespannt auf die angekündigte Überraschung. Alle, bis auf Nicolas. Er stellt, wie so oft, eine unbeteiligte Miene zur Schau. Marie greift mit ihrer freien Hand nach seiner und strahlt in die Runde.

„Liebe Verwandte, liebe Freunde und Geschäftspartner, liebe Gäste!", hebt Friedhelm an. „Meine liebe Frau Leona und ich veranstalten jedes Jahr zur Faschingszeit dieses großartige Kostümfest hier auf unserem Landsitz." Er legt eine Kunstpause ein, die Gäste klatschen artig. Friedhelm mimt den Überraschten, als hätte er nicht mit Applaus gerechnet. Dann fährt er fort: „Heute nehmen wir das Fest zum Anlass, euch eine frohe Kunde mitzuteilen. Diese Kunde ist zugleich ein großzügiges Geschenk an unseren Sohn und seine bezaubernde ..."

Wut steigt wie ein kochendheißer Schwall in mir auf. Was für eine Anmaßung, dem eigenen Sohn die Verlobung aufzuzwingen und sie auch noch als großzügiges Geschenk zu deklarieren!

Entschlossen stapfe ich los, drängle mich nach vorn und klettere auf die Bühne. Das ist mit dem Ungetüm gar nicht so einfach. Für einen Moment verliere ich das Gleichgewicht, fasse haltesuchend nach dem starken Arm des Königs, fange mich wieder und stolpere rüber zu Friedhelm. Dessen Rede gerät ins Stocken, ich nutze das Überraschungsmoment und Schwupps ist er sein Mikro los. Leona zupft an meinem Arm und bemüht sich, die kleine Programmänderung mit einem jovialen Lächeln zu überspielen.

Ich umklammere das Mikro und halte es vor die Mundöffnung. Heiliger Strohsack, was sag ich bloß? Öffentliche Reden sind überhaupt nicht mein Ding! Ich mochte schon in der Schule nicht nach vorne gehen, und ich bin jedes Mal fast gestorben, wenn ich etwas vor der Klasse vortragen musste.

Beim Anblick der kleinen Samtschachtel neben mir auf dem Stehtisch schießt ein Adrenalinstrom durch meine Adern. Ich mache einen unauffälligen Schritt seitwärts. Gleich hab ich euch, ihr blöden Verlobungsringe!

Ich schaue wieder nach vorn ins Publikum. Alle Gäste gucken mich erwartungsvoll an. Jemand pfeift auf den Fingern, ein anderer ruft ungeduldig: „Na los, nun mach schon!"

Ein Gluckser steigt in meinem Hals auf und schon folgt der nächste. Oh nein, jetzt bitte kein nervöser Lachanfall! Das wäre das Aus für mich und meine Mission!

Ich räuspere mich, Glucks, und sage irgendwas. Irgendwas zu sagen ist besser, als endlos zu gackern. „Verehrtes Publikum, liebe Gäste!" Ich mache eine weitausholende Armbewegung, wie das bei Ansprachen so üblich ist, und haue Friedhelm dabei unbeabsichtigt die Hand vor den Latz. Ich höre jemanden unterdrückt lachen, aber das ist nicht Friedhelm.

„Wir sind hier heute zusammengekommen, um, ja, um ..." In diesem Moment begegne ich Nicolas' Blick. Oh Gott, habe ich etwa vergessen, meine Stimme zu verstellen? Er schaut mich an und ich schaue ihn an.

Die Welt um mich herum versinkt im Nebel. Ich sehe nur noch ihn.

Worte purzeln aus meinem Mund, ohne dass ich ihnen den Befehl dazu gegeben hätte. „Liebe ist mehr als die körperliche Anziehungskraft zwischen zwei Menschen", höre ich mich sagen. „Sie ist die tiefe Verbindung zweier Seelen. Liebe lässt sich nicht planen und sie lässt sich auch nicht anordnen."

Wow! Habe *ich* wirklich gerade diese schönen Sätze gesagt?

Ich wache auf wie aus einem Traum und höre jemanden applaudieren. Es ist Antonio Brunetti. Mir fällt ein, dass ich vergessen habe, englische Wörter einzuflechten.

Ich atme tief durch und wende mich an Leona und Friedhelm. „Deshalb sollten sich Eltern niemals anmaßen, ihrem Sohn aufzudiktieren, wen er lieben soll. All right? Und sie sollten niemals hinter seinem Rücken seine Verlobung planen! That's it!"

Friedhelm stürzt auf mich los und geht mir an den Kragen. „Du blöde Kuh, du hast die Überraschung verraten!" Er will unbedingt das Mikro wiederhaben, Leona eilt ihm zur Hilfe, und sie zerren zu zweit an mir herum. Zu allem Überfluss schaltet sich nun auch noch das Königspaar ein und es gibt ein unfaires Gerangel von vier Leuten gegen einen Schwammkopf. Das Publikum gerät in Aufruhr. Buh-Rufe sind zu hören.

„Was macht ihr denn da? Lasst Großtante Violetta in Ruhe!", tobt Nicolas.

Niemand hört auf ihn. Der schwergewichtige König nimmt mich in die Zange, wirbelt mich herum wie ein Diskuswerfer, und für einen Moment bin ich überzeugt, dass mein letztes Stündchen geschlagen hat. Im Flug haue ich mit den Schienbeinen gegen den Stehtisch, er kippt um, das Schmuckkästchen saust davon.

Das Mikro ist futsch, ich trudele benommen um meine eigene Achse und weiß gar nicht mehr, wo oben und unten ist. Alles dreht sich, ich japse nach Luft - und trete ins Leere. Hilfe! Da ist nichts, kein Fußboden! Ich falle.

In der Mikrosekunde, die ich durch die Luft segele, sehe ich Nicolas, die Arme ausgebreitet, auf mich zuspringen. Marie jedoch macht vor Schreck einen Satz rückwärts, ohne an die Torte zu denken, die hinter ihr aufragt. Platsch.

Nicolas' Arme können die Wucht nicht abfangen, mit der ich auf ihn zufliege, wir gehen beide zu Boden. Uffz! Ich liege wie ein Käfer auf dem Rücken und spüre ein kleines, viereckiges Kästchen unter meiner rechten Handfläche. Instinktiv schließe ich die Faust.

„Großtante, was machst du denn bloß für Sachen! Wie geht es dir, bist du verletzt?" Neben mir rappelt sich Nicolas keuchend auf. Seine unglaublich blauen Augen erscheinen direkt vor meinen und haken sich in ihnen fest. Plötzlich stutzt er, sein Blick wirkt forschend. Oh je, jetzt fehlt nur noch, dass er was ahnt!

Um mich herum herrscht Aufruhr. Marie schreit, ihr Kleid ist hinüber. Die Gäste schimpfen empört über die Gastgeber und das Königspaar, weil die eine alte, kranke Dame von der Bühne geschubst haben. Die Torte ist Matsch und der Aushilfs-DJ, der das Klassik-Orchester ersetzen soll, legt Stefan Mross auf.

In diesem Moment überrollt mich die Erkenntnis. Ich habe alles falsch gemacht. Ich hätte mich niemals in Nicolas' Angelegenheiten einmischen dürfen! Nicolas ist ein erwachsener Mann, er steht mitten im Leben, und wenn er vor seinen Eltern den Schwanz einzieht, dann ist das seine Sache. Wäre ich bloß nicht hergekommen!

Was habe ich bloß angerichtet?

Marie plärrt wie ein Kind. „Nicolas, du musst mir helfen! Schau doch nur, wie ich aussehe! Und zu allem Unglück ist Pupsibär entwischt!"

Ich rolle mich auf die Seite, weg von seinem forschenden Blick, fasse nach seiner Hand und lege das Schmuckkästchen hinein.

„Verzeih mir bitte", krächze ich.

Dann stemme ich mich hoch auf die Füße, schiebe mich durch die Gäste, weiche gutgemeinten Fragen nach meinem Befinden aus und verlasse das Gebäude.

Der Parkplatz ist menschenleer, auch der rotnasige Einweiser ist verschwunden. Ich klettere aus dem Kostüm, stopfe es in den Kofferraum, hocke mich auf den Fahrersitz und schlage die Tür zu. Ein Schluchzer entringt sich meiner Kehle. Meine Hände umfassen haltsuchend das Lenkrad. Mit einem Mal kann ich die Tränen nicht mehr zurückhalten, sie laufen einfach meine Wangen hinunter. Meine Stirn sinkt aufs Lenkrad und ich weine.

Unerwartete Gäste

Yvonne und Brian meinen es gut. Sie wollen mich aus meinem heulenden Elend erlösen und laden mich in ein schickes Restaurant ein.

„Heute ist unser Jahrestag", verkündet Yvonne fröhlich.

Brian taucht hinter ihr im Türrahmen auf. „Komm mit, Jessy! Wir würden dich wirklich gerne dabeihaben."

„Du kannst ja einen Gemüseteller nehmen, der ist kalorienarm", schlägt meine Schwester vor.

Es ist Sonntagmittag und ich habe heute noch nichts gegessen. Wenn ich nur an Essen denke, wird mir schon schlecht. Essen ist Lebensfreude, und die ist mir für immer vergangen. Ich sollte nie wieder etwas essen, dann würde ich eine Menge Geld sparen und außerdem wäre das gut für die schlanke Linie. Nur für den Fall, dass sich jemals irgendjemand für mich oder meine Figur interessieren sollte, was äußerst unwahrscheinlich ist. Ja, es wäre schön, wenn sich jemand für mich interessieren würde, aber da gibt es leider niemanden. Was kein Wunder ist. Ich bin die allerletzte Versagerin, die Loserin vor dem Herrn. Ich habe alles falsch gemacht, was man nur falsch machen kann.

„Nee, danke. Geht lieber ohne mich, ich würde euch nur den Tag verderben", murmele ich und vergrabe mein Gesicht wieder im Kopfkissen.

„Wie du meinst", seufzt Yvonne.

„Schade", bedauert Brian.

Eine Minute später höre ich die Wohnungstür hinter ihnen zufallen und kurz darauf springt draußen ein Motor an. Gut so, nun kann ich endlich in Ruhe weiterheulen. Aber seltsamerweise wollen keine Tränen mehr kommen. Was nun?

Ich setze mich im Bett auf und lasse meinen Blick durchs Zimmer schweifen. Es ist ein klarer, sonniger Wintertag, helles Tageslicht fällt durchs Fenster in mein Zimmer.

Plötzlich weiß ich, was ich tun muss. Es ist wie ein innerer Drang, der befriedigt werden will. Ich muss malen, es geht gar nicht anders. Ich schwinge die Beine über die Bettkante, tappe in den Flur und öffne die Wohnungstür. Wie erwartet umfängt mich trübes Licht, außerdem ist es ziemlich kalt hier. Yvonne wird bestimmt nicht böse sein, wenn ich heute ausnahmsweise im Gästezimmer male. Schließlich feiert sie mit Brian ihren Jahrestag, da hat sie allen Grund zur Freude.

Ich trage die Staffelei vors Fenster, platziere eine frische Leinwand, hole die Farben herbei und greife zum Pinsel. Ich habe keine Vorstellung davon, was ich malen werde. Irgendwas will da kommen. Mein Denkapparat schweigt, meine Finger führen den Pinsel von ganz allein über die Leinwand. Mein Geist taucht ab in eine andere Welt. Verborgene Gefühle wollen herauskommen, ans Licht gebracht werden, und ich lasse es einfach geschehen. Während das Bild vor mir Gestalt annimmt, spüre ich eine gewaltige Kraft in mir aufsteigen, begleitet von Glückseligkeit und tiefer Zufriedenheit. Ich male! Ein wunderbarer Zustand.

Es ist wie ein Fluss, der mich durchströmt, der mich mitnimmt und mich trägt. Ich fühle mich heil und vollständig, jede einzelne Zelle meines Körpers ist von Lebendigkeit erfüllt. Ich tauche den Pinsel in die rote Farbe und bringe sie auf den dunklen Hintergrund. Rot ist die Farbe des Feuers. Sie steht nicht nur für Liebe und Leidenschaft, sondern auch für Vitalität und Energie. Da die Farbe Rot auch Wut, Zorn und Brutalität in sich verkörpert, kann sie auch aggressiv und aufwühlend wirken.

Ich weiß nicht, wie lange ich in diesem Fluss bin. Eine Stunde, zwei oder fünf? Es ist nicht wichtig. Irgendwann spüre ich, dass der Strom abebbt, und lasse den Pinsel sinken. Es ist gut.

Ich trage die Farben zurück in den Flur und als ich wieder im Zimmer bin, schaue ich mir das Bild nochmal an. Dunkler, fast schwarzer Hintergrund. Rote, durchbrochene Wolkenmauer. Ich weiß nicht, was das Bild aussagen will. Später, in ein paar Tagen, wird die Erkenntnis kommen. Das ist immer so.

Vorsichtig trage ich die Staffelei zurück in den Hausflur, stelle sie ab und in diesem Moment klingelt es. Durch das dicke Glas kann man nicht erkennen, wer draußen steht. Plötzlich fällt mir ein, dass ich für heute Nachmittag mit Emma verabredet bin. Ach du Schande, wie konnte ich das nur vergessen?! Emma wird alles über meine Arbeit wissen wollen und außerdem eine Erklärung für meine Flucht aus dem Eulenspiegel verlangen. Ich werde ihr endlich die Wahrheit sagen. Die ganze, unschöne Wahrheit.

Statt in die Wohnung zu gehen und die Gegensprechanlage zu benutzen, tappe ich zur Haustür. Ich hole tief Luft und öffne. Meine Kinnlade klappt runter. Ich kriege nur ein ziemlich blödes „Äh?" raus.

„Hallo Jessica. Darf ich reinkommen?" Axel.

Er sieht gut aus. Besser, als ich ihn in Erinnerung hatte. Dabei müsste ich doch eigentlich ganz genau wissen, wie er aussieht, schließlich waren wir achteinhalb Jahre zusammen.

Seine lockigen hellbraunen Haare reichen fast bis auf seine breiten Schultern. Er ist ein stämmiger Typ mit kräftigen Oberarmen und einem jungenhaften Lächeln.

Die Sorte Mann, auf die die meisten Frauen abfahren. Ich wundere mich immer noch, dass er tatsächlich mit *mir* zusammen war, und obendrein für so lange Zeit.

Er geht voraus in die Wohnung und ich stolpere hinterdrein. Im Gästezimmer riecht es nach Ölfarbe. Froh, meinen Händen etwas zu tun geben zu können, öffne ich das Fenster.

Axel schiebt ein paar Sachen zur Seite und setzt sich auf die Bettkante. Breitbeinig, so wie er immer sitzt, und mit wippenden Fersen. Er schaut sich um. „Hier wohnst du jetzt also."

Ich lehne mich an die Fensterbank und schiele unauffällig an mir hinunter. Gut, dass ich gestern die schicken Outfits genäht, und noch besser, dass ich heute eines davon angezogen habe. Ehrlich gesagt war ich schlicht zu faul, im Schrank nach Alternativen zu fahnden, zumal die Schranktür neuerdings klemmt. Ich habe einfach das erstbeste vom Klamottenstapel auf dem Fußboden genommen.

„Ist nur für den Übergang, bis ich die passende Wohnung gefunden habe", entgegne ich leichthin. Ich werde ihm ganz sicher nicht auf die Nase binden, dass mir für eine Wohnung, ob nun passend oder nicht, das Geld fehlt.

„Du hast dich verändert", sagt er anerkennend. „Ich erkenne dich kaum wieder."

„Ach, tatsächlich?", entgegne ich sarkastisch. „Wie war das noch gleich: Tollpatschig, chaotisch und unsexy?"

„Habe ich das gesagt?", fragt er. „Dann korrigiere ich mich hiermit ganz offiziell: Du wirkst souverän und beneidenswert entspannt. Okay, du bist immer noch ein bisschen chaotisch, wie man unschwer an der Unordnung in deinem Zimmer erkennen kann, aber von unsexy kann keine Rede sein. Ganz im Gegenteil."

„Aha", mache ich, denn was Schlaueres fällt mir nicht ein. Offensichtlich hat mich das Malen soweit wieder hergestellt, dass man mir die schlaflose Nacht und den verheulten Vormittag nicht mehr ansieht. Und die elegante Klamotte zeigt wohl ebenfalls Wirkung.

„Du bist schlanker geworden", stellt er fest.

Das ist ganz eindeutig ein Kompliment. Zeig mir einer ne Frau, die sich bei diesem Satz nicht geschmeichelt fühlt. Die gibt's nicht. Leider bin ich im Umgang mit Komplimenten blutige Anfängerin. Ich muss mich dringend bei Doreen schlaumachen.

„Du solltest aufpassen, dass du nicht zu dünn wirst."

Meine Herren, jetzt übertreibt er aber!

„Isst du überhaupt noch was?", erkundigt er sich mit Besorgnis in der Stimme.

„Na klar", erwidere ich. „Dinkelmüsli zum Frühstück und was Leichtes nach dem Sport."

„Du treibst *Sport*?" Er sagt das, als würde es sich dabei um eine brandneue Erfindung handeln.

„Warum nicht? Sport hält fit, macht gelenkig und fördert eine straffe Haut."

„Wow!" Er ist geplättet.

Es ist inzwischen eiskalt im Zimmer, ich mache das Fenster wieder zu. Was Axel wohl hergeführt haben mag? Ob Emma ihm ins Gewissen geredet hat? Er scheint meine Gedanken zu erraten.

„Jessy, es tut mir leid, was ich getan habe. Das war eine Riesendummheit", murmelt er bedrückt.

„Gehe ich recht in der Annahme, dass du von deiner Affäre mit Angelina Brunetti sprichst?", frage ich gestelzt. Verdammt nochmal, es tut immer noch weh. Wann hört das denn endlich auf?

„Zwischen Angelina und mir ist es aus. Ich hätte

niemals was mit ihr anfangen dürfen! Dadurch habe ich dich verloren. Du fehlst mir." Er schaut zu Boden.

Das war so etwas wie eine Entschuldigung, oder nicht? „Hm", mache ich.

„Mehr sagst du dazu nicht, nur 'hm'?", fragt er vorwurfsvoll.

Die Wohnungstür fällt ins Schloss, vom Flur sind Stimmen zu hören. Yvonne steckt ihren Kopf herein und macht große Augen. „Hi Axel!", ruft sie überrascht und schaut zwischen ihm und mir hin und her. „Habt ihr euch wieder versöhnt?"

„So würde ich das nicht ausdrücken", entgegne ich.

„Wir sind gerade dabei", erwidert er.

„Axel, wenn du schon mal hier bist, könntest du bitte die Schranktür reparieren? Für dich ist das doch ein Klacks!" An mich gewandt sagt sie geheimnisvoll: „Jessica, da ist jemand im Wohnzimmer, der dich unbedingt kennenlernen möchte." Sie zwinkert mir zu und ist im nächsten Moment verschwunden.

„Jemand, der dich kennenlernen möchte", wiederholt Axel muffelig. „Die Verehrer stehen wohl neuerdings bei dir Schlange, wie?"

„Na logisch. Hast du etwa den Ticketautomaten im Eingang übersehen?", witzele ich.

Axel zieht ein langes Gesicht. In Sachen Humor waren wir noch nie auf einer Welle.

Ich bin froh, dass Yvonne wieder da ist und mir eine gute Möglichkeit liefert, der drückenden Atmosphäre in diesem Raum zu entfliehen. Als höflicher Mensch fühle ich mich jedoch genötigt, Herrn Schlechtgelaunt zu fragen, ob er mit ins Wohnzimmer kommen möchte. Wider Erwarten will er. Er steht vom Bett auf und folgt mir wie ein Hündchen.

Die Tür ist geschlossen, gedämpfte Stimmen und

Gelächter sind zu hören. Wer dieser mysteriöse Mensch wohl ist, den Yvonne mitgebracht hat? Und warum er *mich* wohl kennenlernen will? Da bin ich aber neugierig! Schwungvoll drücke ich die Klinke runter, trete ein - und weiche entsetzt zurück. Dabei pralle ich gegen Axels Brustkorb, er gibt ein unterdrücktes Stöhnen von sich.

„Da ist sie, meine Schwester, die große Künstlerin!", trompetet Yvonne und winkt uns heran. „Kommt rein, ihr beiden, setzt euch zu uns! Brian, hilf mir bitte, wir brauchen noch Gläser und Prosecco." Sie springt auf und drängelt sich an uns vorbei. „Ihr macht euch schon mal bekannt, ja?"

„Ich kümmere mich lieber um die Schranktür", murmelt Axel und verdrückt sich eilig.

„Das kannst du auch später noch", ruft Yvonne ihm im Flur hinterher, doch Axel ist in meinem Zimmer verschwunden. Ich würde mich ihm liebend gerne anschließen, aber Yvonne schiebt mich erbarmungslos ins Wohnzimmer. Brian zwinkert mir fröhlich zu, dann folgt er Yvonne in die Küche. Sie klappern mit den Schranktüren.

Vier elegant gekleidete Menschen sitzen am Tisch und schauen mir entgegen. Einer von ihnen hat unglaublich blaue Augen. Als sie mich erblicken, springt er auf, seine Miene drückt Verwirrung aus. Er fährt sich mit beiden Händen durch die Haare. Mein Herz sinkt mir in die Hose.

„Emma! Was machst du denn hier? Bist *du* etwa Yvonnes Schwester? Die Malerin?", ruft er total perplex.

Ich stakse durch den Raum. Bei jedem Schritt bete ich, dass sich der Boden auftun möge, um mich zu verschlucken. Das Spiel ist aus. Die Stunde der Wahrheit ist gekommen.

„Schön, dich zu sehen", höre ich mich sagen und konzentriere mich auf einen Punkt an der Wand hinter Nicolas. Die Luft zwischen uns vibriert, als wäre sie elektrisch aufgeladen. Er reicht mir seine Hand und es ist, als würde ich eine Starkstromleitung anfassen.

„*Du* hast das Bild gemalt?" Seine Stimme klingt jetzt sanft und seine Frage scheint eine Feststellung zu sein.

„Ja", krächze ich tonlos.

„Meine Güte, warum hast du denn nichts gesagt?"

„Das hat sich bisher nicht ergeben", murmele ich.

„Du hast so getan, als würdest du dich nicht mit Malerei auskennen!"

„Ah, sieh an, das Blümchen! Das ist ja eine Überraschung!", ruft Antonio Brunetti und schüttelt mir euphorisch die Hand. „Angelina, das ist ..."

„Angelina und ich sind uns bereits begegnet", entgegne ich und begrüße seine Frau. Sie nimmt mich nur am Rande wahr, ihr Blick klebt an der Wohnzimmertür, als würde Axel dort immer noch zu sehen sein.

„Hallo Marie", wende ich mich an die Barbie im knallroten Bustier. Der kleine Pupsibär schläft zusammengerollt auf ihrem Schoß. Sie gibt gar nicht erst vor, sich über unser Wiedersehen zu freuen, sondern straft mich mit einem hochmütigen Blick aus ihren perfekt geschminkten Kuhaugen.

Brian kehrt mit einer geöffneten Prosecco-Flasche und zwei Gläsern zurück. Yvonne zerrt den protestierenden Axel hinter sich her. „Du trinkst einen mit uns!", befiehlt sie und droht ihm mit dem Zeigefinger.

Axels Schultern hängen runter, er schaut kreuzunglücklich drein.

„Das ist Axel Meier", ruft sie in die Runde. „Axel, das sind Marie von Großhoff, Nicolas Herzog, Angelina Brunetti und ihr Mann Antonio."

Axel wirkt wie ein Roboter, als er einem nach dem anderen die Hand gibt. Er schaut auf den Fußboden und sagt keinen Ton.

„Setzt euch hin, es ist Platz genug", drängt Yvonne uns gutgelaunt.

„Ist das der Möbeltischler, der deine Yacht ausgestattet hat?", erkundigt sich Antonio bei seiner Frau, und sie nickt verhalten.

„So ein Zufall, dass wir uns auf diesem Wege kennenlernen, Herr Meier!", wendet er sich überschwänglich an Axel. „Da kann ich Ihnen ja gleich mal mein Lob aussprechen."

„Äh, Lob?", stammelt Axel verstört.

„Für Ihren Geschmack und Ihr gutes Händchen. Sie haben meine Frau sehr glücklich gemacht." Antonio legt den Arm um seine Liebste und gibt ihr einen Kuss.

Axel setzt sich neben Nicolas, so weit wie möglich weg von Angelina, und ich nehme den Platz, der am nächsten an der Tür ist. Jede Faser meines Körpers ist bis zum Äußersten angespannt. Ich bin hin- und hergerissen zwischen dem Drang zu verschwinden und der Illusion, das drohende Unheil durch meine Anwesenheit abwenden zu können.

Yvonne hebt ihr Glas und strahlt in die Runde. „Auf uns - und auf die Liebe!", sagt sie feierlich.

„Auf uns und auf die Liebe!", echot es mehrstimmig. Die Gläser klingen.

„Toll, dass wir uns heute im Restaurant beggenet sind", sagt Yvonne. „Eine glückliche Fügung!" Zufrieden schaut sie Marie beim Trinken zu und rutscht noch ein bisschen dichter an sie heran.

Ich könnte ihr versichern, dass Marie kein Alkoholproblem hat, aber das wird sie ja gleich selbst herausfinden.

„Sie haben also dieses beeindruckende Bild gemalt", sagt Antonio zu mir. „Mein lieber Freund Nicolas hat es hier im Hausflur entdeckt und sich sofort darin verguckt. Er hat ein gutes Gespür für Kunst, obwohl er das nicht wahrhaben will. Welchen Preis haben Sie sich denn vorgestellt?"

Ich spüre Nicolas' Blick auf mir ruhen, aber ich werde ihn ganz bestimmt nicht erwidern. Jeder in diesem Raum würde mir ansehen, was mit mir los ist. Da könnte ich ebenso gut ein Schild mit der Aufschrift „Ich bin hoffnungslos in Nicolas verliebt" vor mir hertragen.

„Das Bild ist nicht verkäuflich", entgegne ich, woraufhin mir Yvonne den Ellenbogen in die Rippen rammt.

„Bist du noch ganz bei Trost?", motzt sie mich an.

„Es ist ein sehr persönliches Bild", erkläre ich.

„Genau deswegen möchte ich es ja haben", sagt Nicolas. Er klingt ungewöhnlich sanft.

Oh je, jetzt hat er auch noch Mitleid mit mir! Ich verstehe, dass er enttäuscht ist. Er hat erwartet, eine richtige Künstlerin zu treffen, und stattdessen steht seine Tippse vor ihm.

„Nein, tut mir leid, es bleibt dabei." Meine Stimme zittert kaum merklich.

„Du spinnst!" Yvonne tippt sich an die Stirn.

„Es ist okay, wenn sie sich nicht von ihrem Gemälde trennen möchte", ergreift Brian für mich Partei. „Du solltest die Entscheidung deiner Schwester akzeptieren."

Yvonne schüttelt fassungslos den Kopf. „Für ein paar lausige Kröten im Imbiss arbeiten, aber ein dämliches Bild nicht zu Geld machen. Das kapier ich nicht!"

„Du jobbst in einem *Imbiss*?" Marie rümpft ihr Stupsnäschen.

„Das ist schon ne Weile her", entgegne ich schnell.

„Welcher Preis würde Sie denn umstimmen, Blümchen?", erkundigt sich Antonio ungebrochen gut gelaunt. Vermutlich hat er die Erfahrung gemacht, dass jeder Mensch käuflich ist. „Wie wär's mit dreitausend Euro?"

Yvonne fällt fast vom Stuhl. „Das glaub ich jetzt nicht", keucht sie.

„Dreitausend Euro für eines deiner Bilder?" Axel macht große Augen. „Hey, mach das bloß, du hast doch etliche davon!" Er wendet sich an Nicolas und sagt: „Bei mir auf dem Dachboden liegt noch ein ganzer Stapel. Falls Sie daran Interesse haben, kommen Sie gerne vorbei."

„Das Bild ist Murks. Das kriegt meine kleine Cousine besser hin, und die ist erst vier oder fünf", kräht Marie.

„Halt dich bitte zurück, Marie. Du interessierst dich doch überhaupt nicht für Kunst", weist Nicolas sie zurecht.

„Wenn du so ein bescheuertes Bild kaufst, kannst du dein Geld gleich zum Fenster rauswerfen!", schnappt sie.

Yvonne schenkt erneut die Gläser voll, Brian holt die nächste Flasche herbei und öffnet sie.

Brunetti lässt das Thema auf sich beruhen und wendet sich Axel zu. „Wir haben möglicherweise einen weiteren Auftrag für Sie, Herr Meier. Nicht wahr, mein Engel?" Er lächelt Angelina liebevoll an.

„Ich ... weiß gerade gar nicht, wovon du sprichst."

„Unser Schlafzimmer! Du möchtest doch gerne einen Einbauschrank haben."

„Ach so, stimmt, das habe ich mal gesagt, ja."

„Am besten kommen Sie in den nächsten Tagen bei uns vorbei, Herr Meier. Vor Ort kann man solche Dinge viel besser besprechen."

„Meier?", höre ich Nicolas' Stimme. „Seid ihr verheiratet?"

Erschrocken schaue ich hoch, begegne seinen blauen Augen und kriege kein Wort raus.

„Nein, nein", erwidert meine Schwester an meiner Stelle. „Die haben sich in all den Jahren nicht mal verlobt."

„Was nicht ist, kann ja noch werden", schaltet sich Axel in bedeutungsschwerem Ton ein. Mein Kopf fliegt zu ihm herum. Er guckt mich auf eine Weise an, die mich vermuten lässt, dass sein Blick schon eine ganze Weile auf mir ruht.

„Hört, hört!", gackert Yvonne. „Das sind ja Neuigkeiten!" Sie grinst mich an. „Darf man schon gratulieren?"

Angelina atmet kaum merklich auf und schmiegt sich in die Armbeuge ihres Mannes. Ihre eben noch angestrengte Miene entspannt sich.

„Apropos Verlobung", meldet sich Marie zu Wort. „Nicolas und ich hätten gestern beinah Verlobung gefeiert. Das wäre so schön gewesen! Unsere Eltern haben das für uns arrangiert, mit Verlobungsringen und Torte und allem, was dazugehört."

„Ach nee, war das etwa diese ominöse Überraschung, die deine Mutter Gott und der Welt angekündigt hat?", wendet sich Antonio an seinen Freund. „Nimm's mir nicht übel, aber meiner Meinung nach sollte ein Mann selbst entscheiden, ob und wann er sich verloben will."

„Das sehe ich ganz genauso", pflichtet Brian ihm bei. „Es gibt Dinge, die sollte ein Mann sich nicht aus der Hand nehmen lassen. Das hat was mit Eigenverantwortung und Selbstachtung zu tun."

„Igitt, was seid ihr für spießige Machos", speit Marie.

„Warum wurde denn nichts aus der Verlobung?", hakt Klatschreporterin Yvonne nach.

„Wegen Nicolas' gehirnamputierter Großtante. Die hat die ganze Veranstaltung gesprengt." Maries Augen blitzen zornig.

„Bezeichne meine Großtante Violetta nie wieder als gehirnamputiert", knurrt Nicolas. „Sie war lange krank und mag ein bisschen wunderlich sein, aber sie ist ein guter Mensch und ich habe sie gern."

„Pfft", macht Marie. „Unsere Verlobung ist dir egal, die schönen Diamantringe sind dir egal, mein Modellkleid ist dir egal, aber auf deine dumme Tante lässt du nichts kommen. Sie bedeutet dir wohl mehr als ich, wie?" Sie reißt den schlafenden Pupsibär hoch, drückt ihn an ihren Busen und vergräbt ihr Gesicht in seinem Fell.

Der Hund schlägt die Augen auf, gähnt und streckt seine Glieder.

„Ich fand die Spongebob-Lady ziemlich keck", meint Antonio. „Die hat euren alten Herrschaften glatt die Show gestohlen. Und ihr Reim über die Liebe war wunderschön."

„Das fand ich auch. Ich war richtig gerührt." Angelina nimmt einen Schluck aus ihrem Glas und stellt es auf dem Tisch ab.

Marie hebt den Kopf aus dem Fell, streift Nicolas mit einem flüchtigen Blick und erklärt der Runde: „Jede Wette, dass die Tante die Ringe geklaut hat, aber Nicolas will davon natürlich nichts wissen."

Seine Kiefermuskeln sind angespannt, er beißt die Zähne zusammen. Sein Grübchen ist nur eine leichte Vertiefung in der Mitte seines markanten Kinns. Ich gestatte mir einen kurzen Blick in seine Augen. Sie schauen in die Ferne, er scheint mit den Gedanken weit weg zu sein.

„Die Ringe habe ich", sagt er ruhig.

„WAS?", kreischt Marie. „Sag das nochmal!"

„Du hast richtig gehört", entgegnet er.

„Das ist nicht wahr?! Du hattest die Ringe die ganze Zeit, während unsere Eltern sie überall gesucht haben?"

„Ganz genau."

Einen Augenblick lang ist es absolut still im Raum. Es ist eine unheimliche Stille von beunruhigender Intensität. Die Temperatur scheint innerhalb einer Sekunde um zehn Grad zu fallen.

Es klingelt an der Haustür. Ein eigentlich harmloses Geräusch, das uns alle zusammenzucken lässt.

„Wer mag das sein?", fragt mich Yvonne, als ob ich hellsehen könnte.

Ich zucke die Schultern und in der nächsten Sekunde springe ich auf, als hätte mich eine Nadel in den Hintern gestochen. Du lieber Himmel! Das ist Emma! Ich kann nicht hellsehen, aber ich weiß es ganz genau. Um Himmels willen, Emma hat mir gerade noch gefehlt! *Darf ich vorstellen? Meine beste Freundin Emma Meier, Rechtsanwaltsfachangestellte mit allerbesten Zeugnissen! Nicolas Herzog, Rechtsanwalt mit eigener Kanzlei in der Fußgängerzone.*

Vielleicht sollte ich mich jetzt schon mal erschießen.

Durchatmen, cool bleiben. „Ich geh schnell hin und sehe nach", sage ich bemüht gelassen. Meine Hände zittern wie verrückt und meine Stimme ist drei Oktaven zu hoch.

Ich werfe die Wohnzimmertür hinter mir zu, lasse die Gegensprechanlage links liegen, sause aus der Wohnung und stürme durch den Hausflur zur Eingangstür.

Einundzwanzig, zweiundzwanzig, dreiundzwanzig.

Ich drücke die Klinke runter und öffne die Tür für einen Spalt von etwa zwanzig Zentimetern. Weit genug, um zu sehen, dass draußen dicke Schneeflocken vom Himmel fallen und Emma sich fröstelnd unters Haustürvordach kauert. Ein eisiger Wind weht mir um die Beine.

Emma will sich hineindrängeln, aber ich halte eisern die Tür fest und blockiere sie sicherheitshalber zusätzlich mit dem Fuß.

„Sorry, Emma, das passt gerade gar nicht. Ich hätte dich anrufen und dir absagen sollen, ich weiß. Aber ich bin total darüber hinweggekommen."

„*Wie bitte?*", fragt sie in einem Ton, der vermuten lässt, dass sie jedes Wort verstanden hat. Sie schaut mich unter ihrer schneebedeckten Wollmütze mit großen Augen an. Ihre Nase ist rot, ihre Zähne klappern vor Kälte.

Ich habe eine Freundin wie Emma nicht verdient. Ich bin das Allerletzte. Ein selbstsüchtiges, boshaftes, verlogenes Miststück. Ein Unmensch. Jemand sollte meinem elenden Treiben endlich ein Ende setzen.

„Ich habe Axels Auto gesehen. Habt ihr euch wieder versöhnt?", erkundigt sie sich hoffnungsvoll.

„Er ... äh ... also ..." Mein Magen krampft sich zusammen, mir ist speiübel.

„Willst du mich etwa deswegen nicht reinlassen? Mensch, Jessy, ich freu mich doch für dich und meinen Bruder! Das ist großartig! Okay, ihr wollt alleine sein und euch aussprechen, das verstehe ich. Aber lass mich bitte für fünf Minuten rein, damit ich mich kurz aufwärmen kann. Ich störe euch auch ganz bestimmt nicht."

„Nein, Emma, das ist wirklich absolut unmöglich. Tut mir echt leid, dass du ganz umsonst hergekommen bist." Und dass du so frierst. Und dass ich so gemein bin. Und überhaupt.

In ihren Augen erscheint ein düsteres Glimmen, das ich noch nie in ihnen gesehen habe. Ihre Lippen sind zu einem dünnen Strich zusammengepresst. Plötzlich fliegt mir durch den Türspalt etwas entgegen. Reflexartig greife ich danach und stelle fest, dass es der Leinenbeutel ist, den ich im Eulenspiegel zurückgelassen habe.

„Wieso liest du eigentlich Bücher für Rechtsanwaltsgehilfen?", faucht sie. „Oh, sorry, das geht mich nichts an! Du schließt mich ja neuerdings aus deinem Leben aus."

„Emma, ich werde dir das alles erklären ..."

„Nicht nötig." Ihr Blick schießt Giftpfeile auf mich ab. „Weißt du was, Jessica? Du kannst mich mal." Sie macht auf dem Absatz kehrt.

Mein Herz zerreißt in meiner Brust. Tränen schießen mir in die Augen und laufen meine Wangen hinunter. Ich wische mir mit dem Ärmel übers Gesicht und schaue meiner besten Freundin hinterher, wie sie den Gehweg entlang zur Straße stapft.

„Emma!", rufe ich, aber sie dreht sich nicht mehr um.

Schon wird ihre Gestalt vom Schneetreiben verschluckt. Schluchzend schließe ich die Haustür und lehne mich mit dem Rücken dagegen. Mir ist so elend zumute, dass ich mich kaum noch auf den Beinen halten kann. In meinem Inneren ist soeben etwas sehr Bedeutendes gestorben.

Ein hochgewachsener Mann erscheint am anderen Ende des Hausflurs. „Da sind Sie ja, Blümchen!", ruft Antonio mir fröhlich zu. „Sagen Sie, schönes Kind, hätten Sie was dagegen, wenn ich mir auch Ihre anderen Werke anschaue?"

„Nur zu", sage ich gleichgültig und zeige auf die Bilder, die zum Trocknen hinter der Staffelei an der Wand aufgereiht sind. Weitere liegen auf dem Kleiderschrank im Gästezimmer. Aber die brauche ich gar nicht zu erwähnen, weil Brunetti gleich sowieso die Hände über dem Kopf zusammenschlagen wird. Oder sich in mitleidiges Schweigen hüllt. Mir ist das ganz egal. Meine Bilder, Brunetti, Angelina, Axel, Yvonne und Brian, ja, sogar Nicolas - sie alle sind mir in diesem Moment vollkommen egal.

Er drückt auf den Lichtschalter. „Scheußliche Beleuchtung", meint er mit Blick auf die Energiesparlampe. Dann geht er hinter der Staffelei in die Hocke und guckt sich die Leinwände an.

Ich schleppe mich stumm an ihm vorbei in die Wohnung. Auf dem Flur kommt mir Axel entgegen. „Ich hol eben meine Werkzeugtasche aus dem Auto", teilt er mir mit.

Mir steht weder der Sinn danach, ihm bei der Reparatur Gesellschaft zu leisten, noch möchte ich mich wieder auf das heiße Pflaster ins Wohnzimmer begeben. Ich schleiche in die Küche, stelle mich vors Fenster und starre hinaus ins graue Schneetreiben. Die Straßenlaternen flammen auf.

„Warum stehst du denn hier ganz alleine rum?", reißt mich Yvonne aus meiner Lethargie. „Komm mit ins Wohnzimmer, sonst verpasst du, wie sich Marie danebenbenimmt." Sie holt eine Flasche aus dem Kühlschrank, dann tritt sie neben mich. „Du solltest dir das mit dem Verkauf des Bildes wirklich nochmal überlegen, Jessy! Dreitausend Euro, du meine Güte!"

Sie zwinkert mir neckisch zu. „Freut mich übrigens, dass du wieder mit Axel zusammen bist."

„Wer sagt das denn?"

„Bist du nicht?" Sie zuckt die Achseln und geht wieder nach nebenan zu ihren Gästen.

Kurz darauf kommt Axel rein. „Hi", sagt er.

Muss man sich in diesem Haus auf Klo einschließen, um seine Ruhe zu haben?

Er steht direkt vor mir. „Jessy, das, was ich vorhin gesagt habe, das habe ich ernst gemeint. Ich würde mich wirklich mit dir verloben."

Ich schaue ihm ins Gesicht. Axel ist attraktiv. Er verfolgt seine Ziele mit bewundernswerter Ausdauer. Er ist in manchen Dingen recht oberflächlich und ihm fehlt zuweilen das Gespür für seine Mitmenschen, aber im Grunde genommen ist er ein guter Kerl.

Ich atme tief durch. „Du verwechselst da gerade was. Paare verloben sich, aber wir sind kein Paar mehr."

Er fasst mich bei den Schultern und dreht mich zu sich herum. „Wir können aber wieder ein Paar sein, Jessy. Wir fangen nochmal ganz von vorne an!"

Ich zwinge mich zu einem schiefen Grinsen. „Willst du die Firma einstampfen, damit wir sie neu aufbauen können?"

„Natürlich nicht", entgegnet er und lacht befreit auf. „Da wär ich ja schön blöd. Was ich meine, ist, dass wir ein klasse Team sind. Das habe ich für kurze Zeit leider vergessen, und das war ein großer Fehler. Wenn du mir verzeihst, wird es noch besser mit uns beiden als vorher, das verspreche ich dir. Die Firma wirft ja jetzt ganz gut was ab."

Ich halte seinem bittenden Blick stand. „Nein, Axel. Daraus wird nichts. Das ist deine Firma. Alles darin ist deins und nicht meins."

„Das Finanzielle können wir vertraglich regeln. Da mach dir mal keine Gedanken." Er zieht mich an sich, aber ich winde mich aus seiner Umarmung.

„Es geht mir nicht um Verträge. Ich möchte einfach nicht mehr auf der Strecke bleiben, während du dich selbst verwirklichst."

Er schaut mich erstaunt an. „Ich dachte, unsere gemeinsame Arbeit hätte dir Spaß gemacht!"

„Hat sie auch, zumindest meistens. Aber das war einmal." Ich lasse meinen Blick durch Yvonnes Küche schweifen und sage: „Ich weiß zwar noch nicht, wie meine Zukunft aussieht, aber eines weiß ich: Du und deine Firma haben darin keinen Platz."

Er schlägt die Augen nieder. „Das ist bitter", sagt er dumpf. „Das ist echt bitter." Er geht mit gesenktem Kopf Richtung Gästezimmer. „Ich repariere jetzt deinen Schrank. Kann sein, dass ich ihn leerräumen muss", murmelt er.

Meinetwegen. Meine Unterwäsche kennt er ja bereits. Ich könnte ihm beim Ausräumen helfen, das wäre nur fair, wenn er schon so nett ist, und die Schranktür repariert. Aber ich habe Wichtigeres zu tun. Ich hätte es längst tun müssen, lange, bevor ich meine beste Freundin verlor. Ich werde das Lügennetz zerschneiden und endlich die Wahrheit sagen.

Entschlossen gehe ich zum Wohnzimmer. Mein Herzschlag donnert in meinen Ohren. Ich ergreife die Klinke, drücke sie nieder und atme tief durch. Der Schweiß strömt mir aus allen Poren, mir schlottern die Knie. Mach schnell, Jessica, dann hast du's hinter dir! Achtung, fertig, los! Ich kneife die Augen zusammen, um niemanden ansehen zu müssen, stoße die Tür auf, und beginne mein Geständnis mit den Worten: „Ich habe euch alle angelogen und das tut mir unendlich leid!"

Es ist mucksmäuschenstill im Raum, niemand sagt etwas. Vorsichtig öffne ich ein Auge.

Hilfe, was ist hier denn los?!?

Marie steht mitten im Zimmer, sie umklammert ein kaputtes Sektglas. Ihr Gesicht ist zu einer furchtbaren Grimasse verzerrt.

Meine Nackenhaare stellen sich auf. Maries dämonisches Grinsen und ihr irrer Blick jagen mir eine Gänsehaut über den ganzen Körper. Ich bleibe wie festgenagelt stehen und starre sie an. Die Luft im Raum ist tonnenschwer, ich versuche, ruhig zu atmen, aber meine Lungen scheinen von dem Gewicht zerquetscht zu werden.

Yvonne, Brian, Nicolas und Angelina rühren sich ebenfalls nicht von der Stelle. Sie wirken wie Akteure in einem Psychothriller, die ahnen, dass ein einziger falscher Schritt fatale Folgen haben kann. Im Augenwinkel nehme ich den kleinen Hund wahr. Er hat sich unterm Tisch verkrochen und zittert am ganzen Leib.

Marie fährt federleicht mit dem gezackten Rand des Glases über die Haut an ihrem Unterarm. Ein beinah sinnlich anmutender Akt. Würde sie ein bisschen Druck anwenden, dann würde das Blut aus ihren Venen schießen. Sie hält bei den Pulsadern inne und schaut auf. „Ihr habt doch keine Ahnung, wie beschissen mein Leben ist! Ich stamme aus einer Adelsfamilie", speit sie. „Vornehmer, alter Adel. Beste Bildung, tadellose Umgangsformen, vorbestimmter Lebensweg."

Ihr flackernder Blick trifft auf Nicolas. „Seit ich neunzehn bin, reden sie mir ein, dass ich dich heiraten soll. Den einzigen Sohn der angesehenen Familie Herzog. Aufstrebender Anwalt, genau wie dein Vater. Eine hervorragende Partie für mich, die Tochter aus gutem Hause, deren Familie kurz vor der Pleite steht."

Ich spüre jemanden hinter mir, aber ich mag mich nicht umdrehen. Ich habe Angst, Marie könnte durch meine Bewegung gänzlich die Kontrolle verlieren. Die Person in meinem Rücken scheint die Situation erfasst zu haben und verschwindet wieder. War das Antonio? Oder Axel?

Nicolas versucht, Maries Blick einzufangen, und beginnt, sich in Zeitlupe auf sie zuzubewegen. Er spricht sanft auf sie ein. „Marie, es ist alles gut. Lass einfach dieses Glas fallen. Lass es fallen, hörst du?"

„Und was ist, wenn ich dieses bekackte Leben gar nicht führen will? Wenn ich nicht die Gattin eines langweiligen Anwalts sein will, der mir einen beschissenen Hund schenkt, anstatt mich zu vögeln? Wenn ich keinen Bock auf Geschäftsessen, Empfänge und Festlichkeiten habe - und wenn ich seine ach so geistreichen Freunde zum Kotzen finde?"

Nicolas macht einen weiteren langsamen Schritt auf sie zu. „Du kannst sein, wer immer du sein willst, Marie", sagt er mit ruhiger und klarer Stimme. „Du kannst machen, was du machen möchtest, du kannst gehen, wo auch immer du hingehen willst. Niemand kann dich zwingen, ein Leben zu führen, das du nicht führen willst. *Du* entscheidest, Marie, nur du!"

Maries Augen glühen fiebrig rot. Ihr Blick lässt Nicolas los und heftet sich an Angelina. „Weißt du was, Angelina Brunetti? Ich hasse dich! Ich habe dich schon immer gehasst, vom ersten Tag an. Dein bescheuertes Getue, deine Kohle und diesen alten Knacker, den du geheiratet hast! Ha! Endlich ist es raus, endlich ist das Theaterspielen vorbei!" Sie lacht. Es ist ein böses, gehässiges Lachen, das ihre Seelenqual verstecken soll. Keine Frage, Marie braucht ganz dringend psychologische Hilfe!

Angelina reagiert weder verletzt, noch geht sie zum Gegenangriff über. Ihre Miene drückt Mitgefühl aus.

Mir schießt durch den Kopf, dass ich Angelina vor noch gar nicht langer Zeit ebenfalls gehasst habe. Ich gab ihr die Schuld am Scheitern meiner Beziehung, aber das war nicht ihre Schuld. Axel und ich liebten uns schon lange nicht mehr, lange bevor Angelina auftauchte. Axel und mich verband das gemeinsame Ziel, die Möbeltischlerei zu einem florierenden Unternehmen zu machen. Und als wir das geschafft hatten, war bei uns die Luft raus.

Angelina hat einen Fehler gemacht, als sie ihren Ehemann betrog. Einen Fehler, den sie zu bereuen scheint. Auch liebenswerte Menschen machen Fehler, das wird mir in diesem Augenblick schmerzlich bewusst.

Nicolas hat Marie fast erreicht, da fliegt ihr Kopf wieder zu ihm herum. „Bleib stehen und rühr dich ja nicht von der Stelle, Arschloch!", keift sie. „Du wirst mich nicht daran hindern, mich umzubringen!" Sie setzt das Glas an und wirkt plötzlich seltsam entrückt. Es scheint, als würde sie sich mit fanatischem Eifer in den Tod stürzen wollen.

„Was soll denn dann aus Pupsibär werden, wenn du nicht mehr da bist, um dich um ihn zu kümmern?", höre ich mich fragen.

Sie schreckt zusammen, als erwache sie aus einem Alptraum. Für einen Moment scheint sie wieder zurück ins Hier und Jetzt zu kommen. „Pupsibär?", haucht sie und plötzlich füllen sich ihre Augen mit Tränen. „Mein Liebling ..."

Nicolas nutzt diesen Moment ihrer Verwirrung, springt auf sie zu und entreißt ihr das kaputte Glas. Blut spritzt. Jemand schreit auf, ich glaube, das ist Yvonne. Brian kommt Nicolas zu Hilfe und packt Marie an den Unterarmen.

Antonio drängt sich von hinten an mir vorbei. „Ich

habe einen Rettungswagen angefordert, er wird gleich hier sein", ruft er.

Gemeinsam bemühen sich die drei Männer, Marie zu beruhigen und zu bändigen. Sie kratzt und beißt um sich wie eine Wildkatze, die in eine Falle geraten ist. Oh mein Gott, das ist so schrecklich! Was kann ich nur tun?

Ich könnte schon mal die Haustür für die Rettungsleute öffnen! Falls Antonio das nicht schon gemacht hat.

„Jessica!", dringt es im selben Moment laut in mein Ohr. Ich wirbele herum und stehe Axel gegenüber. Er sieht aus, als wäre er einem Gespenst begegnet. Gleichzeitig wirkt er rasend wütend, so wütend, wie ich ihn noch nie erlebt habe. Er schert sich keinen Deut um das Geschehen im Wohnzimmer, sondern fixiert mich aus schwarzen Augen.

„Schämst du dich gar nicht? Was hast du dir nur dabei gedacht?", faucht er mich an und hält mir Emmas Tasche vor die Nase.

„Jetzt nicht, Axel!" Ich quetsche mich an ihm vorbei und renne durch den Wohnungsflur.

Axel läuft hinter mir her. „Die habe ich ganz hinten in deinem Kleiderschrank gefunden! Du weißt genau, wie verzweifelt Emma war! Warum hast du die Tasche versteckt und Emma in dem Glauben gelassen, sie hätte sie verloren?"

Ich stürze durch den Hausflur zur Eingangstür und reiße sie auf. Eisige Kälte weht herein, die Straßenlaterne wirft ihren Lichtkegel auf eine weiße Winterlandschaft. Irgendwo in der Nachbarschaft kratzt jemand mit einem Schneeschieber über Beton.

Ich schlittere den Gartenweg entlang zur Straße und sehe Scheinwerfer aufblitzen. Bitte, lieber Gott, mach, dass das der Rettungswagen ist!

„Scheiße, was bist du bloß für eine beschissene Freundin?!", schnauzt Axel mich an. „Emma ist viel zu schade für dich!" Er stapft zu seinem Auto und jagt den Motor hoch. Die Reifen drehen durch.

Dem Himmel sei dank, es *ist* der Rettungswagen! Ich winke hektisch mit beiden Armen, er tuckert heran und stellt sich an den Straßenrand. Axels Auto schießt schlingernd aus der Einfahrt und rutscht um Haaresbreite am Heck des Krankenwagens vorbei. Er legt den ersten Gang ein und lässt erneut den Motor aufheulen.

Die Sanitäter folgen mir ins Haus, und im Nu ist die Situation unter Kontrolle. Sie fixieren Marie, sprechen besänftigend auf sie ein und nehmen sie mit. Nicolas wickelt ein Geschirrhandtuch um seine blutende Hand. Er will Marie ins Krankenhaus begleiten, um sicherzugehen, dass sie gut versorgt wird.

„Wir sehen uns morgen", sagt er zu mir. Er klingt heiser. Seine Augen sind so dunkel wie der Himmel an einem wolkenverhangenen Tag.

Ich will etwas entgegnen, aber ich kriege keinen Ton raus.

Kurz darauf schließt sich die Tür des Rettungswagens hinter ihm.

Wie betäubt schaue ich dem Fahrzeug hinterher. Seine Rücklichter glimmen in der hereinbrechenden Dunkelheit. Dann biegt es um die Straßenecke und entschwindet meinem Blick.

Aufgeflogen

Ludmilla sitzt bereits hinterm Schreibtisch, obwohl der Arbeitstag offiziell erst in einer Viertelstunde beginnt. „Du hast fleißig geschrieben, Emma. Aber du hast dich weder um die Eingangspost noch um die E-Mails gekümmert!" Sie blickt mich aus geröteten Augen über den Rand ihrer Brille hinweg an. Ihre Miene ist versteinert, ihre Lippen sind nur ein schmaler Strich.

„Ich heiße Jessica, nicht Emma", sage ich mit fester Stimme. „Und ich bin auch keine Rechtsanwaltsfachangestellte. Deswegen konnte ich die Post und die E-Mails nicht bearbeiten." Ich gehe zum Schreibtisch und will ihr die Hand reichen, um mich bei ihr für meine Lügen zu entschuldigen, da schießen ihr auf einmal Tränen aus den Augen. Weint sie etwa meinetwegen? Ich wollte sie nicht verletzen, nein, das wollte ich ganz bestimmt nicht.

„Ludmilla, was hast du denn?", frage ich erschrocken.

Sie schluchzt, ihre knochigen Schultern beben. „Mein Mann hat einen Gehirntumor."

„Oh nein! Ludmilla, das tut mir so leid!" Ich nehme sie behutsam in die Arme und halte sie einfach nur fest. Die Tränen strömen über ihre Wangen und tropfen auf meine Bluse.

„Warum?", stammelt sie weinend. „Warum ist das Schicksal so grausam?"

Ich habe darauf keine Antwort. Ein dicker Kloß sitzt in meinem Hals. Zwar bin ich Ludmillas Mann nie begegnet, aber trotzdem bin ich kurz davor, ebenfalls in Tränen auszubrechen.

Die Glastür geht auf, Nicolas kommt herein. Er sieht

blass und übernächtigt aus. Seine rechte Hand steckt in einem Verband, in der linken hält er eine Hundeleine. Die Leine hängt locker durch, Pupsibär trabt wie ein wohlerzogener Hund mit hoch erhobenem Kopf neben ihm her.

„Ludmilla, du bist ja immer noch hier! Warum gehst du nicht heim? Du musst unter diesen Umständen nicht arbeiten, das habe ich dir doch schon gesagt." Er zieht seinen Mantel aus und hängt ihn an die Garderobe.

„Nicolas hat recht", sage ich sanft. „Du solltest nach Hause gehen."

„Es ist so viel liegen geblieben, du schaffst das noch nicht allein", entgegnet sie und löst sich aus meiner Umarmung. „Danke, dass du mich getröstet hast, das tat mir wirklich gut." Sie nimmt die Brille ab, trocknet ihre Tränen und bemüht sich um eine aufrechte Haltung auf ihrem Stuhl.

Ich glaube, Ludmilla will sich mit der Arbeit ablenken. Das kann ich gut verstehen. Ihre Schwiegermutter ist daheim bei ihrem Mann.

„Emma, komm bitte mit nach nebenan", sagt Nicolas in gewohnt kühler Manier.

Eine gute Fügung. Dann kann ich gleich sofort reinen Tisch machen. Er geht voraus und ich tappe hinter ihm her.

Die Bürotür fällt hinter uns ins Schloss. Nicolas tippt auf den Lichtschalter. Das erste, was mir auffällt, ist mein Bild an der hinteren Wand. Und als Nächstes bemerke ich, dass der scheußliche Kupferstich verschwunden ist.

Nicolas bückt sich und lässt den Hund von der Leine. Der senkt die Nase und erkundet schnuppernd den Teppichboden.

„Wie geht es Marie?", erkundige ich mich anteilnehmend.

Nicolas fährt sich mit beiden Händen durch die Haare. Seine Augen blicken furchtbar traurig drein. „Den Umständen entsprechend, oder wie sagt man so schön?" Er seufzt. „Sie wird kompetent betreut und rund um die Uhr bewacht, damit sie sich nichts antun kann."

Ich schlucke hart. „Es tut mir sehr leid für Marie und für dich."

Er hebt die Schultern. Eine Geste, die seine Ohnmacht und Hilflosigkeit widerzuspiegeln scheint. „Es war vorauszusehen, dass irgendwann ein Unglück geschieht. Marie und ich - wir passten von Anfang an nicht zusammen. Aber ich habe die Augen davor verschlossen. Ich bin Meister im Verdrängen der Dinge, die mich persönlich betreffen, musst du wissen."

Ich bin überwältigt von seiner Offenheit. Warum spricht er mit *mir* über seine Privatangelegenheiten? Ich bin doch nur seine Mitarbeiterin.

Der kleine Hund hat seine Schnüffelrunde beendet und legt sich vor die Heizung auf den Fußboden. Er hat den Kopf auf den Pfoten gebettet und schaut mit seinen braunen Knopfaugen zu uns auf.

„Maries Eltern weigern sich, den Hund in Pflege zu nehmen. Deswegen kümmere ich mich um ihn. Das ist das Einzige, was ich tun kann, um Marie zu helfen."

Ich hocke mich hin und streichle über Pupsibärs weiches Fell. Er bleibt ruhig liegen, sein Schwanz klopft leise auf den Boden.

„Er ist ein niedlicher Kerl", sage ich sanft und kraule ihn eine Weile hinter den Ohren. Dann erhebe ich mich wieder.

Nicolas scheint erleichtert zu sein, über ein harmloses Thema wie den Hund zu sprechen. „Ja, er ist eigentlich gar nicht so verkehrt. Er ist nur furchtbar verwöhnt und sein Name ist voll daneben."

„Das kann man ja beides ändern."

„Und er verträgt kein Rindfleisch. Er dreht durch, wenn er Rindfleisch gefressen hat."

„Ich weiß", entgegne ich und atme tief durch. Es ist so weit, jetzt ist der Moment der Wahrheit gekommen.

Nicolas wendet sich abrupt von mir ab und steuert das Gemälde an. Das Tor zur Seele.

„Du hättest mir sagen müssen, dass *du* das Bild gemalt hast. Warum hast vorgegeben, dich nicht mit Malerei auszukennen?", fragt er.

Mein Bild scheint mich plötzlich wie ein Magnet anzuziehen. Ich kann es nicht aus dem Blick lassen und gehe Schritt für Schritt darauf zu. „Ich wollte eine ehrgeizige Rechtsanwaltsgehilfin sein und keine erfolglose Malerin", sage ich tonlos.

„Das Bild ist großartig. Nein, großartig ist nicht das richtige Wort, es drückt nicht aus, was es wirklich ist." Er stockt.

„Was ist es dann?" Meine Stimme klingt wie aus weiter Ferne.

„Es berührt mich. Ist es das?", fragt er unsicher.

Plötzlich ist die Erkenntnis da. Es ist, als würde ich in einen Spiegel schauen. Ich stehe vor meinem Bild, das ich das Tor zur Seele genannt habe, und ich scheine tatsächlich in meine Seele zu blicken.

Ich spüre Nicolas' Körperwärme. Er steht dicht neben mir, bewegungslos den Blick auf das Bild gerichtet.

„Was siehst du darin?", flüstere ich.

An seinem Atem höre ich, wie er mit sich kämpft.

„Ich sehe Dunkelheit. Eine schwere, drückende Last. Sie ist sehr real." Er atmet so schwer, als würde er den

Druck und die Last körperlich spüren.

„Was ist das für ein Druck? Wo kommt er her?", frage ich leise. Ich ahne, was er antworten wird, und ich fürchte mich beinah davor, dass er meine Ahnung bestätigt.

„Der Druck ist in mir und gleichzeitig lastet er auf mir. Er wirkt von außen auf mich und verstärkt sich in meinem Inneren", sagt er kaum hörbar.

Ich erschaudere.

„Es ist ein Kampf. Die Last scheint mich zu erdrücken, nach unten zu ziehen. Doch da oben beginnt die Freiheit. Die weite Unendlichkeit, die Erfüllung. Wie gelange ich dorthin?" Er spricht, als würde er unter Hypnose stehen. Der kühle, distanzierte Nicolas ist in den Hintergrund getreten und macht Platz für einen Mann, der eine tiefe Sehnsucht in sich trägt. Seine Distanziertheit ist nur eine schützende Fassade.

Tränen brennen in meinen Augen. Wie ist es möglich, dass ein anderer Mensch genau dasselbe in meinem Bild erkennt, wie ich? Mein Tor zur Seele ist auch Nicolas' Tor zur Seele.

In meinem Hals bildet sich ein salziger Kloß. Ich versuche, ihn runterzuschlucken, aber es gelingt mir nicht. „Mut", flüstere ich. „Wir brauchen Mut, um frei zu sein. Den Mut, zu uns selbst zu stehen."

Er fasst wie selbstverständlich nach meiner Hand und hält sie fest. Tränen laufen meine Wangen hinunter. Wir stehen ganz ruhig nebeneinander, den Blick auf das Tor zur Seele gerichtet. Wir atmen ganz natürlich im selben Rhythmus. In uns toben die widersprüchlichen Gefühle von zwei Menschen, die glauben, eine Rolle spielen zu müssen, um in diesem Leben anerkannt zu werden und erfolgreich zu sein. Wir sind im Zwiespalt zwischen dem, was andere von uns wollen, und dem

Bedürfnis, uns selbst zu finden. Wir glauben, dass wir die Erwartungen erfüllen müssen, die andere an uns stellen. Ihre Erwartungen lasten schwer auf uns, aber der Druck kommt aus uns selbst, indem wir uns bemühen, jemand zu sein, der wir nicht sind.

Die Erkenntnisse wiegen schwer. Dennoch ist dies der schönste Moment meines Lebens.

„Du kannst das Bild haben", sage ich mit belegter Stimme. „Es ist deins. Ich schenke es dir."

Nicolas wendet langsam den Kopf zu mir und schaut mich an. Ich blicke in seine unglaublich blauen Augen, die mich seit unserer ersten Begegnung so faszinieren. Ich spüre seine Wärme und seine Nähe, sie fühlt sich vertraut und fremd zugleich an. Ein sehnsuchtsvolles Beben geht wie eine Welle durch meinen ganzen Körper. Mit jeder Faser zieht es mich zu ihm hin. Mein Herz will im selben Takt wie seines schlagen, meine Lungen wollen dieselbe Luft atmen wie er. Ich will ihn spüren, ich will mit ihm verschmelzen. Ich will eins werden mit ihm.

Es ist absolut still, die Luft um uns herum scheint zu vibrieren. Sein Kinn neigt sich zu mir herunter und mit ihm das süße Grübchen, das ich so gerne mit meinen Fingerspitzen berühren möchte. Seine Lippen sind schön geschwungen. Sie sind bestimmt wunderbar weich und ich bin mir sicher, dass sie himmlisch schmecken.

Wie in Zeitlupe nähern sich unsere Münder.

Nein! Nicolas darf mich nicht küssen. Ich muss ihm erst die Wahrheit sagen. Er muss erfahren, dass ich ihn bisher nur belogen habe.

Er wird enttäuscht sein, weil ich nicht die bin, für die er mich gehalten hat. Er wird mir vielleicht nie mehr vertrauen können. Er wird mich womöglich hassen und mich nie wiedersehen wollen. Das alles werde ich irgendwie überleben. Aber nur, wenn er mich vorher nicht geküsst hat.

Ich rücke ein paar Zentimeter von ihm ab, es kostet mich eine beinah übermenschliche Anstrengung. „Nicolas." Meine Stimme klingt rau. „Ich ..."

In diesem Augenblick wird die Tür aufgerissen, jemand stapft ins Zimmer.

Nicolas und ich drehen uns gleichzeitig um. Dabei lösen sich unsere Hände. Ohne seine Berührung fühle ich mich nackt und verloren.

Ich hebe den Blick und sehe eine vertraute Gestalt. Sie hat eine braune, lederne Aktentasche mit Bewerbungsunterlagen bei sich. Mein Herzschlag setzt aus.

Es ist richtig, dass sie sich holt, was ihr zusteht. Aber ich wünschte, sie hätte sich noch ein bisschen Zeit damit gelassen.

Im Türrahmen steht Ludmilla. Die Brille ist ihr bis auf die Nasenspitze gerutscht. „Entschuldigt bitte! Die Dame ließ sich nicht aufhalten. Sie behauptet, sie sei die *echte* Emma Meier."

„Die echte ...? Was soll das heißen?" Nicolas schaut abwechselnd von mir zu Emma.

Mein Hals ist wie zugeschnürt.

„Jessica hat sich mit meinen Unterlagen bei Ihnen als Rechtsanwaltsfachangestellte ausgegeben", erklärt Emma. „Sie hat uns alle reingelegt."

Nicolas schüttelt den Kopf. Seiner Miene nach zu urteilen glaubt er Emma kein Wort.

„Ich wollte es dir sagen ...", bringe ich mühsam hervor.

Er starrt mich ungläubig an. „Heißt das etwa, dass es stimmt, was sie sagt?"

Ich nicke stumm.

„Sie hat keine Berufsausbildung", stellt Emma klar. „Sie hat überhaupt keinen Schimmer von der Arbeit in einer Kanzlei."

Nicolas' Blick hält meinen fest. „Du hast mich von vorne bis hinten belogen", stößt er fassungslos hervor.

Mein Herz liegt tonnenschwer in meiner Brust. „Ja, das habe ich", murmele ich.

Er rückt ein paar Schritte von mir ab und fährt sich mit den Händen durch die Haare.

Drei Augenpaare starren mich an. Ich kann die Enttäuschung, die Wut und das Bedauern, die sich in ihnen spiegeln, geradezu körperlich spüren.

Jetzt ist das Spiel endgültig aus. Nicolas wird mir niemals verzeihen, und Emma erst recht nicht. Ich habe den Mann meiner Träume und meine beste Freundin für immer verloren.

Ein besonderes Geschenk

Es ist mal wieder Mittwoch, Familienessen steht an. Yvonne ist mit von der Partie, sie hat weder die Arbeit noch eine andere Ausrede vorgeschoben. Brian wäre auch gerne dabei, aber er leitet mittwochabends einen Indoorcycling-Kursus in seinem Studio.

Ich bin froh, dass Mittwoch ist. An Mittwochabenden kommt unsere Familie zusammen und das ist gut so. Meine Familie ist zwar ein bisschen schräg, aber ich bin dankbar, dass ich sie habe. In den vergangenen Wochen haben sie mir ganz besonders geholfen. Sie waren für mich da. Füreinander da zu sein ist das Beste, was man sich von einer Familie wünschen kann. Es ist ein großes Glück, wenn du von Menschen umgeben bist, die dich lieben. Es ist nicht selbstverständlich.

Heute ist der fünfunddreißigste Hochzeitstag unserer Eltern, wir haben zusammengelegt und ein schönes Geschenk für die beiden besorgt.

An der Haustür ziehen wir die Schuhe aus und tappen auf Socken in die Küche. Auf dem Herd stehen Töpfe, aber der Esstisch ist nicht gedeckt und es ist niemand zu sehen. Wir gucken uns erstaunt an.

„Wohnzimmer?", schlägt Yvonne zweifelnd vor.

Ich schüttle ungläubig den Kopf.

Im Wohnzimmer steht seit jeher ein ovaler Tisch aus Eiche-Furnier samt dazu passenden Stühlen. Die Essgruppe wurde meines Wissens noch niemals benutzt. Wir essen nie im Wohnzimmer, nicht mal an Weihnachten. Meine Mutter möchte weder Flecken auf den Sitzpolstern noch auf dem Teppich riskieren.

Doch heute scheint sie eine Ausnahme zu machen. Wir betreten die heilige Stube und werden von einem

Lichtermeer aus Kerzen empfangen. Der Esstisch ist überreich gedeckt, meine Mutter und mein Vater erwarten uns lächelnd. Sie halten sich an den Händen und wirken wie ein frischverliebtes Paar. Ich kann mich nicht erinnern, jemals solch ein Strahlen in ihren Augen gesehen zu haben. Mir wird ganz warm ums Herz.

„Zur Feier des Tages werde ich deinen Kleidungsstil nicht kritisieren", verspricht mir meine Mutter.

Yvonne zuckt die Achseln. „Ich hab's versucht, aber sie lässt sich von ihrem Pippi-Langstrumpf-Look einfach nicht abbringen."

„Ich fühle mich wohl in meinen bunten Sachen", erkläre ich. „Und das ist die Hauptsache."

„Das Privileg der Künstler. Je bekloppter sie sich anziehen, umso kreativer sind sie. So sagt man zumindest." Yvonne zwinkert mir zu.

„Herzlichen Glückwunsch zum Hochzeitstag!" Wir überreichen unseren Eltern das kunstvoll verpackte Präsent.

„Donnerwetter ist das schwer! Sind da Steine drin?", stöhnt mein Vater und stellt es ab.

„Das ist von Jessica und mir", fügt Yvonne erklärend hinzu. „Brian möchte euch sein Geschenk gerne selber übergeben."

Brian hat für meine Eltern bei einer Eventagentur einen Hubschrauber-Rundflug über unsere Stadt gebucht. Eine tolle Idee und wirklich großzügig von ihm.

Meine Mutter fummelt vorsichtig am Papier herum. Sie wirft Geschenkpapier grundsätzlich nicht weg, sondern bügelt es und verwendet es bei Gelegenheit wieder.

Zum Vorschein kommt das Porzellanservice „Elegance", das meine Mutter sich seit Ewigkeiten wünscht. Das feine Porzellan hat eine wellenförmige Oberfläche, ist mit einem zarten Blumenmuster verziert und schließt an den Teller- und Tassenrändern mit Schnörkeln ab.

Meine Mutter fängt vor Freude an zu weinen.

„Da habt ihr euch ja mächtig in Unkosten gestürzt", meint mein Vater.

Nachdem meine Mutter jeden einzelnen Teller und jede Tasse bewundert und ihre Tränen getrocknet hat, beginnen wir mit dem Essen.

„Ihr glaubt nicht, was heute passiert ist!", sagt meine Mutter. Sie hat noch keinen Bissen angerührt und mein Vater hat offenbar ebenfalls keinen Appetit. Die beiden schauen sich an und schütteln fassungslos die Köpfe.

Yvonne kaut zwanzigmal auf ein und derselben Erbse herum. Sie macht mal wieder eine Diät. „Nun sagt schon!", fordert sie die beiden auf.

Meine Mutter hat rote Wangen. „Heute Morgen lag ein Briefumschlag auf dem Fußboden im Flur. Jemand hat ihn unter der Haustür durchgeschoben", berichtet sie atemlos.

„Ja, und?", fragt Yvonne.

„In dem Umschlag sind dreitausend Euro", sagt mein Vater. Seine Stimme klingt wie ein Donnerhall. „Das gibt's doch nicht! Wir dachten, wir träumen, aber es ist wirklich wahr." Er schüttelt den Kopf. „Wer macht denn sowas?"

Yvonne lässt die Gabel sinken. „Dreitausend Euro?" Sie schaut mich an und dann wieder meine Eltern. „War da nichts dabei? Keine Karte?"

„Nur ein kleiner Zettel ohne Absender", erklärt meine Mutter. „Darauf steht geschrieben: Für eure Kreuzfahrt."

Meine Schwester wendet sich wieder mir zu. Sie versucht, in meinem Blick zu lesen, und plötzlich reißt sie die Augen auf. Ich trete ihr unterm Tisch kräftig auf den

Fuß, damit sie den Mund hält.

Trotzdem platzt sie heraus: „Jessica! Das warst du, stimmt's? Das sind die dreitausend Euro, die du für dein Bild bekommen hast!"

Ich konzentriere mich auf die Knödel auf meinem Teller. Ich habe mir vor einer Weile geschworen, nie wieder zu schwindeln, und daran halte ich mich.

„Ist das wahr, Jessica?", keucht meine Mutter.

„Du hast dreitausend Euro für ein Bild bekommen? Für ein Bild, das *du* gemalt hast?" Mein Vater spricht wie ein Roboter.

Ich nicke stumm. Nicolas hat mir das Geld über Yvonne zukommen lassen. Ich habe es abgelehnt, schließlich hatte ich ihm das Bild geschenkt. Aber laut Yvonne wollte er das Geschenk nicht annehmen, sondern das Bild ordnungsgemäß bezahlen.

„Das wird vermutlich nicht das letzte Gemälde sein, das Jessica teuer verkauft", erklärt Yvonne stolz. „Sie hat bald ihre erste eigene Ausstellung."

„Wirklich?", fragen meine Eltern im Chor. „Davon wussten wir ja gar nichts."

„Antonio Brunetti, das ist ein stinkreicher Typ, hat Jessica zu der Ausstellung gedrängt. Er hat alles organisiert. Ich schätze, da werden einige honorige Leute aufkreuzen. Wir von der *Allgemeinen* sind übrigens auch da."

Du lieber Himmel, auch das noch! Ich habe so furchtbares Lampenfieber vor dieser Ausstellung und schon mindestens hundertmal bereut, mich darauf eingelassen zu haben. Und nun ist zu allem Überfluss sogar die Presse dabei!

„Verkleide dich doch einfach als Spongebob, dann erkennt dich keiner", schlägt Yvonne vor und zwinkert mir grinsend zu.

Am Tag nachdem Nicolas mich mit bösen Worten

fortgejagt hat, habe ich Yvonne alles erzählt. Sie hätte beleidigt sein oder mir Vorwürfe machen können, schließlich habe ich sie nach Strich und Faden belogen. Aber im Gegenteil: Sie fand, das sei eine „total abgefahrene Story".

„Hast du dir inzwischen Möbel gekauft?", erkundigt sie sich stirnrunzelnd.

„Nö, aber das macht gar nichts. Ich habe meine Staffelei und meine Farben, das ist das Wichtigste."

„Wofür denn? Hast du neuerdings eine eigene Wohnung?", fragt mein Vater.

„Ein Zimmer in einer Studenten-WG. Es hat ein großes Fenster! Ich ziehe am Ersten ein."

Wenn ich nicht male, arbeite ich als Schreibkraft bei einem steinalten Arzt. Außerdem putze ich frühmorgens die Geschäftsräume einer Wohnungsgenossenschaft. Mit einer Portion Glück und dank meiner regelmäßigen Einnahmen habe ich das WG-Zimmer ergattert.

„Kind, du musst doch wenigstens ein Bett zum Schlafen haben!", ruft meine Mutter entsetzt.

„Du kannst das Bett aus dem Gästezimmer haben", meint Yvonne. „Ich hab ne ganz schicke Schlafcouch gesehen, die werd ich mir kaufen."

Mein Vater räuspert sich. „Jessica!", sagt er streng. „Habe ich das richtig verstanden: Du hast uns dein Geld geschenkt?"

Ich schaue erst meinen Vater und dann meine Mutter an. „Ja. Es sollte eine Überraschung sein. Ich hatte gehofft, ihr würdet nicht rausfinden, dass ich es war."

Meiner Mutter treten die Tränen in die Augen. „Aber warum tust du sowas, Jessica?"

„Du bist doch selber arm wie ne Kirchenmaus", fügt mein Vater hinzu.

„Ich möchte euch euren sehnlichsten Wunsch erfüllen. Ihr träumt doch schon seit Jahren von einer Kreuzfahrt."

„Das können wir nicht annehmen!", sagt meine Mutter entschieden und mein Vater stimmt ihr zu. Genau das hatte ich befürchtet.

„Natürlich nehmt ihr das an", bestimmt Yvonne. „Jessica hat recht! Ihr träumt schon ewig von dieser Reise, also los, worauf wartet ihr? Ich leg noch was drauf, dann könnt ihr ne Außenkabine nehmen."

Meine Mutter springt auf und reißt mich fast vom Stuhl. „Jessica, das ist ... also das ist so unglaublich lieb von dir!" Sie fällt mir in die Arme, ihr Körper bebt vom Weinen. Anschließend bedankt sie sich bei Yvonne.

„Wir haben dir nie so richtig was zugetraut", murmelt mein Vater und umarmt mich fest. „Das tut mir sehr leid. Bitte verzeih."

Ich schmiege mein Gesicht an seinen Pullunder und genieße den Moment. Mein Herz läuft über vor Freude. Wer etwas mit Liebe verschenkt, der bekommt es doppelt und dreifach zurück.

„Kinder, das Essen ist kalt geworden!", ruft meine Mutter bestürzt. „Ich werde es aufwärmen, aber das schmeckt nicht so gut wie frisch gekocht."

„Deine Gerichte schmecken auch aufgewärmt fantastisch", versichert mein Vater.

Ich löse mich aus der Umarmung und helfe mit, die Schüsseln in die Küche zu tragen.

***

Es ist spät geworden, Yvonne drängt zum Aufbruch. Sie hat morgen ein wichtiges Meeting und will ausgeschlafen sein. Beladen mit einer Essensration für mindestens drei Wochen verabschieden wir uns von unseren Eltern.

Vor der Haustür empfängt uns ein lauer Frühlingsabend. Auf dem Weg zum Auto atme ich tief die prickelnd-süße Luft ein. Dieser Mittwochabend ist wirklich rundum gelungen.

Yvonne lenkt den Wagen durch die Straßen. An der Zufahrt zur Fußgängerzone muss ich unwillkürlich an Nicolas denken. Das passiert mir immer, wenn ich hier in der Gegend bin, was glücklicherweise nicht oft vorkommt. Normalerweise verbiete ich mir jeglichen Gedanken an Nicolas, seine blauen Augen und mein gebrochenes Herz.

Dort drüben ist der Fluss. „War schön, dich zu treffen", hatte er bedauernd gesagt, obwohl ich nach totem Tier gestunken habe. Anschließend war ich singend zur Bushaltestelle gehüpft.

„Fire and ice, this love is like fire and ice", summe ich vor mich hin.

Yvonne stöhnt verzweifelt. „Lass es sein, Jessica! Du *kannst* nicht singen!"

Ich singe etwas leiser weiter.

„Hast du schon das Neueste von Nicolas gehört?", erkundigt sie sich scheinheilig. Sie weiß genau, wie sie mich zum Schweigen bringen kann.

Ich verstumme.

„Soll ich's dir erzählen?", fragt sie.

„Nein ..." Ich bin hin- und hergerissen. Alles in mir lechzt danach, etwas über Nicolas zu erfahren. Mir wäre es sogar egal, wenn Yvonne einen Teil dazudichtet. Doch ich darf nicht riskieren, dass meine mühsam errichtete und äußerst wackelige Festung zusammenkracht.

Ich bin rundum glücklich mit meinem Leben, solange ich nicht an Emma oder Nicolas denken muss. Nein, ich werde mir diesen schönen Mittwochabend ganz bestimmt nicht seinetwegen kaputtmachen.

„Marie ist jetzt in einem Schweizer Sanatorium und hat sich in einen Arzt verknallt. Sie wollen im Mai heiraten."

„Das weiß ich schon. Es stand auf der Klatschseite der *Allgemeinen*", entgegne ich.

Eigentlich bin ich ja keine Zeitungsleserin. Ich lese sie nur freitags wegen der Rechtstipps. Alle paar Wochen ist Nicolas mit einem Beitrag dabei, und in der oberen linken Ecke des Artikels prangt immer ein kleines Foto von ihm.

„Weißt du noch, was für ein Aufhebens sie wegen ihres kleinen Köters gemacht hat?", schnaubt sie. „Pupsibär! Allein der Name ist total beknackt!"

„Er ist kein Köter. Er ist ein intelligenter kleiner Hund", widerspreche ich.

Sie wirft einen Blick in den Rückspiegel und zieht nach rechts rüber. Die nächste Ampel springt auf Rot.

„Marie wollte den Hund einschläfern lassen oder sonst wie loswerden. Sie hat behauptet, dass sie den Hund hasst."

„Vermutlich hat sie ihren Hass auf Nicolas auf den Hund übertragen. Er hat ihn ihr ja einst geschenkt."

„Genau meine Meinung. Nun ja, Nicolas hatte den Hund in Pflege und nun will er ihn behalten. Ich finde das affig. So ein smarter Typ mit einem kleinen Fiffi, das passt überhaupt nicht zusammen."

Angespannt starre ich das rote Licht der Ampel an. Jetzt reden wir ja doch über Nicolas, obwohl ich das partout nicht wollte! „Lass uns bitte das Thema wechseln", sage ich zu Yvonne.

„Okay", willigt sie ein und schaltet das Radio an.

Der Wetterbericht kündigt für die nächsten Tage Temperaturen bis fünfundzwanzig Grad an.

„Du bist immer noch in Nicolas verknallt, nicht wahr?", erkundigt sie sich mitfühlend. „Das tut mir echt leid, du solltest ihn dir ein für allemal aus dem Kopf schlagen. Nicolas Herzog ist durch und durch ein Business-Typ. Solche Männer stehen nicht auf Pippi Langstrumpf."

„Yvonne, bitte, das weiß ich doch selber! Ich werde darüber hinwegkommen. Lass uns über was anderes reden."

Den Rest der Fahrt erzählt Yvonne mir die neuesten Klatschgeschichten über die hiesige Prominenz: Ein Stadtverordneter ist mit seiner Schwiegermutter durchgebrannt, der Leiter der Gumminippelfabrik hatte einen Herzinfarkt und die letztjährige Herbstfestkönigin ist schwanger.

Wir fahren die Straße entlang, in der Yvonne wohnt. Gleich sind wir daheim.

„Hoppla! Den Wagen kenn ich doch!", ruft sie und biegt in unsere Einfahrt.

Am Seitenstreifen vorm Haus steht ein dunkles Auto.

„Da haben ihm wohl die Ohren geklingelt", meint sie kichernd.

„Wer ist denn das?", erkundige ich mich. „Der durchgebrannte Stadtverordnete? Oder der Gumminippelmann?"

„Kennst du etwa Nicolas' Wagen nicht?" Sie schüttelt entrüstet den Kopf, als würde mir ein Großteil der Allgemeinbildung fehlen.

„Nein, woher denn?", entgegne ich und im selben Moment macht es Klick bei mir. Wenn das Nicolas' Wagen ist, dann sitzt er höchstwahrscheinlich auch da drin. Das bedeutet: Nicolas ist hier, vor unserem Haus! Ich kriege den Schock meines Lebens.

„W-a-a-a-s will d-e-e-rr hi-i-ie-rr?", stottere ich.

„Reg dich ab, Schwesterherz, er ist garantiert nicht deinetwegen da. Vielleicht will er das Thema des nächsten Rechtstipps besprechen oder so etwas. Ich werde ihn auf morgen vertrösten, ich muss ins Bett." Yvonne steigt aus.

Tief in meinen Sitz gekauert beobachte ich, wie die Fahrertür des dunklen Wagens aufschwingt und Nicolas ebenfalls aussteigt. Mir bleibt das Herz stehen.

Yvonne geht auf ihn zu, sie treffen sich unter der Laterne am Gartenweg. Ich rutsche noch tiefer in den Sitz und wünschte, ich hätte den Mut, einfach „Hallo" zu ihm zu sagen.

Der kleine Hund hopst aus dem Auto. Nicolas schickt ihn wieder zurück, aber Schwupp ist er wieder draußen und saust zwischen seinen Beinen hindurch. Im nächsten Moment kläfft er Yvonnes Auto an. Und zwar die Beifahrertür. Yvonne schaut sich nervös um. Ihre Nachbarn reagieren empfindlich auf störende Geräusche.

Pupsibär baut sich neben meiner Tür auf, wackelt mit dem Hinterteil und kläfft wie verrückt. Ich steige aus und pralle beinah mit Nicolas zusammen, der schnell seinen Hund einsammelt. Mir steigt das Blut in den Kopf und meine Beine werden zu Wackelpudding.

Er steht stockstoif da, den zappelnden Hund unterm Arm, und guckt mich an. Oh Mann, diese Augen! Sie hauen mich sogar im Halbdunkeln aus den Socken. Ich schaue schnell runter auf den Boden.

„Hallo", murmeln wir gleichzeitig.

Überschwänglicher kann eine Begrüßung kaum ausfallen.

„Nicolas ist *doch* deinetwegen hergekommen! Er bringt dir das Bild zurück", trompetet Yvonne, die ja niemals eine Neuigkeit für sich behalten kann.

Mein erster Gedanke gilt den dreitausend Euro, die er nun bestimmt wieder haben will. Mir gefriert das Blut in den Adern.

„Du ... bringst das Bild zurück?", keuche ich in Richtung seiner Schuhe. Er trägt Sportschuhe und Jeans. Huch! Wo hat er denn sein akkurates Business-Outfit gelassen? Mein Blick wandert höher und trifft auf einen modernen Strickpullover, der weich aussieht und ihm supergut steht.

„Darf ich reinkommen? Ich würde dir das gerne erklären", sagt er.

„Aber klar doch", schaltet sich Yvonne ein und geht voraus, um die Haustür aufzuschließen.

Nicolas macht sich an seinem Kofferraum zu schaffen und holt ein in Seidenpapier eingeschlagenes, großes, flaches, viereckiges Etwas heraus, bei dem es sich aller Wahrscheinlichkeit nach tatsächlich um ein Bild handelt. Er klemmt es sich unter den freien Arm und geht mit Hund und Bild ins Haus.

Yvonne legt ihren Schlüsselbund auf die Kommode und gähnt herzhaft. „Sorry, Leute, ich bin raus. Ich hab morgen in aller Frühe ein wichtiges Meeting. Nehmt euch was zu trinken, ja?"

Ich wünschte wirklich, sie hätte die Gastgeberin gemimt und Nicolas unterhalten. Ich fühle mich außerstande, das auch nur ansatzweise zu meistern. Wortlos tapse ich zum Gästezimmer, öffne die Tür und schalte das Licht an. Das übliche Durcheinander aus verstreuten Klamotten, Büchern, Zeitschriften und Schokoriegelpapier empfängt uns. Ich sammle schnell den Slip ein, den ich vorhin vorm Duschen auf dem Fußboden verloren habe, und lasse ihn unter der *Allgemeinen* vom vergangenen Freitag verschwinden.

„Setz dich doch", murmele ich und zeige aufs Bett.

Umständlich stellt er das Paket ab und lehnt es an den Kleiderschrank. Pupsibär hopst von seinem Arm auf den Fußboden und freut sich wie Bolle, mich zu sehen. Er springt an meinen Beinen hoch, wackelt übermütig mit dem Hinterteil und macht lustige Geräusche.

„Willi, komm her!", sagt Nicolas streng. Augenblicklich klappt der Hund die Ohren zurück und trabt zu seinem Herrchen. Junge, Junge, Nicolas hat ihm ja richtig gutes Benehmen beigebracht!

„Pupsibär heißt jetzt Willi?"

Nicolas lächelt mich an. Sein Lächeln spiegelt sich in seinen Augen wider. Sie sind so blau wie der Morgenhimmel. Ich schmelze dahin und konzentriere mich auf meine Sandalen. Sie sind rosa mit weißen Punkten und haben Schmetterlingsschnallen. Yvonne hasst diese Sandalen, ich liebe sie.

Er setzt sich aufs Bett. „Meine Großtante hatte einen Hund, der Willi hieß. Ich habe als Kind die Sommerferien in ihrem Landhaus verbracht und bin mit dem Hund durch die Felder gezogen", erinnert er sich. Seine Stimme klingt ein bisschen wehmütig.

Bilder eines kleinen Jungen, der unbeschwert mit einem Hund durch die Natur stromert, tauchen vor meinem geistigen Auge auf. Daheim bei seinem autoritären Vater ging es bestimmt selten unbeschwert zu. Friedhelm stellte vermutlich für jeden Scheiß wichtige Regeln und Gesetze auf. Umso mehr genoss der kleine Junge die Ferien bei seiner Großtante. Ob es auch einen Großonkel gegeben hatte?

„War Großtante Violetta eigentlich mal verheiratet?", erkundige ich mich, und nehme in Ermangelung weiterer Sitzgelegenheit ebenfalls auf dem Bett Platz.

Nicolas wendet den Kopf. „Woher weißt du denn, dass sie Violetta heißt?", fragt er.

Uh, da war ja noch was! Ich betrachte meine Strumpfhose. Wie soll ich ihm das bloß erklären?

Plötzlich geht ein Ruck durch seinen Körper. „Jetzt hab ich's! *Du* warst Spongebob!", ruft er aus. Es dauert eine kleine Weile, bis sich ihm die Erkenntnis in ihrer ganzen Tragweite offenbart.

In Erwartung der Schadenersatzforderung, die Friedhelm gewiss noch am selben Abend aufgestellt hat, ziehe ich den Kopf ein. Und bin baff, dass Nicolaus lauthals anfängt zu lachen. Er kriegt sich gar nicht wieder ein. Oh wie herrlich das klingt! Ich habe ihn noch nie lachen gehört! Mir geht das Herz kilometerweit auf. Ich kann nicht anders, ich muss mitlachen.

Japsend wischt er sich die Lachtränen aus den Augenwinkeln. „Du kannst dir nicht vorstellen, was bei uns zuhause los war, nachdem sich herausstellte, dass Großtante Violetta den Abend im Hotel und nicht auf dem Kostümfest verbracht hat! Mein Vater hat sogar einen privaten Ermittler eingeschaltet, um Spongebob ausfindig zu machen! Es gibt noch immer keine heiße Spur."

„Na, da kann ich mich ja auf was gefasst machen", seufze ich. „Was meinst du, darf ich meine Staffelei mit ins Gefängnis nehmen?"

„Schon möglich. Vorausgesetzt, du hast einen guten Verteidiger", entgegnet er grinsend.

Wie fröhlich er geworden ist! Seine Stirn ist glatt, seine Augen blitzen, er wirkt viel freier und gelöster! Eine wunderbare Veränderung! Vermutlich ist er froh über die Trennung von Marie, auch wenn die Umstände, die dazu führten, alles andere als angenehm waren.

„Hm, dich kann ich wohl nicht engagieren", überlege ich laut. „Du bist, wie heißt das noch gleich, voreingestellt?"

„Befangen?", schlägt er vor. Sein niedliches Grübchen zuckt.

„Außerdem übernimmst du für gewöhnlich ja keine PHK-Fälle", füge ich hinzu.

„PKH heißt das." Er lacht schon wieder. „Oh, Jessica! Du hast mir gefehlt!" Das ist ihm offenbar rausgerutscht. Er schweigt betreten.

Du hast mir auch gefehlt, Nicolas! Du fehlst mir jeden Tag, jede Stunde, jede Minute, jede Sekunde! Das würde ich am liebsten laut herausschreien. Stattdessen zeige ich auf das Paket, das am Kleiderschrank lehnt.

„Ist da wirklich das Tor zur Seele drin?" Unwillkürlich erlebe ich wieder diesen wunderbaren Moment, als wir Hand in Hand in seinem Büro standen und das Bild betrachteten. Das war einmal! Heute bringt er mir das Gemälde zurück, weil er es nicht mehr haben will. Hoffentlich akzeptiert er Ratenzahlungen. Ich streiche meinen Minirock glatt, um meinen Händen etwas zu tun zu geben, und fahre das Blumenmuster mit den Fingern nach.

Willi, der brav neben Nicolas auf dem Boden hockte, kommt auf leisen Pfoten herbei, lässt sich zu meinen Füßen nieder und legt seinen Kopf auf meinen Schuh.

Ich spüre, wie Nicolas mich anschaut.

„*Tor zur Seele*? Ist *das* der Titel des Bildes?", fragt er mit belegter Stimme.

Ich nicke stumm. Ich kann seinen Blick nicht erwidern. Wenn ich ihm jetzt in die Augen schaue, könnte alles Mögliche passieren. Ich könnte anfangen zu weinen. Ich könnte ihm um den Hals fallen. Ich könnte ihm gestehen, dass ich ihn liebe. Ich würde alles nur noch schlimmer machen.

Die Stille ist kaum zum Aushalten. Ein dicker Kloß

bildet sich in meinem Hals.

„Ich möchte dich um eine Signatur bitten", sagt er und zeigt auf das Paket. „Damit das Bild vollständig ist."

Seine Worte ziehen in Zeitlupe durch meine Gehirnwindungen. „Du willst nur meinen Namen auf dem Bild haben? Du willst es gar nicht zurückgeben?", krächze ich.

„Nein. Dieses Bild gebe ich niemals her."

„Ach so", mache ich verwirrt.

Seine warme Stimme dringt in mein Ohr. „Ich bin froh, dass du es noch nicht signiert hattest. Das gab mir einen plausiblen Grund, herzukommen."

„Ach so", murmele ich erneut und bin nun vollends durcheinander.

Ich spüre, dass er meinen Blick sucht. „Jessica, warum warst du auf dem Kostümfest?"

Ich versuche zu schlucken, aber es geht nicht. Ich will mich räuspern, aber stattdessen dringt ein Schluchzer aus meiner Kehle. Tränen brennen wie Feuer in meinen Augen. Ganz gleich, was ich damit anrichte, ich muss ihm die Wahrheit sagen.

„Weil ich dich liebe."

Habe ich das wirklich gesagt? Oder habe ich es nur gedacht?

Seine Hand fasst nach meiner. Sie fühlt sich stark und fest und vertraut an. Überrascht schaue ich auf und begegne seinen unglaublich blauen Augen. In ihnen schimmert ein Glanz, den ich noch nie in ihnen gesehen habe. Ein wunderschöner, atemberaubender Glanz.

Ich spüre etwas in meinem Inneren schmelzen, ein wohliges Prickeln breitet sich von meinem Herzen bis in meinen Unterbauch aus. Und dann liege ich in seinen Armen. Ich atme den köstlichen Geruch seiner Haut ein, fühle seine Arme, die meinen Körper umschlingen, und seine sanften Hände in meinem Haar. Das muss ein Traum sein. Es kann nicht anders sein. Ich schließe die Augen und wünsche mir, niemals mehr aufzuwachen.

„Ich liebe dich, Jessica. Oh Gott, ich liebe dich so sehr!", flüstert er in mein Ohr und fährt zärtlich mit seinen Lippen an meinem Hals entlang. „Schon vom ersten Augenblick an."

Vom ersten Augenblick an? Da trug ich schicke Sachen und spielte ihm die strebsame Emma vor! Ich schlucke hart, öffne die Augen und rücke ein Stück von ihm ab.

„Ich werde niemals eine Businessfrau sein, Nicolas. Ich bin keine Barbie und auch keine Doreen. Schau mich an, ich entspreche kein bisschen deinem Beuteschema!"

„Ich will keine Businessfrau und ich will auch keine Barbie. Ich will dich", sagt er entschieden. „Du bist kreativ, fröhlich und echt - und du hast ein großes Herz. Darüber konnten mich auch deine schicken Klamotten und deine Lügengeschichten nicht hinwegtäuschen."

Ein überglückliches Lächeln breitet sich in meinem Gesicht aus.

Er zieht eine Augenbraue hoch. „Wer ist eigentlich Doreen?"

„Sie ist sehr sexy und sie kennt gewisse Techniken", entgegne ich.

„Du bist sexy, Jessica", sagt er mit rauer Stimme und drückt mich fest an sich.

Ich spüre seinen harten Brustkasten und die Muskeln an seinen Oberarmen. Millionen Ameisen krabbeln über und unter meiner Haut. Ich seufze wohlig und schlinge meine Arme um seinen Nacken.

Sein Daumen streicht sanft meine Wirbelsäule entlang. „Und *wie* sexy du bist!"

Das Wunder der Liebe

Die Ausstellung findet in einer Bootshalle am Hafen statt. Es ist ein wunderbarer Frühsommertag, die Sonne lacht, die Vögel zwitschern und die Wellen des Flusses platschen träge gegen die Kaje.

Die Vernissage geht dem Ende entgegen, die meisten Besucher haben sich verabschiedet. Es war ganz schön was los in der Bootshalle, zeitweise gab's sogar ein richtiges Gedrängel. Unter den wenigen verbliebenen Gästen sind auch meine Eltern. Sie platzen fast vor Stolz und werden nicht müde, jedem Interessierten zu erzählen, dass ich ihre Tochter bin.

Angelina, Antonio, Nicolas und ich gehen ein paar Schritte am Flussufer entlang und genießen die herrlich laue Luft. Willi trabt munter vor uns her. Die Aufregung des Tages fällt langsam von uns ab. Nicolas hat seinen Arm locker um meine Hüfte gelegt, er atmet den Duft meines Haars ein und flüstert mir ins Ohr, dass er mich liebt.

Mein Herz macht einen Purzelbaum. Das macht es in den letzten Wochen andauernd. Ich bin der glücklichste Mensch auf diesem Planeten. Na ja, fast.

„Die Location ist nicht optimal", entschuldigt sich Antonio. „Aber was Besseres ließ sich einfach nicht auftreiben. Wenn ich doch nur endlich das passende Gebäude finden würde! Ich suche schon seit mindestens einem Jahr nach einem Ort, an dem ich wechselnde Ausstellungen junger Künstler organisieren kann."

Angelina streichelt ihm lächelnd über den Arm. „Es scheint so, als hättest du deine Berufung gefunden. Ich gönn's dir von Herzen."

„Danke, mein Engel, du bist die Allerbeste." Er gibt ihr einen sanften Kuss.

„Ich weiß nicht, was du gegen die Bootshalle hast", rätsele ich. „Es ist total schick da drinnen. Das Mobiliar, die Deko - und das Catering nicht zu vergessen."

„Das Essen war erstklassig", pflichtet mir Angelina bei.

Ich kichere. „Hoffentlich haben der Bürgermeister und all diese wichtigen Leute nicht bemerkt, dass mir die Pfirsichhälfte in den Ausschnitt gerutscht ist."

„Ich bin sicher, dass es niemandem entgangen ist", meint Nicolas schmunzelnd. „Du hast so ein gewisses Talent, deine Mitmenschen an deinen kleinen Missgeschicken teilhaben zu lassen."

Mir schießt die Röte in die Wangen. „Ich weiß nicht, warum sowas immer nur mir passiert", jammere ich.

Angelina, Antonio und Nicolas prusten los.

„Ich meine, mal ehrlich, Nicolas! Denk doch nur mal an letzte Woche, als mir beim Einkaufen die Palette Eier aus der Hand fiel und ich anschließend auch noch darauf ausgerutscht bin! Oder gestern, als wir mit Willi spazieren waren, und aus Versehen der Haustürschlüssel im Gully gelandet ist."

Die drei biegen sich vor Lachen.

Angelina kriegt sich als Erste wieder ein. „Deine Ansprache heute war göttlich", setzt sie noch einen drauf.

„Du meinst sicher meinen Exkurs über ... Ach lassen wir das lieber! Wenn ich nervös bin, sage ich dumme Sachen. Zum Glück habe ich keinen Lachflash gekriegt."

Nicolas bleibt stehen, nimmt seinen Arm von meiner Hüfte, fasst mich bei den Händen und schaut mir ernst in die Augen. „Mein Liebling, ich bin so glücklich, dass du genauso bist, wie du bist! Ich liebe deine bunten

Klamotten, ich liebe deinen Humor und ich bewundere dich für dein großes Talent. Ich möchte, dass du das niemals vergisst!" Er gibt mir einen langen Kuss.

Hach, ich schmelze dahin. Das passiert mir immer, wenn er mich küsst.

Wir gehen langsam zurück zur Bootshalle. Er räuspert sich. „Würde es dir etwas ausmachen, während der nächsten Monate auf das Turmzimmer zu verzichten?"

„Oh", mache ich, und bemühe mich, mir meine Enttäuschung nicht anmerken zu lassen. Das Turmzimmer ist einfach der perfekte Ort zum Malen. Nicolas wird wichtige Gründe haben, sonst würde er mir diesen Raum niemals streitig machen.

Ein breites Grinsen erscheint auf seinem Gesicht. Angelina und Antonio grinsen ebenfalls. Was haben sie nur?

„Wozu brauchst du denn das Turmzimmer?", hake ich nach.

„Ich brauche es nicht", meint er.

„Du brauchst es nicht?", wiederhole ich. „Aber warum ...?"

„Ich möchte mit dir verreisen", sagt er. „Wenn du einverstanden bist."

„... ich ... einverstanden ...?", stammele ich.

Er strahlt mich an. „Wir werden wunderbare Orte besuchen. Orte, an denen große Maler gelebt haben. Orte, an denen so wunderbares Licht ist, dass du den ganzen Tag malen willst. Wir werden ursprüngliche Natur sehen, wir werden ..."

Mir wird schwindelig, ich stolpere über meine eigenen Füße. Nicolas hält mich mit sicherem Griff.

„Das ist nicht dein Ernst, oder?", quieke ich. Mein Herz klopft mir bis zum Hals.

„Doch, mein Liebling. Ich denke, wir sollten ein halbes Jahr lang verreisen. Was hältst du davon?"

„Ein ... halbes ... Jahr?"

„Ich möchte mehr von der Welt sehen als unsere Stadt. Und ich glaube, du möchtest das auch."

„Ja", entgegne ich tonlos. In meinem Kopf saust alles durcheinander.

Angelina und Antonio klatschen in die Hände und dann umarmen sie mich. „Ihr werdet eine wunderbare Zeit haben", sagt Angelina und küsst mich auf die Wange. „Vielleicht können wir uns ja für ein paar Tage irgendwo treffen? In Venedig?"

„Venedig?", hauche ich.

„Willi kommt ins Handgepäck", sagt Nicolas.

Der kleine Hund bleibt stehen, dreht sich zu uns um, wackelt mit dem Hinterteil, und trottet weiter.

„Und was wird aus der Kanzlei, während wir fort sind?", frage ich.

„Die übernimmt Antonio", verkündet Nicolas.

„Wie bitte?", fragt unser Freund verdutzt. „Was soll ich denn mit deiner Kanzlei?"

„Ich denke, sie wäre ideal für deine Kunstausstellungen", meint Nicolas. „Inklusive der Eingangshalle, versteht sich."

„Du bist verrückt!", ruft Antonio begeistert.

Wir haben die Bootshalle erreicht. Die Cateringfirma bewirtet die letzten Gäste, meine Eltern stehen fachsimpelnd mit einem älteren Paar vor einem meiner Bilder. Ich lächle in mich hinein.

Antonio, Angelina, Nicolas und ich setzen uns draußen auf die Bänke. Der Horizont färbt sich flammend orange. Ein wunderschönes Farbenspiel. Ein wunderschöner Abschluss eines wunderschönen Tages.

„Ich habe mich für das Amt des Richters beworben", erklärt Nicolas unseren Freunden. „Meine Chancen stehen gar nicht schlecht."

Ich hoffe so sehr, dass Nicolas' Wunsch in Erfüllung geht. Einen besseren Richter als ihn gibt es nicht.

„Du willst die Kanzlei aufgeben?", ruft Antonio überrascht. „Und was sagt dein Vater dazu?" Er beißt sich auf die Zunge. „Sorry."

„Ist schon okay. Meine Eltern sind natürlich nicht erfreut über meine Entscheidung. Sie haben eine Weile gebraucht, aber inzwischen haben sie sich an den Gedanken gewöhnt."

Er verschweigt unseren Freunden, dass Friedhelm damit gedroht hat, Nicolas zu enterben. Nicolas hatte großen Stress mit seinen Eltern, aber ich bin sehr glücklich, dass er jetzt seinen eigenen Weg geht. Seine Eltern werden sich damit abfinden.

„Dann muss ich mir also bald einen anderen Anwalt suchen!", murrt Antonio.

„Tut mir leid", entgegnet Nicolas.

„Tut es dir nicht!", erwidert Antonio lachend und Nicolas stimmt ihm grinsend zu.

„Ich kann dir die Kanzlei Junker und Trumpf empfehlen. Die Jungs sind richtig gut."

Ein Stich fährt mir ins Herz. Junker und Trumpf, das ist die Kanzlei, in der Emma jetzt arbeitet. Nicolas hat das für sie eingefädelt. Er wollte sie nicht einstellen, weil er befürchtete, unseren Streit dadurch zusätzlich anzufeuern. Nun, der Streit währt immer noch, und das wird wohl leider so bleiben. Alle meine Versuche, mit Emma Kontakt aufzunehmen, sind gescheitert. Ich habe ihr einen langen Brief geschrieben. Auf meine Handy-Nachrichten antwortete sie nicht. Ich rief sie an und sie legte sofort auf. Und sie ließ mich nicht rein, als ich bei ihr an der Haustür klingelte.

„Eines verstehe ich nicht, Nicolas", sagt Antonio

nachdenklich. „Warum willst du Richter werden? Da verdienst du weniger und stehst nicht mehr im Rampenlicht."

„Du hörst dich an wie mein Vater." Nicolas' Gesicht verzieht sich zu einer schiefen Grimasse. Dann entspannt sich seine Miene wieder, er atmet tief die frische Luft ein, schaut zum Horizont und sagt: „Im Leben geht es nicht ums Gewinnen oder Verlieren. Es geht um Gerechtigkeit. Ich möchte ein kleines bisschen dazu beitragen, die Welt zu einem besseren Ort zu machen."

Angelina nickt. „Ich verstehe dich. Als Anwalt musst du gewinnen, gleichgültig, ob deine Mandanten objektiv gesehen im Recht sind, oder nicht."

Nicolas nickt. „Ganz genau so ist es. Ich habe es gehasst. Von Anfang an."

„Da kommen so reiche Säcke wie ich, haben Dreck am Stecken wie sonst was, und du ziehst sie aus dem Schlamassel, obwohl sie eigentlich bestraft werden müssten."

„Du hast keinen Dreck am Stecken", sagt Nicolas. „Aber auf einige meiner Mandanten trifft das durchaus zu. Ich gebe für jeden mein Bestes, weil das mein Job ist. Ich bin der erfolgreichste Anwalt der Stadt. Ich habe unzählige Fälle gewonnen, die ich eigentlich hätte verlieren müssen. Ich will das nicht mehr."

„Und was wird aus der grauen Schachtel?", erkundigt sich Antonio.

„Sie heißt Ludmilla", weist ihn Angelina zurecht.

„Ludmilla geht Anfang nächsten Monats in Frührente. Ihr Mann hat die Operation gut überstanden und die Prognosen sind vielversprechend. Sie freuen sich darauf, zukünftig mehr Zeit miteinander verbringen zu können", erklärt Nicolas.

Ich schmiege mich in seine Armbeuge. Antonio und

Angelina kuscheln sich ebenfalls aneinander. Schweigend schauen wir übers Wasser. Ich denke an Orte und Länder, die ich gerne mit Nicolas bereisen möchte. Ich kann noch immer nicht glauben, dass das wirklich wahr werden könnte.

***

Es ist der letzte Abend vor der Abreise. Unsere Koffer stehen gepackt im Flur. Den ganzen Tag bin ich rastlos umhergelaufen. Ich mag nicht fahren, ohne Emma auf Wiedersehen gesagt zu haben. Ich will noch einen letzten Versuch wagen.

Ich sitze im Eulenspiegel, unserer Lieblingskneipe, an unserem Lieblingstisch im hinteren Eck. Von hier aus kann ich das bunte Treiben im Lokal beobachten. Die Bedienung kommt an den Tisch. Ich bestelle einen Schokoladenmilchshake mit viel Sahne und lasse die Eingangstür nicht aus dem Blick. Hoffentlich kommt Emma! Bitte, lieber Gott, hab ein Einsehen, und schick mir meine Freundin her!

Seit dem besagten Sonnabend, als ich aus dem Fenster geflohen bin, war ich nicht mehr hier. So vieles ist seitdem geschehen. Wie viel mehr wäre es wert, wenn ich es mit meiner besten Freundin teilen könnte!

Es ist wirklich verrückt: Ich habe mich wer weiß wie verbogen, um jemand anderes zu sein - und habe dadurch erkannt, wer ich wirklich bin. Ich lasse mir von niemandem mehr einreden, dass ich schlanker, ernsthafter oder angepasster sein sollte. Ich ziehe mich bunt an, ich trage Zöpfe, ich esse Schokoriegel und meine sportlichen Ambitionen gehen gegen null. Ich singe, obwohl alle sagen, dass ich nicht singen kann. Und ich male.

Ich male das, was sich durch mich ausdrücken will,

und damit berühre ich andere Menschen in ihren Herzen. Diese Gabe ist so unglaublich kostbar, sie erfüllt jede Zelle meines Körpers mit Glückseligkeit. Meine Bilder transportieren Gefühle und Stimmungen - und zuweilen können sie sogar zu Erkenntnissen führen.

Mein Blick schweift über die Gäste an den Tischen und am Tresen. Der übliche Andrang an einem Freitagabend. Alle Tische sind besetzt. Es ist wie immer. Und doch ist alles anders.

Die Bedienung balanciert ein Tablett mit Getränken vor sich her. Sie wirkt gehetzt. „Struwwelpeter mit Sahne?"

„Ja, bitte."

Der Shake sieht köstlich aus. Ein großes Glas, angefüllt mir gequirltem Schokoeis und Sahne. Die Sahne ist mit Schokoflocken bestreut, ein bunter Strohhalm lugt über den Rand. Die feuchte Außenseite des Glases zeugt von der herrlich frischen Kühle des Getränks.

Sie überreicht mir den Struwwelpeter. Im selben Moment drängelt sich ein Pärchen vorbei und rempelt die Bedienung an. Sie balanciert ihr Tablett, ich greife schnell nach dem Shake, spüre das kalt-feuchte Glas in meinen Fingern - und es glitscht mir einfach aus der Hand. Oh nein!

„Tut mir wirklich leid", beteuert die Bedienung. „Ich bringe Ihnen gleich einen neuen Struwwelpeter." Schon ist sie zwei Tische weiter und lädt dort Bierkrüge ab.

Na großartig! Ich bin vom Kragen bis zum Rocksaum vollgekleckert. Ein neuer Shake, gut und schön, aber eine Garnitur frische Klamotten wäre mir lieber.

Ratlos schaue ich an mir hinunter.

„Hallo Jessy."

Ich springe auf. „Emma!"

Da ist sie! Meine Freundin Emma! Sie lächelt mich

an. Oh, wie sehr sie mir gefehlt hat! Und jetzt steht sie tatsächlich vor mir. Ich kann es kaum glauben.

Mir läuft das Herz über vor Freude, ich lache und weine gleichzeitig, und breite meine Arme aus. „Ich bin so glücklich, dass du da bist, Emma", schluchze ich.

Unsere Umarmung fällt etwas steif aus. Emma ist wie immer sehr adrett gekleidet und ich will ihren hellen Blazer nicht schmutzig machen. Sie macht einen langen Hals und küsst mich auf die Wange.

Die kalte Schokomasse dringt bis zu meiner Haut vor. Ich fröstele. „Vielleicht sollte ich mich mal eben, so gut es geht, saubermachen?", sage ich zweifelnd.

„Mach das! Hoffentlich sind deine Sachen nicht ruiniert."

„Wartest du hier bitte auf mich?"

„Na klar. Wehe, du kommst nicht zurück", droht sie grinsend.

Ich mag mich gar nicht von ihr trennen. Widerstrebend stakse ich Richtung Klo. Mit einem Haufen Papiertüchern, warmem Wasser und Seife aus dem Spender versuche ich zu retten, was zu retten ist. Das Ergebnis ist nicht berauschend. Genau genommen sehe ich schlimmer aus als vorher. Deswegen drehe ich die Sachen einfach um. Das Rückenteil des Shirts nach vorne und den Rock um hundertachtzig Grad gewendet - fertig.

Auf unserem Tisch stehen ein neuer Struwwelpeter und ein hohes Glas mit grünem Inhalt. Emma schaut mir entgegen. Sie hat doch nicht wirklich befürchtet, dass ich wieder abhaue?

„Hey, kannst du zaubern?", staunt sie.

Ich drehe mich einmal um die eigene Achse, und sie fängt an zu lachen. „Gewusst wie."

Sie fasst nach meiner Hand und hält sie ganz fest.

„Ach, Jessy", seufzt sie. „Verzeih mir bitte."

Ich stutze. „Wie bitte? *Ich* ... soll *dir* verzeihen? Das kapier ich nicht."

Wir setzen uns hin und halten uns an den Händen. Hach, das fühlt sich so gut an! Ich möchte Emma nicht wieder loslassen und ich glaube, ihr geht's ganz genauso.

Ich schaue ihr ins Gesicht. Sie ist so schön. Ihre sanften hellbraunen Augen begegnen meinen, sie lächelt mich liebevoll an. Ich spüre die Wärme, die von ihren Händen ausgeht, und die meinen Körper bis in den letzten Winkel zu durchdringen scheint. Ich muss schon wieder heulen.

„Ich habe dir so wehgetan, Emma, ich war so hinterlistig und gemein zu dir. Ich hab nur an mich selbst gedacht. Das tut mir unendlich leid."

„Schon gut, Jessy. Ich habe dir längst verziehen. Aber bevor ich dir wiederbegegnen konnte, musste ich mir erst einmal selbst verzeihen."

Ich hebe die Augenbrauen. Ich kann ihr nicht folgen.

„Ich war traurig, weil du mich plötzlich aus deinem Leben ausgeschlossen hast, und als ich durch das Schneetreiben nach Hause lief, war ich stinksauer auf dich."

„Zu Recht", murmele ich.

Eine steile Falte teilt ihre Stirn in zwei Hälften. „Ich hatte immer geglaubt, dass du mich niemals anlügen würdest", sagt sie. „Dann kam Axel mit der Tasche und da brach eine Welt für mich zusammen. Ich konnte einfach nicht fassen, dass du so eine Nummer abziehst."

„Tja, aber ich habe es leider getan", sage ich dumpf.

Sie umfasst meine Hände. „Genau das ist der Punkt, Jessy. Wozu sind wir fähig, wenn wir in der Klemme stecken? Ich habe von mir gedacht, ich sei ein guter Mensch."

„Das bist du", entgegne ich überzeugt.

Sie schüttelt den Kopf. „Nein, Jessy. Ich bemühe mich, ein guter Mensch zu sein, aber ich bin es nicht immer." Sie seufzt. „Ich wollte so unbedingt weg von Breitling, jeder Arbeitstag war die Hölle. Und dann, eines Tages, kam meine Lieblingskollegin Caro freudestrahlend ins Büro und schwenkte einen großen Briefumschlag. Darin befanden sich ihre Bewerbungsunterlagen für eine Stelle bei Herzog."

Sie schluckt und schlägt die Augen nieder.

Emmas Kollegin hat sich bei Nicolas beworben? Hat er sie abgelehnt? Das muss wohl so gewesen sein. Aber warum hat Emma deswegen ein schlechtes Gewissen? Ich blicke sie abwartend an.

„Caro wollte die Bewerbung nach Feierabend zur Post bringen", sagt Emma, schluckt erneut und schaut mich an. „Ich habe ihr angeboten, den Brief mitzunehmen. In jener Woche war ich für den Versand der Kanzleipost zuständig, also musste ich sowieso dorthin."

Ich ahne, was Emma getan hat, aber wirklich glauben kann ich es noch nicht. „Uffz", mache ich.

„Statt den Brief abzugeben, habe ich ihn daheim in die Altpapiertonne geworfen. Dann habe ich mich selbst dort beworben."

„Uffz", mache ich erneut.

„Caro hat vergeblich auf eine Rückmeldung von Herzog gewartet. Das war so hinterlistig und gemein von mir!"

„Ja, aber ..."

„Ich habe mich selbst für mein Verhalten gehasst, und dennoch habe ich es getan. Vor ein paar Tagen habe ich endlich deinen Brief geöffnet, der schon so lange in meiner Schublade lag. Als ich ihn las, ist mir klargeworden, dass wir nie davor gefeit sind, Dinge zu tun, die wir eigentlich gar nicht tun wollen. Wir sind nicht immer nur gut, Jessy. Wir können uns bemühen, ja - aber manchmal gelingt es uns einfach nicht. Wir machen Fehler, wir verurteilen, wir sind neidisch, wir lügen, wir verletzen, wir enttäuschen. Das ist menschlich."

„Nun, das mag sein", entgegne ich. „Dennoch: Das, was ich getan habe, war abscheulich."

„Und das, was ich getan habe, war genauso mies", hält sie dagegen.

Wir schauen uns in die Augen. Ihre Mundwinkel zucken ein ganz kleines bisschen. Und plötzlich, exakt im selben Moment, brechen wir in haltloses Gelächter aus. Wir lachen so sehr, dass wir Seitenstechen kriegen. Wir schnappen nach Luft und japsen und keuchen. Hach, mit niemandem kann man so herrlich lachen wie mit meiner allerliebsten Lieblingsfreundin.

Als wir uns schließlich wieder eingekriegt haben, steht Emma auf und breitet die Arme aus. „Wie wär's, wenn wir uns einfach verzeihen? Ich hätte schon viel früher auf deine Anrufe und Nachrichten reagieren sollen."

„Abgemacht", sage ich und springe vom Sessel. Er kippt nach hinten über, die Lehne knallt auf den Fußboden, der Tisch gerät ins Wanken.

„Oh-oh", macht Emma und hält geistesgegenwärtig die Gläser fest.

Dann liegen wir uns in den Armen. Ah, wie unglaublich gut das tut!

„Ich hab dich so lieb, Emma", murmele ich in ihr Haar.

„Ich hab dich genauso lieb, Jessy", sagt sie. Ihre Stimme klingt rau. „Was auch geschehen mag: Wir werden für immer die allerbesten Freundinnen sein."

„Für immer die allerbesten Freundinnen", sage ich glücklich und drücke sie fest an mich.

Sie macht einen kleinen Schritt rückwärts und strahlt mich an. Ihre Augen funkeln. „Jetzt erzähle ich dir die neueste Neuigkeit. Du bist die Erste, die's erfährt."

Ich bin gespannt.

„Ich habe mich verliebt", sagt sie.

„Oh, das ist ja wunderbar!", jubele ich. „Wer ist denn der Glückliche?"

„Er heißt Thomas Junker, er ist Anwalt - und er ist mein Chef."

„Wow!", mache ich.

„Ich habe ihm in die Augen geschaut und da war's um mich geschehen."

„Das kommt mir irgendwie bekannt vor", sage ich schmunzelnd.

„Tja, und ihm geht's ganz genauso. Ist das zu glauben?"

„Du musst mir alles haarklein erzählen", dränge ich.

„Dito!", sagt sie lachend. „Ich schätze, das wird ein langer Abend."

Ja, sie hat recht, es wird ein langer Abend. Der schönste Abend mit meiner allerbesten Freundin seit langer Zeit.

Neun Monate später

Meine Füße stecken in offenen Gesundheitslatschen, weil mir keine anderen Schuhe mehr passen. Ich bin rund wie ein Fußball - und ich bin rundum glücklich.

Ich walze durch meinen Lieblings-Süßigkeitenladen und kann mich nicht zwischen meinen Lieblings-Schokoriegeln entscheiden. Ach, was soll's, ich nehme sie alle. Ein bisschen Vorrat kann ja nicht schaden.

„Großeinkauf?" Die Verkäuferin zwinkert mir zu und tippt die Preise in die Kasse.

Ich zeige lächelnd auf meinen Bauch. „Es ist das Baby, wissen Sie? Es liebt Schokoriegel, da kann man nichts machen."

Ich stopfe meinen Einkauf in den bunten Rucksack, den Nicolas mir in Südfrankreich gekauft hat, wünsche der Verkäuferin einen schönen Tag und werde draußen vorm Laden sehnsüchtig von Willi erwartet. Er freut sich, als hätten wir uns Jahre nicht gesehen, dabei waren es nur ein paar Minuten. Ich streichle und kraule ihn ausgiebig und dann ziehen wir weiter.

„Heute ist ein ganz besonderer Tag", erkläre ich ihm. „Nicolas verhandelt heute seinen ersten großen Fall. Ist das nicht aufregend?"

Willi schaut erwartungsvoll zu mir auf und wackelt mit dem Hinterteil.

„Wir hocken uns ganz still in eine Bank und drücken ihm die Daumen. Oder die Pfoten, je nachdem."

Der kleine Hund trabt hoch erhobenen Hauptes neben mir her, als käme er sich plötzlich sehr wichtig vor. Nun ja, ein Besuch im Gericht ist schon eine große Sache, das finde ich auch.

„Nicolas wird überrascht sein, uns zu sehen. Und er wird sich bestimmt sehr freuen."

Wir entern ein großes, altehrwürdiges Gebäude, durchqueren lange Flure und als wir schließlich den Gerichtssaal erreichen, bin ich ganz schön aus der Puste. Die Tür steht offen, wir treten ein.

Die vorderen Reihen sind besetzt, es sind viele Menschen da. Sie reden in gedämpftem Ton, es herrscht eine Atmosphäre wie in einer Kirche kurz vor Beginn des Gottesdienstes.

Ich gehe mit Willi den Gang hinunter, nehme den Rucksack ab und lasse mich auf eine freie Bank fallen. Puh, endlich sitzen! Ich bin total erledigt.

Von meinem Platz aus habe ich einen guten Blick nach vorne zum Richterpult. Nicolas ist noch nicht da, wohl aber ein Gerichtsdiener. Am Tisch zur Linken des Richterpults sitzt ein Mann im Anzug, neben ihm blättert sein Anwalt in einem Aktenordner. Am Tisch zur Rechten sitzen eine ältere Dame und ihr Rechtsbeistand.

Ein Schokoriegel wird mir helfen, wieder zu Kräften zu kommen. Es gibt keine bessere Medizin als Schokoriegel. Ich mache es ganz spannend. Mein Rucksack ist ein Tombola Box, ich schließe die Augen, greife hinein und ziehe einen Crispy-Riegel heraus. Ah! Das ist ein besonders Leckerer, einer meiner Favoriten. Ich bemühe mich, ihn möglichst geräuschlos auszupacken, um die andächtige Stille nicht zu stören.

Voller Vorfreude beiße ich in den Riegel, lasse die Schokolade im Mund zergehen und genieße. Beim nächsten Bissen fällt mir ein Bröckchen in den Schoß, ich picke ihn auf und bemerke einen hellblauen Farbfleck auf meinem Rock. Ups! Da habe ich wohl beim Malen nicht aufgepasst.

Ein gut gekleideter, hochgewachsener Herr und seine nicht minder gut gekleidete Gattin betreten den Saal. Hey, das sind ja Nicolas' Eltern! Toll, dass sie ebenfalls an diesem besonderen Tag dabei sind! Da wird sich Nicolas bestimmt freuen.

Leona und Friedhelm sind eigentlich gar nicht so verkehrt. Sie sind ziemlich unentspannt und sie haben einige merkwürdige Ansichten, aber nun ja. Die Hauptsache ist doch, dass sie sich wieder mit Nicolas vertragen haben und ihm nicht mehr vorschreiben, wie er sein Leben führen soll.

Sie begrüßen mich in gewohnt zurückhaltender Weise und nehmen in der Bank neben mir Platz.

Ich reiche ihnen meinen Rucksack rüber und biete ihnen die freie Auswahl aus meinem Schokoriegel-Fundus an, aber sie lehnen höflich ab. Genussvoll vertilge ich den Rest des Riegels und just, als ich den letzten Bissen runtergeschluckt habe, erscheint Nicolas im Gerichtssaal. Mein Herz macht Luftsprünge. Er sieht großartig aus in seiner schwarzen Robe mit den breiten Samtbesätzen! Am liebsten würde ich ihm jetzt einen dicken Kuss geben und ihm sagen, wie sehr ich ihn liebe. Ich winke ihm euphorisch mit beiden Armen zu, es hält mich kaum auf meinem Sitz. Hat er mich schon entdeckt?

„Psst!", zischt mir Friedhelm zu. „Lass das!"

Nicolas tritt an sein Pult, ich winke noch ein letztes Mal und als er immer noch nicht reagiert, lasse ich die Arme sinken. Er muss sich jetzt konzentrieren und ich will ihn nicht ablenken.

Die Verhandlung beginnt, aber ich kriege gar nicht richtig mit, worum es dabei überhaupt geht. Ich habe plötzlich heftige Bauchschmerzen. Das muss am Schokoriegel liegen. War das Haltbarkeitsdatum überschritten? Uh, das sind wirklich heftige Krämpfe! Ich bemühe mich, entspannt in den Bauch zu atmen, aber es wird immer schlimmer. Es nützt alles nichts, ich muss dringend eine Toilette aufsuchen.

Ich drücke dem verdutzten Friedhelm die Leine in die Hand und flüstere Willi zu, dass ich gleich wiederkomme. Dann stemme ich mich hoch und trete auf den Gang. Eine neue Schmerzwelle zieht durch meinen Unterbauch, ich schnappe nach Luft und plötzlich macht es Platsch. Verdutzt schaue ich runter auf die Mosaikfliesen und bemerke, dass ich in einem See stehe. Und ab diesem Moment überschlagen sich die Ereignisse.

***

An meinen Lidern scheinen Bleigewichte zu hängen. Mühsam öffne ich sie einen winzigen Spalt, blinzle einen nebligen Schleier weg, und schaue in die faszinierendsten Augen, die ich jemals gesehen habe. Sie sind unglaublich blau und sie sind von einem dunklen Wimpernkranz umgeben. Sie gehören dem wunderbarsten Mann der ganzen Welt. Sein Blick ist so intensiv, dass ich das Gefühl habe, er würde direkt in meine Seele schauen. Unwillkürlich breitet sich ein wohliges Kribbeln auf meiner Haut aus.

Doch im nächsten Moment überkommt mich ein furchtbar schlechtes Gewissen. Ich habe mal wieder alles vermurkst. Nicolas hat sich so auf seinen ersten großen Auftritt als Richter gefreut! Aber anstatt die Gerichtsverhandlung zu leiten und ein gerechtes Urteil zu fällen, musste er die Leute nach Hause schicken. Ach, wäre ich doch bloß nicht im Gerichtssaal aufgekreuzt! Was habe ich mir nur dabei gedacht?

„Hallo, mein Liebling!", sagt er mit seiner warmen Stimme.

Auf meinem Bauch liegt ein entzückendes, winziges

Bündel Mensch. Unser Sohn. Ich kann es noch immer nicht fassen, dass ich dieses perfekte Wesen auf die Welt gebracht habe. Es ist ein Wunder.

Nicolas fasst nach meiner Hand. Sie fühlt sich stark und fest an. Er beugt sich noch weiter zu mir herunter und gibt mir einen langen Kuss.

„Dein Timing war perfekt", sagt er.

„Tut mir wirklich leid", murmele ich. „Es war eine dumme Idee, ins Gericht zu kommen. Ich habe dir deinen Einstand vermasselt."

„Du hast mir meinen Einstand vermasselt?", wiederholt er kopfschüttelnd. „So ein Unsinn!" Er schaut mich zärtlich aus seinen blauen Augen an, seine Stimme klingt zutiefst bewegt. „Du hast mir heute das größte Geschenk meines Lebens gemacht. Ich bin so froh, dass ich die Geburt unseres Kleinen vom ersten Moment an miterleben durfte." Er gibt mir einen langen Kuss. Dann raunt er: „Du hast mich zum glücklichsten Mann der Welt gemacht, mein Liebling."

Zart streicht er unserem schlafenden Baby über den dunklen Flaum.

Ich schmelze dahin. Mein Herz läuft über vor lauter Liebe, Ehrfurcht und Dankbarkeit.

„Hatte ich eigentlich schon erwähnt, dass die männlichen Nachkommen in unserer Familie stets den Vornamen ihres Großvaters bekommen? Das ist eine jahrhundertealte Tradition." Nicolas schaut ernst drein, doch in seinen Mundwinkeln kräuselt sich ein Lächeln.

„Du meinst, er soll Friedhelm heißen?", frage ich erschrocken. Unser armes Baby! Das ist doch kein Name für ein Kind des einundzwanzigsten Jahrhunderts! Familientradition, schön und gut, aber irgendwo hört der Spaß auf.

„Niemand wird uns den Kopf abreißen, wenn wir

mit der Tradition brechen", überlegt er laut. „Wir suchen uns einfach einen schönen Namen aus, der uns gefällt."

„Hat dein Vater vielleicht noch einen zweiten Vornamen?", erkundige ich mich und sehe Nicolas nicken.

„Bartholomeus, Wehrhart ...", zählt er an seinen Fingern ab.

Uh ... Das sind keine Optionen. Wehrhart - um Himmels willen!

„Und Simon." Er lässt die Hand sinken.

Unendlich erleichtert atme ich auf. „Simon ist wunderbar!"

Ein Lächeln breitet sich auf Nicolas' Gesicht aus. „Du hast recht", meint er. „Simon ist wirklich ein schöner Name."

Andächtig betrachtet er das schlafende Baby. „Wir werden dich Simon nennen, einverstanden?", flüstert Nicolas und gibt dem Kleinen einen zärtlichen Kuss.

Das Baby räkelt sich und schmatzt zufrieden.

Meine Augen werden feucht vor Rührung.

„Wir sind jetzt eine richtige Familie", murmelt Nicolas ergriffen.

„Ja, das sind wir."

Er umarmt uns beide. Unseren Sohn und mich. Zärtlich und unendlich liebevoll. Ich schließe die Augen und genieße das Wunder der Liebe.

Auf den folgenden Seiten finden Sie Hinweise auf weitere Liebesromane von Karin Köster:

Puppenhaus

Witzig, spritzig und so berührend - ein wunderbarer Liebesroman

Jahrelang folgte Lissy ihrem Ehemann und Globetrotter Pierre durch die ganze Welt. Bis sie schmerzhaft feststellen musste, dass Pierre nicht nur keine Heimat, sondern auch keine Treue kennt.
„Entweder der Richtige ... oder keiner!", denkt Lissy, und auch ihre frisch geschiedenen Freundinnen Barbara und Amanda haben ganz genaue Vorstellungen, wie ihr "Mr. Right" sein soll. Nie mehr wollen sie die Puppe in den Händen eines selbstsüchtigen Mannes sein!
Als Lissy den ernsthaften und mitfühlenden Marcus kennen lernt, ist es um ihr Herz geschehen. Barbara entdeckt einen echten Traumprinzen und Amanda einen fitten Bodybuilder. Doch kann so viel Glück auf einmal wahr sein?

Eine schwungvolle Liebeskomödie um echte und falsche Traumprinzen, die große Liebe und eine waschechte Puppe!

Film ab für die Liebe

Turbulentes Liebesabenteuer vor und hinter der Fernsehkamera

Kathi ist im siebten Himmel. Sie hat einen Job in der Fernsehproduktion ergattert und bekommt ihren ersten Auftrag. Für die Doku-Soap „Bauernhochzeit" soll sie das Brautpaar Cindy und Patrick mit der Kamera bei den Hochzeitsvorbereitungen begleiten. Doch am Set erwartet sie eine böse Überraschung: Bräutigam Patrick ist Kathis erste große Liebe! Sie hat die Erinnerung an den gutaussehenden Tierarzt viele Jahre mühsam verdrängt. Plötzlich ist es, als hätte sie erst gestern in seinen Armen gelegen.
Die Dreharbeiten laufen aus dem Ruder, und daran sind nicht nur Patricks tiefblaue Augen Schuld. Kathi ist fest entschlossen, die Schmetterlinge in ihrem Bauch zu ignorieren und ihre Bewährungsprobe im Fernseh-Business wie ein Profi zu meistern. Ein geheimnisvoller Brief, ein missglückter Liebesbeweis und ein in Not geratener alter Freund stürzen Kathi in ein Netz aus Lügen und Intrigen. Auf der Suche nach der Wahrheit setzt sie nicht nur ihren Job, sondern auch ihr Herz aufs Spiel.

Männer unerwünscht - Die Trilogie: alle drei Bände in einem

Die drei Erfolgsromane im Komplettpaket:
- **Männer unerwünscht**
- **Lass beim Sex die Socken an**
- **Schnittenfänger**

Köstlicher Lesespaß nonstop. Auch einzeln erhältlich.

Doris schlittert von einer Katastrophe in die nächste. Damit zumindest in privater Hinsicht Ordnung in ihrem Leben einkehrt, zieht sie in eine männerverachtende Frauen-Wohngemeinschaft auf dem Lande. Doch schon trifft Doris auf den flotten Björn und den amüsanten Arzt Holger - und ihre guten Vorsätze sind dahin. Mit der Ankunft ihrer konservativen Mutter, der Kündigungsdrohung ihres Chefs und der heimlichen Beherbergung des heißblütigen Angelo in der Wohngemeinschaft bricht für Doris das Chaos aus. Da muss erst ein fast vergessener Freund auftauchen, um die Wogen zu glätten.

Spürnase

Spannender Liebesroman für Hundefreunde

Neles kleiner Mischlingshund Napoleon liebt gemütliche Sofas und prallvolle Futternäpfe. Und er hat immer den richtigen Riecher. Als ein furchtbares Verbrechen geschieht, erschnüffelt Napoleon die entscheidende Spur. Der Täter wäre längst gefasst, wenn die Menschen die Hundesprache verstehen würden. Die Polizei steht vor einem Rätsel und Nele stürzt sich auf eigene Faust in die Ermittlungen. Sie ahnt nicht, in welche Gefahr sie sich begibt.

Ein packender Roman über Liebe und Lüge, Freundschaft und Vertrauen, aus der Sicht des kleinen und außergewöhnlich intelligenten Mischlingshundes Napoleon.

***

Neuigkeiten von Karin Köster finden Sie auf
www.facebook.com/koester.karin
und www.karin-koester.de.